HEYNE

THORSTEN SCHLEIF

RICHTER MORDEN BESSER

ROMAN

WILHELM HEYNE VERLAG
MÜNCHEN

Sollte diese Publikation Links auf Webseiten Dritter enthalten, so übernehmen wir für deren Inhalte keine Haftung, da wir uns diese nicht zu eigen machen, sondern lediglich auf deren Stand zum Zeitpunkt der Erstveröffentlichung verweisen.

MIX
Papier | Fördert gute Waldnutzung
FSC® C014496
FSC www.fsc.org

Penguin Random House Verlagsgruppe FSC® N001967

3. Auflage
Originalausgabe 07/2022

Redaktion: Joscha Faralisch
Printed in Germany
Umschlaggestaltung: Nele Schütz Design, München,
unter Verwendung von Motiven von © shutterstock/
AVN Photo Lab; chainarong06; Andrii Symonenko
Satz: Leingärtner, Nabburg
Druck und Bindung: GGP Media GmbH, Pößneck
ISBN: 978-3-453-42616-0

www.heyne.de

Für Anne

TEIL EINS

1

Diese verfluchte Kälte. Den ganzen Tag schon hatte er gefroren. Gegen Abend wurde es noch schlimmer. Seit einer Stunde quälte ihn ein Schüttelfrost. Aber Fredi hatte jemanden gefunden, der ihm etwas gegen die Kälte hatte verkaufen können. Und gegen die Schmerzen. In seinen schwachen Muskeln. In seinem leeren Magen. Jetzt brauchte er nur noch ein stilles Plätzchen. Die Eisenbahnunterführung an der Bundesstraße lag nur einen Steinwurf entfernt. Drei Minuten für einen Fußgänger. Fredi brauchte zehn. Seine Beine wollten nicht mehr. Die Waden und Oberschenkel krampften bei jedem Schritt. Endlich hatte er die hässliche, mit Graffiti beschmierte Betonunterführung erreicht. Es roch nach Urin und Hundekot. Aber das störte Fredi nicht. Er suchte eine Ecke, die von der Straße aus schlecht einsehbar war. Dann holte er einen alten Löffel und ein Wegwerffeuerzeug aus der Tasche seines zerschlissenen Mantels. Zuletzt die Spritze und das rote Zellophanpapier mit seiner Medizin. Gegen die Kälte. Gegen die Schmerzen. Mit geübten Handgriffen bereitete er die Lösung vor, zog die Spritze auf. Die Venen an seinen Armen waren nicht mehr zu gebrauchen, das wusste Fredi. Aber an seinem linken Fuß gab es noch eine gute Stelle. Er zog den kaputten

Schuh aus und den dicken Wollsocken mit den Löchern. Dann krempelte er das Hosenbein hoch und knotete sich den Socken um die Wade. Die dünne Vene war jetzt besser sichtbar. Er setzte die Nadel an und verabreichte sich seine Medizin.

Nach einem kurzen Augenblick hörte das Zittern auf, die Kälte wich zurück. Jetzt erst spürte er den heißen Sommerabend. Auch die Schmerzen ließen nach. Schnell. Sehr schnell. Fredi stutzte. Das war zu schnell. Ihm fiel auf, dass sich seine Lungenflügel nicht mehr bewegten. Fredi hatte aufgehört zu atmen. Doch er fühlte sich nicht schlecht. Im Gegenteil. Es ging ihm richtig gut. Trotzdem griff er in seine Manteltasche und fühlte das Nasensprayröhrchen. Naloxon. Das hatte ihm der Arzt verschrieben. »Das hebt die Wirkung des Heroins sofort auf, Fredi«, hatte er gesagt. Und er hatte ihm gezeigt, wie er es benutzen musste.

»Papa.«

Hatte er sich das eingebildet? Fredi holte das Spray langsam aus der Manteltasche. Sein Blickfeld wurde enger, und er spürte, dass sein Herz immer langsamer schlug.

»Papa.«

Da war es wieder. Wie durch einen Nebel hörte er eine Stimme. Eine Kinderstimme. Fredi kannte sie gut. Und er vermisste sie. Er führte das Nasenspray wie in Zeitlupe zu seinem Gesicht.

»Papa.«

Die Stimme wurde klarer. Heller. Und schöner. Das Spray fiel ihm aus der Hand. Nicht schlimm. Er würde es wieder aufheben. Nur eine kurze Pause. Den Moment genießen.

»Papa.«

Fredi freute sich über dieses Wort. Zu lange hatte er es nicht gehört.

»Papa.«

Wenn er das Spray benutzte, würde die Stimme wieder verschwinden. Nur noch einmal das Wort hören. Dann würde er zum Spray greifen. Nur noch einmal. Sein Herzschlag setzte aus. Nur noch einmal. Fredi sackte zusammen.

»Papa.«

2

Montag ist mein Sitzungstag. Da komme ich dem am nächsten, was man einen altehrwürdigen Richter nennt. Oder besser dem, was sich die die meisten Menschen darunter vorstellen. Sie denken an Kinofilme wie *Eine Frage der Ehre* oder *Zeugin der Anklage* und sehen eine feine Holzvertäfelung, mit Leder überzogene Sessel und die mit Intarsien verzierte Richterbank. Die Wirklichkeit sieht eher aus wie in *Independence Day*. Nach dem Alienangriff.

An den fleckigen Teppich in meinem Sitzungssaal hatte ich mich mittlerweile gewöhnt. Auch an die vielen Spinnweben von der Größe eines Fischernetzes, die wenigstens verhindern, dass die alten flackernden Halogenlampen von der Decke fallen. Sogar über die wackligen und zerkratzten Bänke mit den Kaugummiresten im Zuschauerbereich konnte man hinwegsehen. Vorausgesetzt, man litt unter einer ausgeprägten Kurzsichtigkeit. Aber wirklich unschön waren die Handabdrücke auf den einstmals weißen Wänden und der schiefe Richtertisch, eine hellbraune Sperrholzkonstruktion aus den späten Siebzigerjahren, die vor zehn Jahren beschlossen hatte, langsam auseinanderzufallen. Wenigstens, das muss ich zugeben, rundete ich das Bild des Gerichtssaals optisch ab.

Es ist nicht so, dass ich auseinanderfalle, obwohl ich die fünfzig auch schon hinter mir habe. Aber, um es positiv auszudrücken: Würdevoll ist anders. An diesem Montag im Juli hätte allerdings selbst Sean Connery in seinen besten Zeiten keine gute Figur im Gerichtssaal abgegeben. Das Thermometer auf dem Richtertisch zeigte eine Temperatur von fast vierzig Grad an. Der Saal verfügte zwar über große, nach Süden ausgerichtete Fenster, aber leider nicht über Vorhänge, sodass die Sonne ab spätestens neun Uhr in den Raum hineinbrannte. Ich habe mich schon oft gefragt, warum der Denkmalschutz zwar offensichtlich keine Schwierigkeiten damit hat, das aus der Kaiserzeit stammende Gebäude verrotten zu lassen, sich aber vehement weigert, den Einbau einer Klimaanlage zu gestatten.

»Soll ich das Ding noch mal anschalten?«, fragte Sabine, meine Protokollführerin, und deutete auf den Ventilator in der Ecke.

»Bloß nicht!«, erwiderte ich und hob abwehrend die Hände. Die vor drei Jahren angeschafften Ventilatoren wirbelten lediglich die warme Luft auf und waren schon auf kleinster Stufe so laut, dass man das eigene Wort im Saal nicht mehr verstehen konnte.

»Hab ja nur gefragt«, grinste Sabine, die in ihrem leichten Sommerkleid trotz der hohen Temperatur noch recht frisch aussah. Für gewöhnlich trug auch sie eine schwere, schwarze Robe aus Schurwolle, so wie es das Protokoll verlangte. Aber heute hatte ich bereits in der ersten Verhandlung um neun Uhr die Robenpflicht aufgehoben. Viel geholfen hatte es nicht.

»Als wäre man auf Teneriffa!«, schnaufte eine tiefe Stimme links neben mir.

Ich blickte zum Tisch der Staatsanwaltschaft. Dort saß mein alter Freund, Staatsanwalt Ulrich Nussbaum, der heute die Anklage vertrat. Uli macht den Eindruck eines schneidigen preußischen Offiziers. Schlank und hochgewachsen, kurze graue Haare und ein gepflegter Schnurrbart. Er gehört zu der seltenen Sorte der absolut ehrlichen Menschen und würde für jeden, den er als Freund bezeichnet, auch eine Gewehrkugel abfangen. Seine schwarze Robe hing über der Stuhllehne, und die Ärmel des weißen Hemdes waren bis über den Ellenbogen aufgerollt.

»Auf Teneriffa ist es kühler«, antwortete ich.

Uli sah mich fragend an.

»Britta macht dort gerade Urlaub. Wir haben gestern Abend telefoniert. Die haben nur dreißig Grad.«

»Nur ist gut«, brummte Uli. »Wie geht es ihr?«

»Britta? Gut! Mark trägt sie schließlich auf Händen.«

Britta ist meine Ehefrau. Seit einundzwanzig Jahren sind wir glücklich verheiratet – und seit vier Jahren noch glücklicher getrennt lebend. Getrennt lebend, nicht etwa geschieden. Das klingt jetzt vielleicht komisch, aber wir betrachten unsere Ehe nicht als gescheitert, sondern als eine für beide Parteien vorteilhaft beendete Kooperation nach erfolgreicher Projektrealisierung. Unsere erfolgreichen Projekte heißen Kiana und Ronja und sind – ganz objektiv betrachtet – die beiden tollsten Töchter der Welt. Ich vermisse sie sehr, seitdem sie für ihr Studium ausgezogen sind. Kiana verließ vor zwei Jahren als Erste das Haus und zog in eine kleine Studentenbude. Wenigstens in derselben Stadt, was aber nicht bedeutet, dass ich sie besonders häufig zu Gesicht bekomme. Vor einem halben Jahr zog Ronja aus. Meine kleine Tochter war noch nie ein Freund halber Sachen, und so verließ sie nicht nur die Stadt, sondern gleich das Land und studiert seit sechs Monaten in England. Britta zog übrigens kurze Zeit später ebenfalls aus, vor vier Monaten, um genau zu sein. Nicht für ein Studium, sondern für Mark, ihren neuen Freund. Netter Kerl. Fachanwalt für Steuerrecht, aber trotzdem nett.

»Morgen, Euer Ehren! Herr Staatsanwalt! Schön kuschelig habt ihr es hier.«

Rechtsanwalt Bollmann betrat den Saal. Gut gelaunt wie immer. Bollmann war einer unserer lokalen Strafverteidiger. Ein alter Fuchs, erfahren und fair. Auch deshalb gehört Bollmann zu meinem engen Freundeskreis. Er stellte zufrieden fest, dass wir keine Roben trugen, und warf seine Anwaltstracht unsanft über die Stuhllehne.

»Morgen, Oli! Da sagst du was«, erwiderte ich seinen Gruß. »Heute ohne einen Mandanten unterwegs?«

Oliver schüttelte den Kopf und legte seine Aktentasche auf den Tisch. »Wartet draußen. Habt ihr euch schon überlegt, wohin die Reise geht?« Seine klassische Umschreibung für: Gibt es noch einmal eine Bewährungsstrafe oder nicht?

»Puh. Kannst du irgendetwas vortragen, was dein Mandant Tolles kann?«, fragte ich.

»Bei seiner Vorstrafenlatte wäre etwas gut wie: ›Hat einen Atomkrieg verhindert‹ oder ›hat ein Heilmittel gegen Krebs entwickelt‹«, ergänzte Uli.

Als Strafverteidiger hat man es nicht immer leicht. Besonders dann nicht, wenn der größte Feind im Sitzungssaal weder der Staatsanwalt noch der Richter ist, sondern der eigene Mandant.

»Seit drei Monaten schreibe und telefoniere ich hinter ihm her und bequatsche seinen Anrufbeantworter«, schnaubte

Oliver. »Gestern Abend, kurz vor Büroschluss, hat er sich endlich bequemt, in meine Kanzlei zu kommen. Natürlich unangemeldet. Das einzig Tolle, was ich über meinen Mandanten sagen kann, ist: Er kann gleichzeitig sitzen und atmen.«

»Das ist nicht viel«, entgegnete ich. »Aber vielleicht reicht es für die Berufung.«

»Also dann der übliche Weg«, stellte Oliver fest. Uli und ich nickten.

Der übliche Weg. Das bedeutete, es würde heute keine Bewährung geben. Aber nur heute nicht. Bollmann würde Berufung gegen mein Urteil einlegen, und in etwa zwei Jahren würde die Berufungskammer des Landgerichts die Strafe zur Bewährung aussetzen. Weil der Angeklagte gleichzeitig sitzen und atmen konnte.

Die anschließende Verhandlung verlief erwartungsgemäß unspektakulär. Bollmanns Mandant war wegen vorsätzlicher Körperverletzung angeklagt. Der junge Mann hatte wenig Verständnis dafür, dass seine Freundin ihn verlassen wollte. Sie hatte es doch gut bei ihm, und er ließ ihr viele Freiheiten. Sie durfte sich sogar weiter mit ihren Freundinnen treffen. Er erwartete nur, dass sie ihm dieselbe Freiheit einräumte. Und das bedeutete: Er wollte sich ebenfalls weiter mit ihren Freundinnen treffen. Das wollte sie nicht. Typischer Fall von Undank. Eines Tages beschloss sie, ihn zu verlassen, und rannte aus der Wohnung. Der Angeklagte jagte ihr nach und beförderte sie unsanft auf den Boden. Dann trat er ihr kräftig in den Rücken. Jedenfalls stand es so in der Anklage. Und jedenfalls hatte es so die Nachbarin gesehen und daraufhin die Polizei alarmiert. Und jedenfalls sprachen auch die Fotos vom Rücken der Freundin mit den unschönen blauen Flecken im Nierenbereich für diese Version. Anders sah es allerdings der Angeklagte. Er fühlte sich als klassisches Opfer eines Justizirrtums und behauptete, lediglich mit dem Fuß auf den Boden gestampft zu haben. Aus Hilflosigkeit. In der Nähe des Rückens seiner Freundin.

»Das hat nur so ausgesehen ...«, begann der Angeklagte seine Erklärung.

»Ja nee, is' klar«, dachte ich in diesem Augenblick. Leider laut. Das passiert mir öfters und hätte bei einem Konfliktverteidiger mit Sicherheit einen Befangenheitsantrag zur Folge gehabt. Aber Bollmann verzichtete auf solche Spielchen. Er dachte dasselbe wie Uli und ich: Welcher hirnverbrannte Schwachkopf sollte diesen Blödsinn, den sein Mandant da verzapfte, glauben?

Achtzehn Monate später wurde uns diese Frage beantwortet: der Vorsitzende der Berufungskammer, Richter Brun. Am selben Tag, an dem er den Angeklagten freisprechen sollte, beging dieser übrigens die nächste Körperverletzung. Aus Erleichterung vermutlich, dass der Justizirrtum endlich aufgeklärt wurde. Wieder war seine Freundin das Opfer, die dabei ein Stück Zahn verlor. Der übliche Weg.

»Die Berufung kommt dann gleich morgen«, sagte Oliver, während er seine Unterlagen zusammenpackte und in der Aktentasche verstaute. Sein unzufriedener Mandant hatte den Saal bereits wütend verlassen. »Wer wird beim Landgericht darüber entscheiden?«

Ich seufzte. »Kollege Brun.«

»Dann also eine sichere Bewährung«, brummte Uli und verdrehte die Augen. Richter Brun und seine absurden Entscheidungen waren der Staatsanwaltschaft allzu gut bekannt.

»Hält Richter Brun eigentlich immer noch den Rekord?«, fragte Bollmann interessiert.

Ich nickte. »Den wird ihm auch so schnell keiner mehr nehmen können.«

Der Rekord. Während einige Kollegen über die Milde der Berufungskammern verzweifelten und andere vor Wut fast zerplatzten, hatte ich vor einigen Jahren beschlossen, die Sache sportlich zu sehen. Und zwar wortwörtlich. Ich begann, eine offizielle Tabelle zu führen, wie bei der Bundesliga, mit einem einfachen Punktesystem: Sprach ein Berufungsrichter einen Schuldigen frei, gab es dafür zwei Punkte. Setzte er eine Freiheitsstrafe entgegen dem ursprünglichen Urteil zur Bewährung aus, dann einen Punkt. Null Punkte gab es, wenn das ursprüngliche Urteil bestätigt wurde – das war allerdings ein theoretischer Fall, jedenfalls bisher nicht vorgekommen. Diese Tabelle führte die Vorsitzende der Dritten Strafkammer des Landgerichts, Richterin Schnöde, so souverän an wie der FC Bayern die erste Bundesliga. Brun allerdings hielt den Rekord für den schnellsten Rückfall eines verschonten Straftäters. Monatelang war Richter Gurtmann stolzer Rekordhalter gewesen. Sein schnellster rückfällig gewordener Straftäter hatte nach der Verurteilung immerhin sechsundzwanzig Stunden durchgehalten, ehe er das nächste Verbrechen beging. Doch dann gelang Richter Brun eine neue persönliche Schlechtleistung: Der Angeklagte, den ich zu einer Freiheitsstrafe von zwei Jahren verurteilt hatte, hatte bei ihm in der Berufungsverhandlung noch einmal eine Bewährung bekommen, war aus dem Sitzungssaal sofort in das nahe gelegene Einkaufszentrum spaziert und hatte dort einer älteren Dame geholfen. Leider nur beim Tragen ihrer Geldbörse. Und das alles weniger als eine Stunde nach der Verurteilung, nämlich nach genau siebenundvierzig Minuten. Das verrieten die Videoaufzeichnungen der Überwachungskameras, die uns die Kaufhausdetektive zu rein sportlichen Dokumentationszwecken freundlicherweise zur Verfügung gestellt hatten.

Oliver nahm seine Anwaltsrobe von der Stuhllehne, faltete sie grob zusammen und legte sie auf seine Aktentasche. Gerade wollte er den Saal verlassen, da drehte er sich noch einmal um und machte ein ernstes Gesicht.

»Übrigens, habt ihr es schon gehört?«

Ich blickte Oliver fragend an. »Nämlich?«

»Fredi ist tot.«

Der Satz traf wie eine Ohrfeige.

3

Friedrich »Fredi« Diepenberg war ein stadtbekannter Junkie, Gelegenheitsdieb und ein wirklich netter Kerl. Das war mir bereits aufgefallen, als ich ihn vor fast zehn Jahren zum ersten Mal verurteilte, weil er ein Parfum gestohlen hatte. Parfum, Rasierklingen, Zahnbürstenköpfe, Tabak oder Kaffee – alles Gegenstände, die bei Junkies sehr beliebt sind, da sie sich gut »verticken« lassen, um schnell ein paar Euro für den nächsten Schuss zusammenzubekommen.

Rechtsanwalt Bollmann verteidigte Fredi schon seit vielen Jahren und kannte seine Lebensgeschichte ebenso wie ich. Fredi hatte bis zu seinem dreißigsten Lebensjahr nicht eine einzige Straftat begangen. Er war ein solider Handwerker, Dachdecker, ein Baum von einem Mann. Er lachte gern, viel und oft. Am liebsten mit seiner Tochter, der kleinen Corinna. Bis zu dem Tag, als sich zwei junge Männer ein Rennen in der Innenstadt lieferten und mit über hundert Stundenkilometern über eine rote Ampel rasten. Corinna war auf dem Heimweg von der Schule, gemeinsam mit ihrer besten Freundin. Sie hatten gewartet, bis die Fußgängerampel grün zeigte. So wie sie es gelernt hatten. Die Mädchen verstarben noch an der Unfallstelle. Sie waren erst acht Jahre alt. Beide Raser kamen mit einer

Bewährungsstrafe davon. Fredi rutschte ab, verlor erst den Job, dann seine Frau. Er begann mit Alkohol und Tabletten. Irgendwann rauchte er Heroin. Glücklich machte es ihn nicht, aber wenigstens betäubte es seinen Schmerz. Für eine Weile.

Bald ging er dazu über, Heroin zu spritzen. Angeblich wirkt das schneller, und es braucht weniger Stoff für einen Kick. Fredis Arbeitslosengeld wurde immer knapper. Er verkaufte alles und verlor seine Wohnung. Seitdem lebte er auf der Straße. Im Winter wurde Fredi oft »zur Ausnüchterung« eingesperrt. Das war die offizielle Version. Inoffiziell nutzten unsere Gesetzeshüter die Gelegenheit, ihn aufzupäppeln. Fredi bekam etwas zu essen, eine Dusche und auch immer wieder ein paar gebrauchte, aber saubere Kleidungsstücke. Alle Polizisten kannten Fredi und seine Geschichte, und sie mochten ihn. Mir ging es nicht anders. Fredi war immer freundlich. Selbst dann, wenn er bei einem Diebstahl erwischt wurde. Nie versuchte er wegzulaufen oder wurde aggressiv.

Ich sperrte Fredi regelmäßig im November oder Dezember ein. Für drei Monate. Ein Gefängnisaufenthalt ist kein Zuckerschlecken. Auch für Kriminelle nicht. Und den großkotzigen Armleuchtern, die behaupten, deutsche Gefängnisse seien wie ein Urlaub im Club Robinson, wünsche ich einmal einen dreimonatigen Urlaub in so einem Feriendomizil. Ich bin überzeugt, dass das ihre Auffassung ändern würde. Für wenige arme Teufel wie Fredi ist jedoch selbst ein Gefängnisaufenthalt eine Verbesserung ihrer Lebensqualität. Wenn es ihm sehr dreckig ging und er sich mal wieder strafbar gemacht hatte, verschaffte ich Fredi für einige Zeit ein Dach über dem Kopf, drei Mahlzeiten täglich und eine ärztliche Grundversorgung. Meistens kam er im Dezember in den Knast und im Frühjahr wieder raus. Mit fünf bis zehn

Kilogramm mehr auf den Rippen, manchmal auch clean. Wenigstens für kurze Zeit.

Inzwischen hatte Fredi drei Therapien hinter sich, die letzte erfolglos abgebrochen. Der Sozialhilfeträger übernahm die Kosten für einen weiteren Therapieversuch nicht mehr. Es war eine Frage der Zeit gewesen, bis ihm das Heroin den Rest gab.

Fredi und ich trafen uns oft in der Fußgängerzone der Altstadt, wenn ich zum Mittagessen ging. Er begrüßte mich immer freundlich mit »Hallo, Euer Ehren!«. Ab und zu wechselten wir ein paar Worte, ich drückte ihm ein oder zwei Euro in die Hand, und manchmal kaufte ich ihm etwas zum Essen. Fredi war ein guter Mensch. Und hilfsbereit. Auch dem Richter gegenüber, der ihn immer wieder einsperrte. Ich würde ihm niemals vergessen, was er vor drei Jahren für meine Familie getan hatte …

»Was ist passiert?« Staatsanwalt Nussbaum riss mich aus meinen Gedanken.

Bollmann zuckte mit den Schultern.

»Sie haben ihn heute Morgen gefunden. Unter der Eisenbahnbrücke. Da war er wohl schon kalt. Mehr weiß ich auch nicht.«

»Scheiße«, brummte Uli. Er kannte Fredi sogar länger als ich. »Fredi war in der Grundschule ein oder zwei Klassen unter mir.«

»Vielleicht war seine Zeit einfach gekommen«, sagte Oliver.

Uli nickte zustimmend.

»Fredi war ein anständiger Kerl«, stellte ich fest. »Ein wirklich anständiger Kerl.«

4

Kaffee. Wenn er jemals in den Katalog der illegalen Betäubungsmittel aufgenommen werden sollte, hätte ich ein ernsthaftes Problem. Schon als Kind hatte ich seinen Geruch gemocht. Meine Großmutter nutzte noch eine altmodische Kaffeemühle, um die Kaffeebohnen mit der Hand zu mahlen. Einmal am Morgen und einmal am Nachmittag. Auch heute noch, fast ein halbes Jahrhundert später, erinnerte mich der kleinste Hauch von frischem Kaffeeduft an die kleine Bergmannswohnung meiner Großeltern, in der ich jeden Tag nach der Schule meine Hausaufgaben machte, bis meine Mutter von der Arbeit kam. Aufgrund dieser schönen Kindheitserinnerungen wirkt Kaffee auf mich bis heute beruhigend und anregend zugleich.

An diesem Nachmittag blieb seine Wirkung allerdings auch nach der dritten Tasse aus. Fredi ging mir nicht aus dem Kopf, seit ich mich vor zwei Stunden von Uli und Oliver verabschiedet hatte. Ich schob die Strafakte, in der ich seit einer Viertelstunde unkonzentriert hin und her blätterte, von mir weg und blickte auf meinen Schreibtisch. Er sah wie immer etwas chaotisch aus. Neben dem handbreiten Nocheinmal-durchsehen-und-wegwerfen-Stapel türmte sich ein doppelt so hoher Noch-einmal-durchsehen-dann-auf-den-Noch-einmal-durchsehen-und-wegwerfen-Stapel-legen-Stapel. Drum herum lagen verstreut zwei Dutzend Papiere, die es bisher weder auf den einen noch auf den anderen Stapel geschafft hatten. Und mittendrin stand ein Kaktus, den mir meine kleine Tochter Ronja zu meinem einundvierzigsten Geburtstag geschenkt hatte. Damals war sie sieben Jahre alt. Britta hatte gewettet, der Kaktus würde keine drei Monate überleben. Zugegeben, die meisten meiner Zimmerpflanzen machten es nicht lange. »Selten gießen« bedeutet eben doch »schon irgendwann mal gießen«. Aber der Ronja-Kaktus war ungewöhnlich zäh. Und ich hatte mich gebessert. Oder vielmehr: Ich hatte herausgefunden, wie man kalten Kaffee auch entsorgen konnte.

Als ich gerade beschlossen hatte, den Rest aus meiner Kaffeetasse mit Ronjas Kaktus zu teilen, klopfte es an der Tür, und eine Frau um die vierzig stürmte in mein Büro, noch bevor ich »Herein« sagen konnte. Dr. Nora Gülsen, genannt »Duracell«, die Vizedirektorin des Amtsgerichts. Ihr Spitzname entstammte einer Fernsehwerbung aus den Achtzigerjahren für die gleichnamige Batterie. Tatsächlich erinnerte Gülsens immer hektisches Auftreten stark an den beckenschlagenden, batteriebetriebenen Duracell-Hasen. Es wäre jedoch ein schwerer Fehler, sie lediglich als etwas nervtötend oder flippig abzutun. Duracell gehörte zu der gefährlichsten Sorte Richter, der ich in meinen mehr als zwanzig Dienstjahren begegnet bin.

Im Großen und Ganzen gibt es drei Arten von Richtern.

Die einen treibt der Idealismus in den Beruf; der naive Wunsch, den Menschen zu helfen und der Gerechtigkeit zu dienen. Das ist die mit Abstand dümmste Gruppe. Zu ihr gehörte ich auch einmal. Der Idealismus legt sich mit der Zeit, je länger man im Staatsdienst ist. Er geht aber nie ganz weg. Es ist wie eine Sucht. Selbst heute leide ich noch bisweilen unter idealistischen Vorstellungen.

Dann gibt es die Juristen, die einen sicheren Job mit regelmäßigem Einkommen suchen. Einen familienfreundlichen Beruf, in dem man auch Kinder bekommen und dauerhaft halbtags arbeiten kann. Das ist die mit Abstand größte Gruppe. Ebenso langweilig wie ein kräftiger Schluck lauwarmes Wasser, aber wenigstens harmlos.

Die dritte Art ist die mit Abstand schlimmste. Vertreter dieser Gruppe suchen Ruhm und Ehre, also einen gut klingenden Titel wie »Direktor« oder »Präsident« und eine möglichst hohe Besoldungsstufe. Der Weg in die freie Wirtschaft ist ihnen versperrt, da dort Unfähigkeit mit dem Verlust des Arbeitsplatzes bestraft werden kann, während im öffentlichen Dienst Inkompetenz noch nie ein Karrierehindernis war, sondern eher Beförderungsvoraussetzung. Der Büroschlaf eines Landgerichtspräsidenten wird nicht gestört, nur weil in einem einzigen Strafprozess Steuergelder in zweistelliger Millionenhöhe verbrannt werden. Zu dieser Sorte gehörte Duracell. Natürlich hatte sie keine Kinder. Kinder waren in ihren Augen nur ein Karrierehindernis. Einmal hatte sie einer schwangeren Kollegin, die nur noch halbtags arbeiten wollte, mit deutlichen Worten erklärt, was sie davon hielt: »Um Ihre Kinder kann sich jeder kümmern, um Ihre Karriere nur Sie selbst!«

»Raten Sie mal, was Tolles passiert ist!«, flötete Duracell ohne Begrüßung.

Ich hatte kurzfristig die Hoffnung, sie hätte sich freiwillig für ein Versuchsprojekt zur Erprobung starker Beruhigungsmittel gemeldet. Aber das war es wohl nicht. Leider.

Als ich nach einer für sie endlos scheinenden Sekunde immer noch nicht geantwortet hatte, riss ihr nanometerdünner Geduldsfaden. »Also, der Präsident des Landgerichts hat sich ...«, begann sie.

»... versehentlich erfolgreich suizidiert?«, beendete ich ihren Satz.

Duracell machte ein verdutztes Gesicht. »Äh, nein«, sagte sie sichtlich verwirrt. Nicht mal das bekommt der hin, dachte ich.

Duracell setzte erneut an: »Also, der Präsident des Landgerichts hat sich ...«

»... mit zwei Praktikantinnen in die Südsee abgesetzt?« Mein zweiter Versuch.

Sie wurde ungeduldig. »Lassen Sie mich doch ausreden! Also, der Präsident des Landgerichts hat sich für Freitag angekündigt. Er wird Sie überhören. Persönlich!« Duracell strahlte über das ganze Gesicht.

Eine Überhörung. Einen so blödsinnigen Namen können sich nur Juristen im Staatsdienst ausdenken. Es ist eine Art Überprüfung des Richters. Der Präsident oder einer seiner leibeigenen Richter kommt zu diesem Zweck in eine Gerichtsverhandlung, hört zu und schreibt anschließend alles auf, was er nicht verstanden hat, aber natürlich viel besser gemacht hätte.

»Toll«, entgegnete ich knapp. Das Erscheinen des Präsidenten war für mich nicht unbedingt ein Grund, in Ekstase zu verfallen. Ich musterte Duracell. Man konnte das offensichtlich auch anders sehen.

»Freuen Sie sich denn gar nicht?«, fragte sie.

»Doch, doch. Unglaublich.« Mein halbherziger Versuch zu lächeln scheiterte kläglich.

Duracell musterte mein Büro und rümpfte die Nase. »Vielleicht sollten Sie für Freitag einige Bilder abhängen. Falls sich der Herr Präsident noch mit Ihnen unterhalten will. Er schätzt es nicht, wenn solche Bilder im Büro eines Richters hängen.«

Ich blickte mich um. An den zuletzt vor fünfzehn Jahren gestrichenen Wänden meines Büros hingen die Hollywoodstars vergangener Tage. Über der Kaffeemaschine war ein gerahmtes Poster von Gary Cooper. Und die Wand, an der mein Aktenbock stand, schmückten Clint Eastwood und John Wayne. Alle natürlich stilecht mit Cowboyhut, Sattel und Gewehr.

»Warum nicht?«, fragte ich in einem ernsten Tonfall.

»Überlegen Sie doch: Welchen einzigen Rückschluss lassen solche Bilder auf den Menschen zu, der sie in seinem Büro aufhängt?«

»Dass dieser zwar klassische Western bevorzugt, allerdings auch dem Subgenre des Italowestern durchaus etwas abgewinnen kann?«

Duracell schüttelte den Kopf. »Nein.«

»Doch, natürlich«, widersprach ich. »Cooper und Wayne sind die Prototypen des klassischen Westernhelden, während gerade die Dollar-Trilogie von Sergio Leone mit Clint Eastwood die europäische und besonders italienische Sichtweise auf den Wildwest-Mythos charakterisiert.«

»Sie können das ganz offensichtlich nicht begreifen«, begann Duracell mit dem Tonfall eines Oberlehrers. »Derartige Bilder lassen nur den Rückschluss zu, dass Sie, Herr Buckmann, es für richtig halten, das Gesetz mit dem Revolver durchzusetzen und die Straßen mit der Waffe zu säubern!«

Ich machte ein betroffenes Gesicht. »Jetzt wird mir so einiges klar!«

»Das freut mich.«

»Mich nicht! Ich bin sehr besorgt! Wenn das mit dem Rückschluss so eindeutig ist, dann …« Ich machte eine Pause.

Duracell sah mich fragend an.

»Sie haben doch neulich erzählt, dass Ihr Lieblingsfilm *Titanic* ist«, setzte ich nachdenklich an. »Ich muss darauf bestehen, vor Ihrem nächsten Segeltörn Ihren Ehemann zu warnen und …« Duracell funkelte mich wütend an, machte auf dem Absatz kehrt und riss die Tür auf. Dann drehte sie sich noch einmal um.

»Sie denken doch daran, dass sich morgen Nachmittag der neue Referendar vorstellt?«

Empört blickte ich sie an.

»Selbstverständlich denke ich daran!« Mist, den hatte ich komplett vergessen.

5

Eine halbe Stunde nach dem Gespräch mit Duracell stand ich bereits vor der kleinen Wohnung in der Altstadt, die ich angemietet hatte, nachdem meine Mädels aus unserem Haus am Stadtrand ausgezogen waren. Ein kleines Schlafzimmer, Küche, Bad und ein Wohnzimmer, das groß genug war, um auch noch meine Trainingsbank und ein paar Hanteln unterzubringen. Schon als ich die Tür öffnete, kam mir mein Mitbewohner entgegen. Wie immer unbekleidet. Er blieb stehen, gähnte herzhaft und kratzte sich ausgiebig hinter dem linken Ohr.

»Na, Grisu! Was hast du den ganzen Tag gemacht?«, fragte ich und schloss die Wohnungstür hinter mir. Was auch immer es war, es musste sehr hungrig gemacht haben, denn der schwarz-weiße Maine-Coon-Kater marschierte sofort in die Küche und schabte an der Tür des Schranks, in dem ich das Katzenfutter aufbewahrte.

»Etwas früh für das Abendbrot, oder?«, fragte ich. Grisu sah das offensichtlich anders. Wie immer. Ich nahm eine Dose mit Leckerchen aus dem Schrank und legte eine Handvoll davon in den Futternapf neben der Wasserschale. Grisu sah mich kurz an, als wollte er vorwurfsvoll sagen: »Ist doch nur was für den hohlen Zahn!« Dann fraß er die Portion auf und erinnerte dabei an einen Staubsauger auf höchster Stufe. Anschließend beschwerte er sich mit einem Mauzen, dass sein Napf wieder leer war.

Einmal mehr rechnete ich es meiner Frau hoch an, dass sie unseren Kater nicht mitgenommen hatte, als sie ausgezogen war, obwohl sie sehr an ihm hing. »Du brauchst Gesellschaft. Es ist nicht gut, wenn du immer allein bist«, hatte Britta gesagt. Und sie hatte vollkommen recht. Grisu war ein toller Mitbewohner. Er half mir ab und zu sogar bei der Arbeit. Ich schilderte einen Fall, Grisu hörte aufmerksam zu und gab mir einen Rat. Natürlich konnte er nicht sprechen, aber ich kannte ihn lange genug, um zu wissen, was er dachte.

»Friss nicht so schnell! Du bist in letzter Zeit ganz schön auseinandergegangen«, sagte ich.

Grisu hob in Zeitlupe den Kopf von seinem Fressnapf und sah mich durch zusammengekniffene Augen an. »Bitte?«

»Ich meine ja nur. Wenn du sitzt, kannst du deinen Bauch als Fußwärmer benutzen.«

Grisus Augen verengten sich weiter. »Das ist nur das Fell. Recht fluffig.«

Um seinen Worten Nachdruck zu verleihen, sprang er mit einem ebenso eleganten wie kraftvollen Satz auf die Küchenanrichte und stolzierte hinüber. »Fußwärmer? Fußwärmer am Arsch!«

Ich ließ mich nicht auf eine weitere Diskussion ein, sondern ging ins Badezimmer und reinigte das Katzenklo. Anschließend fragte ich mich, warum Katzen immer dann müssen, wenn man gerade sauber gemacht hat. Als ich mich im Wohnzimmer auf die Couch fallen ließ, folgte Grisu. Er sprang zu mir hoch, kuschelte sich an und gähnte herzhaft. Wenige

Sekunden später war er eingeschlafen. Wenige Minuten später ich ebenfalls.

Es war bereits dunkel, als ich vom Summen meines Handys geweckt wurde. Auf dem Display erschien das Bild von Kiana, meiner großen Tochter. Wir waren für Freitag zum Abendessen verabredet. Ich freute mich sehr darauf, es war mein Höhepunkt der Woche.

»Hallo, meine Große! Wie geht es dir?«

»Hallo, Papa! Danke, gut. Viel zu tun. Schreibe an einer Hausarbeit über Sartre.« Kiana studierte im dritten Semester Deutsch und Philosophie.

»Das klingt anstrengend«, sagte ich.

»Ja … und deshalb … weißt du, ich wollte Freitagabend arbeiten …« Ich hasste Sartre.

»Papa? Ist das in Ordnung?« Wenigstens hatte Kiana ein schlechtes Gewissen.

»Ja klar! Weißt du doch. Dienst ist Dienst.« Oft genug hatte ich Abende und Wochenenden im Gericht verbracht, als Kiana und Ronja noch klein waren. Ich war der letzte Mensch auf der Welt, der meiner Tochter übel nehmen durfte, dass sie fleißig war. Aber enttäuscht sein durfte ich. Vielleicht fand ich ja noch eine Lösung.

»Was hältst du davon, wenn ich Essen hole und bei dir vorbeikomme. Essen musst du ja schließlich.«

»Das ist so lieb von dir Papa …« Oje, der typisch diplomatische Anfang einer Abfuhr. »Aber Tobi bringt etwas zum Essen für uns mit. Du kennst doch Tobi?« Klar kannte ich Tobias, den »Schöngefönten«, wie ihn Britta immer nannte. So ein Modeltyp. Und Dauerstudent. Hatte schon zwei Studiengänge abgebrochen. Kiana und er hatten nur eine lockere Beziehung. Jedenfalls redete ich mir das immer sehr erfolgreich ein.

»Klar kenne ich Tobi«, sagte ich, so freundlich ich konnte. »Das ist ja lieb, dass er etwas zu essen für euch mitbringt.« Wahrscheinlich holt er zwei Kindermenüs bei den goldenen Bögen. Im Zweifel musst du ihm noch die Kohle vorstrecken, da er sein letztes Geld für Haarwachs ausgegeben hat.

»Hast du was gegen Tobi?«, fragte Kiana. Nein, noch nichts Wirksames.

»Wie kommst du denn darauf?« Ich versuchte, möglichst erstaunt zu klingen.

»Ach, nur so. Ich glaube, Mama mag ihn nicht besonders.« Ich weiß. Und das ist einer der Gründe, warum ich deine Mutter immer noch liebe.

»Ach wo! Das bildest du dir nur ein. Grüß ihn lieb von mir!« Den Vollpfosten.

»Mache ich. Und unser Abendessen holen wir nach. Versprochen.« Kiana verabschiedete sich. Ich schaltete den Fernseher aus, machte Grisu ein Abendessen und ging ins Bett. Der Tag musste schnellstens beendet werden.

6

Am nächsten Morgen rief ich als Erstes Kiana an und vereinbarte einen neuen Termin für unser Abendessen. In unserem Gespräch am vergangenen Abend hatte ich das bewusst nicht mehr gemacht, um den heutigen Tag mit etwas Schönem zu beginnen. Und was gibt es Schöneres als die Stimme meiner Tochter und die Aussicht auf ein gemeinsames und ungestörtes Abendessen?

»Also dann am Dienstag in zwei Wochen. Ich freue mich«, sagte ich und wollte das Gespräch beenden.

»Ich mich auch. Ach, und Papa?«

»Ja?«

»Du klangst gestern Abend so bedrückt. War das, weil ich unser Abendessen verschoben habe?« Kiana hatte schon als kleines Kind instinktiv gespürt, wenn sich jemand in ihrer Umgebung nicht gut fühlte. Abstreiten war also sinnlos.

»Auch. Es ist gestern etwas passiert. Ein alter Bekannter von mir ist plötzlich verstorben.«

»Soll ich vorbeikommen?« Auch das war typisch für meine Tochter und rührte mich sehr.

»Nein, nein. Es geht schon wieder.« Mit einem gespielten

Lächeln setzte ich hinzu: »Dein Vater wird langsam alt. Da kommen die Einschläge näher.«

»Ach, Papa! Du wirst doch nicht alt!«, protestierte Kiana.

»Da widerspreche ich dir aber ganz entschieden! Ich hoffe sogar, dass ich sehr alt werde.«

Kiana lachte.

»Es ist nur so«, fuhr ich fort, »dass mir irgendetwas an seinem Tod merkwürdig vorkommt.«

»Und was? Vermutest du ein Verbrechen?«

Nun, davon abgesehen, dass derjenige, der Fredi das Heroin verkauft hatte, zumindest wegen unerlaubten Verkaufs von Betäubungsmitteln strafbar war, hatte ich dafür keine Anhaltspunkte.

»Ich weiß es nicht. Wahrscheinlich nicht.«

»Hör dich doch mal bei deinen Freunden von der Polizei um«, schlug Kiana vor.

»Wieso ich? Das ist die Aufgabe der Ermittlungsbehörden und nicht meine.«

»Papa, ich glaube, du wirst wirklich alt«, neckte mich meine Tochter.

»Nein. Ich werde nur ruhiger«, widersprach ich.

»Für mich klingt das wie *älter*.«

»Musst du nicht in die Uni und endlich etwas lernen?«, fragte ich gespielt empört. Kiana lachte.

»Alles klar, alter Mann. Bis dann!« Kiana legte auf.

Ich stand mit dem Smartphone in der Hand im Flur meiner kleinen Wohnung und betrachtete mich in dem hohen Spiegel neben der Garderobe. Alter Mann? Optisch war ich noch nicht völlig unbrauchbar. Man konnte gut erkennen, dass ich immer regelmäßig trainierte. Als aufmerksamer Beobachter jedenfalls. Auch die Falten hielten sich in Grenzen.

Und die Haare, zwar etwas grau an den Schläfen und hohe Geheimratsecken, doch sonst in Ordnung. An meinem Inneren allerdings war ein Vierteljahrhundert deutsche Justiz nicht spurlos vorübergegangen.

Ich weiß noch, mit wie viel Energie und Idealismus ich damals angefangen hatte. Für den Rechtsstaat einstehen. Das Wohl des Volkes als oberstes Gebot. Ein Vertreter der dritten Staatsgewalt. In den ersten Jahren kannte ich keinen Feierabend. Dreizehn Stunden am Tag, sieben Tage in der Woche, 365 Tage im Jahr. Natürlich nagte das an meiner Gesundheit, an meiner Ehe, an meiner Familie. Aber das war mir egal. Denn ich wusste, es war für die richtige Sache. Dann kam irgendwann der Zeitpunkt, als mir die vielen Baustellen der Justiz auffielen. Marode Gerichtsgebäude, zu wenig Personal, überholte Computer, veraltete Software, zu viele Speichellecker unter den Kollegen. Das System schien baufällig, kaputt. Und irgendwann setzte die Erkenntnis ein: Das System ist nicht kaputt. Das System ist genau so gewollt. Natürlich könnte die Regierung mehr Geld zur Verfügung stellen, um Gerichte und Staatsanwaltschaften vernünftig auszustatten und ausreichend Personal einzustellen. Der deutsche Rechtsstaat ist zu billig. Er kostet den Bürger nur 40 Cent am Tag. In der Woche also weniger als ein Kaffee bei der Kaffeehauskette, die immer meinen Namen auf die Becher schreiben will. Und natürlich könnte das Parlament ein Gesetz verabschieden, damit die Richter nicht mehr von der Regierung ausgewählt und befördert werden. Doch dann wären meine Kollegen und ich plötzlich wirklich unabhängig. Wir hätten eine echte Gewaltenteilung. Welche Regierung will das schon? Ein paar gut zu lenkende Juristen, die genau so Recht sprechen, wie man es will. Und ein paar Karrieristen wie

Duracell und der Präsident, die sie an der kurzen Leine halten. Das ist das gewollte System. Und ich war Teil dieses Systems geworden. Ich bin nicht immer mitgeschwommen, gerade zu Anfang auch oft gegen den Strom. Aber mit der Zeit ließ ich mich treiben. Immer öfter. Viel zu oft. Ich nahm die vielen Fehler hin. Gegen meine Überzeugung. Kiana hatte recht. Ich war alt geworden. Ein alter Mann.

7

Pünktlich um zwei Uhr am Nachmittag klopfte es an meine Bürotür. »Herein!« Ein junger Mann, Mitte zwanzig, folgte meinem Aufruf und öffnete die Tür. Schlank und hochgewachsen, südländischer Typ. Er trug einen erstaunlich gut sitzenden Anzug und einen prächtigen schwarzen Vollbart.

»Guten Tag, mein Name ist Hamid Bahar«, sagte er.

So sehen Sie auch aus, dachte ich und überlegte, ob es eigentlich politisch unkorrekt ist, das zu denken, was offensichtlich ist.

»Buckmann«, entgegnete ich. »Nehmen Sie Platz.«

Ich wies auf meinen kleinen Besprechungstisch, an dem vier Stühle standen.

»Einen Kaffee?«

»Gern«, antwortete Hamid.

Ich mag Menschen, die Kaffee mögen. Hamid setzte sich, ich nahm ihm gegenüber Platz und stellte eine Tasse unter meinen in die Jahre gekommenen, aber immer noch gut funktionierenden Kaffeevollautomaten, den ich auf einem alten Aktenbock in einer Ecke platziert hatte.

»Milch, Zucker?«

»Schwarz, bitte!«

Noch lieber sind mir Menschen, die schwarzen Kaffee trinken. Ich musterte den jungen Mann. Früher hatte ich regelmäßig versucht, die guten Referendare davon zu überzeugen, als Richter in den Staatsdienst zu treten. Jetzt machte ich das nur noch, wenn ich einen Referendar abgrundtief hasste. Und selbst dann hatte ich ein schlechtes Gewissen. Gleich würde ich Hamid die Standardfrage stellen: »Wollen Sie Richter werden?« Nach meiner Erfahrung würde er mit einer Wahrscheinlichkeit von 93,7 Prozent die Standardantwort geben: »Genau das ist mein Ziel.« Referendare antworteten meistens so. Schließlich wollten sie eine gute Note, da machte es sich gut zu behaupten, Richter werden zu wollen, auch wenn sie eigentlich den Job des Consigliere einer Mafiafamilie anstrebten. Die restlichen 6,3 Prozent antworteten immer: »Weiß ich noch nicht.« Also dann.

»Wollen Sie auch mal Richter werden?« Ich bemühte mich, interessiert auszusehen.

»Auf gar keinen Fall!« Seine Antwort erfolgte ebenso schnell wie selbstbewusst. Ich wusste nicht, ob ich ihn für seine Offenheit bewundern oder für seine Ungeschicklichkeit bemitleiden sollte. Jedenfalls hatte er mein Interesse geweckt.

»Und warum nicht?«

Hamid blickte mir in die Augen und lächelte selbstbewusst.

»Sie stellen mir eine solche Frage in diesem Büro, das schätzungsweise fünfzehn Jahre nicht gestrichen wurde und ganz offensichtlich auch nicht gereinigt wird, mit einem Schreibtisch, auf dem sich die nie entfernten Kaffeeflecken wie Salzsäure eingebrannt haben, einem Bürostuhl, der bei Ihnen sehr wahrscheinlich für Probleme im Lenden- und

Nackenwirbelbereich sorgt, und mit einem Computer, der vermutlich schon einem Kollegen von Albert Einstein gehört hat?«

Das hatte gesessen. Was ein Arsch! Ich mochte den Jungen.

»Schokoriegel?« Ich hielt ihm eine Packung Duplo hin.

»Danke«, sagte er höflich und griff zu.

»Wenn Sie kein Richter werden wollen, was wollen Sie dann bei mir?« Es war unüblich, dass Referendare einem Strafrichter zur Ausbildung zugewiesen worden. Es sei denn auf ausdrücklichen persönlichen Wunsch.

»Ich soll Sie von Dr. Zanger grüßen. Ich arbeite nebenher in seiner Kanzlei.«

Rechtsanwalt Dr. Thomas Zanger war ein alter Bekannter von mir. Wir hatten früher im selben Verein geboxt, er Mittel- und ich Halbschwergewicht. Aber das war schon etliche Jahre her. Als Richter sollte man übrigens nie geboxt haben. Ich weiß noch genau, wie mich der Präsident des Landgerichts ansah, als ich ihm von meiner sportlichen Betätigung erzählte. Und als er es weitertratschte, schauten mich alle Kollegen an wie einen Mörder. Gut, mittlerweile stimmt das ja auch. Aber damals noch nicht. Außerdem habe ich ja auch niemanden erschlagen, ich habe … Aber dazu kommen wir noch.

»Wie geht es Thomas?«

»Sehr gut. Kann sich vor neuen Kunden kaum retten. Sind schon über siebenhundert neue Mandate in diesem Jahr.«

Ich pfiff durch die Zähne.

»Respekt. Ist um einiges lukrativer als mein Job«, musste ich zugeben.

»Er hat jetzt auch den Fall Mori übernommen«, fuhr Hamid fort. »Wussten Sie das?«

»Ich habe davon gehört. So etwas spricht sich in der Justiz schnell rum.« Der Fall Mori würde einer der aufsehenerregendsten Prozesse des Jahres werden. Mori war der gefürchtete »Friedensrichter« in unserer Stadt. Nicht selten ordnete er an, dass jemandem Knochen gebrochen wurden. Oder ein Finger abgeschnitten. Sogar einige Morde gingen angeblich auf seine Anweisungen zurück. Mori war das beste Beispiel dafür, was geschieht, wenn die Bürger die staatlichen Gerichte nicht mehr ernst nehmen. Paralleljustiz. Selbstjustiz. Immer ein Zeichen dafür, dass der Bürger den staatlichen Stellen, vor allem den Gerichten, kein Vertrauen mehr schenkt. Und wenn ich mir meine Tabelle ansehe, die Richter Schnöde, Weiß, Gurtmann, den Rekordhalter Brun, ist dieses Misstrauen auch nicht ganz unberechtigt. Ich spürte eine leichte Wut in mir aufsteigen und nahm einen großen Schluck Kaffee, der in Sekundenbruchteilen wirkte.

»Aber Sie haben meine Frage noch nicht beantwortet, Herr Bahar. Was wollen Sie bei mir?«

»Während meines Studiums habe ich tatsächlich mal überlegt, Richter zu werden. Aber dann habe ich bei einem Freund miterlebt, wie er aus dem Richterdienst gemobbt worden ist, weil er ... Na ja, er ist genau wie ich. Ich meine, türkischer Abstammung. Sie sagen jetzt vielleicht, das sei kaum der Grund, aber ...«

»Das sage ich gar nicht«, unterbrach ich Hamid. »Ich kann es mir leider vorstellen. In der Justizverwaltung sitzen zu viele alte, weiße Männer. Und einige alte, weiße Frauen. Die jedoch häufig aussehen wie alte, weiße Männer mit schlecht aufgetragener Schminke.«

Hamid lachte herzhaft.

»Und auf einen solchen Affenzirkus will ich mich gar nicht

erst einlassen. Ich werde Strafverteidiger. Das ist das Rechtsgebiet, das mich immer am meisten interessiert hat. Und Thomas Zanger hat mir bereits einen Job in Aussicht gestellt. Er hat mir geraten, bei Ihnen Referendar zu werden. Thomas sagt, ich könnte bei Ihnen viel für die Praxis lernen. Weg von der ganzen Theorie der Referendarausbildung. Das, was nicht in Büchern steht.«

Ich musste grinsen. Das, was nicht in den Büchern steht, konnte man nur beim Amtsgericht lernen. Ich sah Hamid an.

»Kommen Sie am Freitag gegen elf Uhr wieder. Dann ist meine nächste Strafrichtersitzung.«

Das gab mir Zeit, ein paar Sachen für Hamid vorzubereiten. So nervig manche Referendare auch sein können, auf die Zusammenarbeit mit Hamid freute ich mich irgendwie. Am nächsten Morgen stand mir jedoch erst einmal ein wenig erfreulicher Termin bevor.

8

Ich hasse Beerdigungen. Fast ebenso sehr wie Hochzeiten. Wenigstens gibt es bei Begräbnissen keine albernen Spiele. Auf dem Weg zum Friedhof musste ich feststellen, dass ein schwarzer Anzug bei über dreißig Grad ein unangemessenes Kleidungsstück ist. Ich ging an der Leichenhalle vorbei auf den östlichen Teil des Areals zu, wo sich die neuesten Ruhestätten befanden.

Der kurze Leichenzug war bereits am Grab angekommen. Die Sargträger, der Pfarrer, zwei Leute aus der Gemeinde und – ich musste lächeln – Kriminalhauptkommissar Nick Hiller. Er hatte auf einen Anzug verzichtet und trug ein dunkles Poloshirt und Jeans. Kluge Entscheidung. Ich stellte mich neben ihn an das offene Grab, hinter dem ein schmuckloses Holzkreuz stand. Name, Geburtstag, Todestag. Mehr nicht. Nick blickte kurz zu mir rüber und nickte lächelnd. Er hatte Fredi bestimmt zwei Dutzend Mal festgenommen. Übrigens meistens im Winter.

Der Pfarrer sagte ein paar nette Worte, der schlichte Sarg wurde in das Grab hinabgelassen, und die Offiziellen entfernten sich. Ich stand schweigend neben Nick. Dann legte jemand die Hand auf meine Schulter. Ich blickte mich um.

Hinter mir standen Nussbaum und Bollmann, der Staatsanwalt und der Verteidiger. Damit waren wir komplett.

»Nicht mal seine Ex-Frau ist da«, bemerkte Uli leise.

»Die beiden hatten seit der Trennung keinen Kontakt mehr«, flüsterte Nick. »Hat er mir mal erzählt.«

»Irgendwie traurig«, sagte ich. »Niemand, der trauert.«

»Außer uns«, fügte Oliver hinzu.

Wir standen noch einige Minuten schweigend an Fredis letzter Ruhestätte. Dann gingen wir Richtung Ausgang.

»Eine Überdosis?«, fragte ich Nick. Er schüttelte den Kopf.

»Glaube ich nicht. Schlecht gestreckter Stoff. Wahrscheinlich ein Pflanzenschutzmittel.«

»Schweinerei«, fluchte Uli.

Ich blickte Nick fragend an. »Woher weißt du das?«

»Unser Landeskriminalamt war schnell. Dr. Streicher mit seinem Chemiebaukasten hat uns besucht.« Nick grinste. Dann machte er eine Pause und fügte mit besorgter Stimme hinzu: »Fredi ist der dritte tote Junkie innerhalb eines Monats.«

Schweigend gingen wir weiter Richtung Ausgang. Neben einem kleinen Grab blieb ich kurz stehen. Der abgebrochene Zweig einer Zypresse war auf den Grabstein gefallen. Ich trat einen Schritt näher und entfernte ihn. Nick runzelte die Stirn und musterte Namen und Geburtsdatum auf dem schwarzen Marmor.

»Svenja Pjalski, Gott! Sie war erst acht Jahre alte. Eine Verwandte?«

Ich schüttelte den Kopf. »Nein.«

Wir setzten unseren Weg fort und erreichten den Parkplatz am Südeingang des Friedhofs. Er war fast leer. Nur unsere vier Autos standen verteilt im Schatten der wenigen Bäume. Oliver und Uli verabschiedeten sich. Ich zog das

Jackett aus und nahm den Autoschlüssel aus der Innentasche.

»Bist du an der Sache dran?«, fragte ich Nick.

Der schüttelte den Kopf. »Es ist eine Mordkommission mit drei Beamten eingerichtet worden. Die Leitung hat Hauptkommissarin Blume.«

»Bist du nicht in der Mordkommission? Mit deiner Erfahrung in der Drogenszene?«

Nick schnaubte. »Nein, nur Berater. Du weißt doch, ich bearbeite nur noch Betrug.«

Nick war als Drogenfahnder gut, sogar sehr gut. Zu gut. Das war ihm vor ein paar Jahren zum Verhängnis geworden als das Innenministerium vollmundig verkündet hatte, das Drogenproblem sei landesweit auf dem Rückmarsch. Wohnungseinbruch sei die neue Kriminalität. Doch gerade als die Politik präzise entschieden hatte, wo die Verbrecher nun arbeiteten, ließ Nick einen großen Rauschgiftring auffliegen, den es eigentlich gar nicht mehr hätte geben sollen. Doch die Dealer hatten sich nicht an die Anweisung des Ministers gehalten. Und Nick war so unverschämt gewesen, das auch noch offenzulegen. Um solche Peinlichkeiten zukünftig zu verhindern, wurde Nick kurzerhand zum Betrugsdezernat versetzt. Seitdem hatte er einen sehr viel ruhigeren Job. Als Drogenfahnder war Nick oft nächtelang nicht nach Hause gekommen, weil er Verdächtige observierte, Einsätze plante und Zugriffe koordinierte. Beim Betrugsdezernat verliefen die Ermittlungen deutlich entspannter. Das kam Nicks Ehe zugute. Das kam Nicks Schlaf zugute. Und das kam Nicks Hobbys zugute. Und trotzdem hasste er es. Nick war ein Bulle, wie er im Buche stand. Eine ruhige Kugel zu schieben lag ihm noch nie. Wäre Nick Hiller Innenminister, dann würde es auf unseren Straßen sehr viel besser aussehen.

»Und was meinst du, Nick? Besteht ein Zusammenhang zwischen den drei Toten?«

Der Hauptkommissar nickte ernst.

»Das Heroin kam vermutlich immer aus derselben Quelle. Bei den beiden ersten Toten war der Stoff in rotem Zellophan eingepackt. Dasselbe Papier haben meine Kollegen neben Fredis Leiche gefunden.«

Nicks Handy klingelte. Er nahm es aus der Hosentasche und nahm den Anruf entgegen.

»Hiller, was gibt es … wieso ich … ja, ja, ja … bin auf dem Weg. Er soll warten.« Mit gereiztem Gesichtsausdruck stopfte er das Handy zurück in die Hosentasche.

»Alles in Ordnung, Nick?«

»Wir haben einen neuen Praktikanten. Der Chef will, dass ich mich um ihn kümmere. Auch noch Babysitter spielen. Mit mir kann man das ja machen. Entschuldige, Siggi, ich muss los.«

Nick wollte in sein Auto einsteigen. Ich griff ihn bei der Schulter.

»Nick, auch wenn du jetzt nur noch Betrug kannst, hör dich doch mal bei deinen alten Quellen um, woher das Zeug kommt.« Er blickte mich fragend an, also fügte ich hinzu: »Es interessiert mich persönlich.«

Nick zuckte mit den Schultern, brummte ein »Für dich doch immer, Euer Ehren« und stieg in sein Auto.

9

Mein Telefon klingelte bereits, als ich am darauffolgenden Morgen die Bürotür aufschloss. Mit drei schnellen Schritten war ich am Schreibtisch, griff zum Hörer und blickte auf das Display. Polizei.

»Morgen, Siggi! Hast du eine Minute?«, hörte ich die vertraute Stimme von Kriminalhauptkommissar Hiller.

»Morgen, Nick! Muss gleich in die Sitzung. Hast du was rausgefunden?«

»Ja. Seit ein paar Wochen ist neuer Stoff im Umlauf. Scheint immer dieselbe Quelle zu sein. Die Organisation kenne ich, hat uns früher schon Arbeit gemacht. Dann haben wir den Chef und noch ein paar seiner Mitarbeiter auffliegen lassen. Eine Zeit lang war alles ruhig. Jetzt läuft der Laden wieder.« Nick war wie immer gut informiert. Wie konnte man einen solchen Mann nur aus dem Drogendezernat versetzen? Was für eine Verschwendung!

»Ist der Chef schon wieder draußen?«

»Nein. Sitzt noch mindestens sechs Jahre. Wenn du mich fragst, hat der zweite Mann den Laden übernommen.«

»Hast du einen Namen für mich?«

Ich griff nach einem Notizzettel und kritzelte darauf, was

Nick mir diktierte: »Ercan Ayaz.« Ich stutzte. Obwohl ich ein miserables Namensgedächtnis hatte, kam dieser Name mir bekannt vor.

Ich legte auf und schaltete den Computer ein, um den Namen durch unsere Datenbank laufen zu lassen. Wie immer dauerte es eine halbe Ewigkeit, bis das System endlich so weit war. Nur drei Treffer tauchten auf dem Bildschirm auf. Zwei kleine Vorstrafen wegen Körperverletzung, die mehr als zehn Jahre zurücklagen und die seinerzeit mein mittlerweile pensionierter Mentor, Richter Jochen Mershofen, verhängt hatte. Und eine Verurteilung des Landgerichts wegen fahrlässiger Tötung von zwei kleinen Mädchen bei einem Autounfall. Natürlich! Ercan Ayaz war einer von zwei Halbstarken, die sich vor einigen Jahren ein Autorennen in der Stadt geliefert hatten. Das Rennen bei dem Fredis Tochter Corinna getötet wurde. Und ein anderes kleines Mädchen … Ich spürte, wie mein Mund trocken wurde. Ein bitterer Geschmack lag auf meiner Zunge.

Ich legte den Notizzettel mit dem Namen auf meinen Besprechungstisch und beschloss, bei der nächsten Gelegenheit meine Kontakte bei der Staatsanwaltschaft zu befragen. Vielleicht ergab sich dieses Mal die Gelegenheit, Ayaz festzunageln, und nicht schon wieder mit einer Bewährungsstrafe davonkommen zu lassen.

»Guten Morgen, Herr Buckmann!« Gut gelaunt und pünktlich stand mein neuer Referendar Hamid Bahar in der geöffneten Bürotür. Wieder trug er den dunklen Anzug, der ihm wie angegossen passte.

»Herr Bahar, kommen Sie doch rein! Einen schnellen Kaffee vor der Sitzung?«

Ich nahm eine Tasse aus dem Regal, stellte sie auf den

Kaffeeautomaten und drückte eine Taste. Dann deutete ich auf einen leeren Stuhl am Besprechungstisch.

»Bitte, nehmen Sie Platz!«

Hamid setzte sich, und ich erklärte ihm in wenigen Sätzen den Fall, der heute zur Verhandlung anstand. Hamid hörte aufmerksam zu, was seine kurzen und präzisen Rückfragen zeigten. Als er nach seiner Kaffeetasse griff, fiel sein Blick auf den Notizzettel.

»Ercan Ayaz. Läuft gegen ihn ein Verfahren?«, fragte er interessiert.

»Nein. Kennen Sie ihn?«

»Mmh.« Seinem Gesichtsausdruck nach zu urteilen, zählte Ayaz nicht zu Hamids engem Freundeskreis.

»Darf ich fragen, woher?«

»Ich bin in keinem guten Viertel aufgewachsen. Dort kennen alle Ayaz. Dem gehört die Gegend praktisch.«

Das konnte sehr informativ werden. Ich beschloss, Hamid ganz offen zu fragen.

»Handelt Ayaz mit Betäubungsmitteln?«

Hamid schnaufte amüsiert. »Der handelt mit allem, was Geld bringt. Waffen, Menschen, Drogen. Alle möglichen Drogen. Gras. Amphetamine. Ecstasy. Sogar mit Heroin. Hat eine Menge Läufer. Sind auch viele Jugendliche darunter.«

Läufer nennt man die Mitglieder eines Drogenrings, die den Stoff auf der Straße an die Junkies verkaufen. Je mehr Läufer ein Ring hat, desto dicker ist er im Geschäft. In letzter Zeit setzten die Drogenringe verstärkt Jugendliche als Läufer ein. Das hatte mehrere Vorteile. Erstens waren junge Leute mit Geld leicht zu beeindrucken, zweitens ließen sie sich gut einschüchtern, und drittens hatten sie nur eine geringe Strafe zu befürchten, falls sie erwischt wurden. Während ein

Erwachsener mit Freiheitsstrafen von über einem Jahr rechnen muss, kommen auf einen Jugendlichen nur ein paar Sozialstunden zu, schlimmstenfalls ein Dauerarrest von wenigen Wochen. Seit ein paar Jahren wurden sogar zwölf- und dreizehnjährige Kinder als Läufer eingesetzt, die nicht strafmündig waren und deshalb nicht einmal ein Jugendstrafverfahren befürchten mussten.

»Haben Sie ein Verfahren gegen ihn in Ihrem Dezernat, Herr Buckmann?«

»Nein.« Ich lächelte. »Nur die Neugier eines alten Mannes.«

»Wollen Sie mehr hören?«

Ich blickte auf die Uhr meines Smartphones.

»Später. Die Sitzung beginnt in fünf Minuten.«

Ich stand auf, holte meine Robe aus dem schmalen Schrank neben meinem Schreibtisch und richtete die weiße Krawatte.

Der Sitzungssaal war auf demselben Gang des Gerichtsgebäudes, nur wenige Schritte von meinem Büro entfernt. Als wir durch die große Flügeltür eintraten, hatte auf der Zuschauerbank bereits ein altes, dürres Männlein in einem schlecht sitzenden grauen Konfirmationsanzug mit langweiliger Beamten-Krawatte Platz genommen. Sein Gesicht sah aus, als hätte man dünne, weiße Haut über einen knochigen Totenschädel gespannt. Die wenigen grauweißen Haare waren über den fast kahlen Kopf gekämmt. Seine Augen blitzten diabolisch.

»Guten Morgen, Herr Landgerichtspräsident«, grüßte ich betont höflich.

»Morgen.« Seine schmalen, zusammengepressten Lippen bewegten sich kaum.

Der Präsident mochte mich nicht. Das war zunächst einmal nichts Persönliches. In seiner elitären Welt stand ich als einfacher Amtsrichter auf der Leiter seiner Anerkennung sehr weit unten, nur knapp über Kriminellen, Aussätzigen und Rechtsanwälten. Das hatte ich vor etwa zehn Jahren erfahren. Damals sollte eine Stelle in der Landgerichtsverwaltung besetzt werden. Eine langweilige Aufgabe für Büchereiangelegenheiten und was sonst noch keinen interessiert. Ich lehnte das großzügige Angebot des Präsidenten ab und erklärte ihm, dass ich weiter als Richter am Amtsgericht tätig sein wolle. »Warum?«, fragte er mit erkennbarer Verachtung in der Stimme. »Glauben Sie etwa, Sie könnten etwas bewirken? Ein einfacher Amtsrichter ist nur dafür da, den Dreck wegzuräumen.« Er reichte mir zum Abschied die Hand, den Handrücken nach oben gerichtet, eine typische Dominanzgeste. Hätte er einen Siegelring getragen, wäre ich nicht sicher gewesen, ob er eine Verneigung mit Handkuss erwartet hätte. Ich streckte meine Hand aus, zog sie jedoch wieder zurück.

»Ich habe ganz vergessen, ich bin ja Amtsrichter.«

Der Präsident guckte verwirrt. »Ja. Und?«

»Nun, ich bin dafür da, den Dreck wegzuräumen, und habe deshalb schmutzige Hände …«, ich machte eine kurze Pause, »… die ich nicht noch schmutziger machen möchte.« Dann steckte ich meine Hand demonstrativ in die Hosentasche, drehte mich um und ging. Seit dieser Zeit war unser Verhältnis, ganz objektiv betrachtet, vielleicht ein wenig unterkühlt.

Ich begrüßte die junge Referendarin, die heute die Staatsanwaltschaft vertreten würde, nahm in der Mitte des Richtertisches Platz und bedeutete Hamid, sich neben mich zu setzen. Sabine saß bereits an ihrem Platz hinter dem Computerbildschirm. Ich nickte ihr zu, und sie rief die einzige Sache für den heutigen Tag auf, einen versuchten Taschendiebstahl.

Die Angeklagte war erst zwanzig Jahre alt und Mutter von vier Kindern. Vermutlich wollte sie keine Spätgebärende sein. Man konnte ihr nicht vorwerfen, sie wäre ein schlechtes Vorbild für ihre Kinder, denn die lebten allesamt bei Verwandten in Rumänien und bekamen von ihrer mütterlichen Liebe nicht allzu viel mit. Wahrscheinlich auch nicht von dem Kindergeld, das sie hier in Deutschland für sie kassierte. Die junge Dame war geständig, und da sie bereits drei Monate in Untersuchungshaft verbracht hatte, war die Freiheitsstrafe, die ich aussprach, bereits verbüßt. Unbeeindruckt verließen sie und ihr Verteidiger den Sitzungssaal. Die Angeklagte wäre auch unbeeindruckt gewesen, wenn ich sie für weitere sechs Monate eingesperrt hätte. Es war aber auch nicht meine Absicht, die Angeklagte zu beeindrucken, sondern das Familienunternehmen, dem sie angehörte. Es handelte sich um eine größere Diebesbande, die ihre Wurzeln in Rumänien hatte. Diese Banden sind hervorragend organisierte Wirtschaftsunternehmen, in diesem Fall spezialisiert auf Taschendiebstahl. Jeder einzelne Mitarbeiter erwirtschaftet täglich einen Umsatz von einigen Hundert Euro. Natürlich nur, wenn er sich in Freiheit befindet. Einen kurzfristigen Ausfall einer Arbeitskraft von wenigen Tagen bis zu vier Wochen können die Organisationen gut verschmerzen. Wenn jedoch einzelne Fachkräfte, wie meine junge Angeklagte, für mindestens drei Monate ausfielen, bedeutete das bilanztechnisch eine äußerst unangenehme Umsatzeinbuße. Als mir dies vor einigen Jahren bewusst geworden war und ich meine Freiheitsstrafen entsprechend anpasste, verschwanden die Mitarbeiter der Organisation aus unserem Stadtgebiet. Man könnte auch sagen, sie verlagerten ihren wirtschaftlichen Schwerpunkt in die nächste Stadt. Nur gelegentlich, etwa alle sechs bis acht Monate, entsandten sie einen Vertreter, der prüfen sollte, ob sich das Umfeld verändert hatte, also insbesondere, ob ich noch im Amt war. Eine solche Prüfung hatte die junge Dame vorgenommen. Sie würde ihren Vorgesetzten einen umfassenden Geschäftsbericht erstatten. Und wir hätten in der Stadt für die nächsten Monate wieder Ruhe. Ich liebe es, mit Profis zu arbeiten.

Nachdem die Angeklagte die Tür hinter sich geschlossen hatte, erhob sich der Präsident mit der Schwerfälligkeit eines uralten Mannes von seinem Stuhl. Wahrscheinlich bildete ich es mir nur ein, aber immer, wenn er sich bewegte, hörte es sich an, als würden die Knochen eines Skelettes klappern.

»Mir ist aufgefallen, dass Sie nicht ganz mittig sitzen, Herr Buckmann, sondern etwa zwanzig Zentimeter mehr in Richtung der Staatsanwaltschaft. Das macht einen schlechten Eindruck. Als wären Sie voreingenommen.« Er meinte so etwas ernst. Humor war keine seiner Stärken, obwohl man das bei seinem Kleidungsstil erwartet hätte.

»Aha.«

»Ja. Und außerdem haben Sie siebzehnmal in Richtung der Angeklagten geblickt. Aber nur zwölfmal in Richtung der Staatsanwaltschaft. Ich habe eine Strichliste geführt.« Er wedelte mit einem Zettel vor meinem Gesicht herum.

»Das war Absicht«, entgegnete ich mit ernster Miene. »Das Oberlandesgericht hat unlängst entschieden, dass der Eindruck der Befangenheit nicht ohne Weiteres infolge einer unzentrierten Sitzposition des Richters angenommen werden kann, wenn jener durch seine Gestik und Mimik, insbesondere den Augenkontakt, diese auszugleichen vermag.« Nach einer kurzen Pause fügte ich hinzu. »Sie kennen dieses Urteil, oder?«

»Ach so … ja … natürlich«, sagte der Präsident so, als ob er wüsste, wovon ich rede. Dabei war ich mir ziemlich sicher, dass er das Urteil des Oberlandesgerichts nicht kannte. Vor allem deshalb, weil ich es soeben erst erfunden hatte.

»Alles in allem war es letztlich doch nicht ganz unbrauchbar«, fuhr der Präsident fort, der heute anscheinend seinen großzügigen Tag hatte. Das konnte ich ändern.

»Oh, ein Lob des Fachmanns! Wann haben Sie doch gleich zum letzten Mal den Vorsitz in einem Strafverfahren geführt?«, fragte ich interessiert.

Der Präsident machte ein missbilligendes Gesicht. »Daran kann ich mich nicht erinnern«, sagte er kurz angebunden. Das verstand ich gut. Ich helfe nach: Noch nie. Ich kannte seine Richterlaufbahn. Die meiste Zeit hatte er Klinken im Ministerium geputzt und Koffer getragen.

»Wie schade!«

Ohne ein weiteres Wort verließ er den Sitzungssaal.

»Hat das Oberlandesgericht wirklich entschieden, dass …«, flüsterte Hamid.

»Nicht, dass ich wüsste«, entgegnete ich trocken.

Hamid grinste und blickte dem Präsidenten nach. »Unangenehmer Mann«, sagte er. Hamid wurde mir immer sympathischer. Plötzlich hellte sich sein Gesicht auf.

»Wissen Sie, an wen er mich erinnert?«

»O ja, das weiß ich. An Mr. Burns von den Simpsons. Stimmt's?«

»Exakt! Er sieht aus wie Mr. Burns«, lachte Hamid. »Auch die ganze Gestik und Mimik!«

Tatsächlich war »Mr. Burns« der Spitzname des Präsidenten. Er hatte eine erstaunliche Ähnlichkeit mit dem gierigen und grausamen Kernkraftwerkbesitzer aus der Fernsehserie

Die Simpsons. Viele Unterschiede gab es nicht. Auf der einen Seite ein bösartiger alter Mann, der eine Vorliebe dafür hat, kleinen Kindern die Süßigkeiten wegzunehmen. Und auf der anderen Seite: Mr. Burns. Es war schwer zu sagen, wer von beiden die überzeugendere Comicfigur abgab.

Ich zog die Robe aus und legte sie mitsamt der weißen Krawatte auf meine Stuhllehne.

»Das war die einzige Verhandlung heute. Normalerweise sitze ich montags«, erklärte ich Hamid. »Heute hat mir meine Kollegin den Sitzungssaal geliehen.«

Ich blickte auf die große Uhr auf der gegenüberliegenden Seite des Sitzungssaals. Im Gegensatz zu den meisten anderen Apparaturen im Gericht funktionierte sie noch tadellos.

»Ich lade Sie zur Feier des Tages zum Mittagessen ein. Kommen Sie!«

»Gern. Und was feiern wir?«, fragte Hamid.

»Dass ich Mr. Burns für die nächsten Jahre nicht mehr sehen muss. Mein Magen erträgt ihn immer nur in sehr geringen Dosen.«

10

Unweit des Amtsgerichts gibt es ein kleines italienisches Restaurant, das wir den »Glaskasten« nennen. Es sieht aus wie ein riesiges Terrarium, rundherum eingefasst von Glaswänden, und steht mitten auf einem großen Platz, der von Einkaufsläden und einem Shoppingcenter umgeben ist.

Es war kurz nach zwölf, als Hamid und ich den Glaskasten erreichten. Vor dem Eingang waren links und rechts einige Tische und Stühle unter großen viereckigen Sonnenschirmen aufgestellt. Wie viele meiner Kollegen war auch ich langjähriger Stammkunde und kam oft zur Mittagszeit her. Eine Kellnerin grüßte freundlich, als sie mich erkannte, und deutete auf einen freien Tisch im Schatten.

»Kennt Sie eigentlich jeder in der Stadt?«, fragte mich Hamid, nachdem wir Platz genommen hatten.

»Warum?«

»Auf dem kurzen Weg vom Gericht bis hier wurden Sie mindestens von zehn Leuten gegrüßt. Waren das alles Menschen, die Sie verurteilt haben?«

»Nein. Nicht alle.« Ich machte eine kurze Pause, als würde ich nachdenken. »Den Letzten habe ich freigesprochen.«

Hamid lachte und warf einen Blick in die Speisekarte.

»Aber den Koch haben Sie noch nicht verurteilt, oder?«, fragte er immer noch grinsend.

»Luigi. Doch, vor einigen Jahren.«

»Weswegen?«, fragte Hamid argwöhnisch.

»Verstoß gegen das Lebensmittelgesetz«, sagte ich beiläufig und beobachtete die Menschen, die über den Platz zwischen den Geschäften hin- und herliefen.

»Bitte, was?« Hamid blickte von der Speisekarte auf und machte ein entsetztes Gesicht.

»War nur ein Scherz. Keine Sorge, Luigi ist ein exzellenter Koch. Leider ist er ein ebenso schlechter Autofahrer wie ich. Es war eine harmlose Ordnungswidrigkeit.«

Hamid grinste. »Ich hätte Ihnen das geglaubt und wollte nur noch ein Wasser bestellen.«

Die aufmerksame Kellnerin kam rasch an unseren Tisch. Wir wählten beide Spaghetti Pesto Rosso und einen hausgemachten Eistee.

»Warum Jura?«, fragte ich Hamid, nachdem die Kellnerin unsere Getränke gebracht hatte.

»Bitte?« Hamid sah mich fragend an.

»Warum haben Sie Jura studiert?«

»Meine Antwort dürfte Ihnen wenig gefallen, Herr Buckmann.«

»Versuchen Sie es!«

»Des Geldes wegen. Ich wollte ein Studium, mit dem ich später viel Geld verdienen kann. Ich kann kein Blut sehen und bin schlecht in Mathematik, also schieden Medizin und Wirtschaftswissenschaften aus.«

Hamids Ehrlichkeit gefiel mir. Ich sah ihn schmunzelnd an. Er erinnerte mich ein wenig an mich selbst vor dreißig Jahren.

»Und Sie, Herr Buckmann?«

»Aus demselben Grund.«

Hamid machte ein verblüfftes Gesicht. »Oh, ich habe Sie für einen Idealisten gehalten.«

Die Kellnerin brachte die Getränke, und ich nahm einen großen Schluck Eistee. »Meine Eltern entstammen der Arbeiterschicht, der unteren Mittelklasse. Suchen Sie sich irgendeinen politisch inkorrekten, aber zutreffenden Begriff aus. Sie kauften ein Haus. Ein Zeichen des Wohlstands für sie. Aber die Kehrseite der Medaille war, dass wir nur selten in den Urlaub fahren konnten. Und nie weit weg.«

Hamid hörte aufmerksam zu.

»Ich wollte beides. Ein Haus und in den Urlaub«, fuhr ich fort. »Meine Schulnoten waren nicht ganz unbrauchbar, und so konnte ich studieren. Also suchte ich nach etwas, womit man Geld verdienen kann. Ich habe kein Talent für Mathematik, Kunst, Fremdsprachen, Naturwissenschaften oder irgendetwas Richtiges. Jura war die nahliegende Wahl.«

»Also, jetzt bin ich enttäuscht«, antwortete Hamid und bemühte sich, ein ernstes Gesicht zu machen, was ihm sichtlich schwerfiel. »Dr. Zanger sagte, Sie seien der typische weiße Ritter. Ein Idealist, wie er im Buche steht.«

Ich lachte. Herzhaft und laut.

»Na, sagen wir, ich habe mit dem Jurastudium des Geldes wegen begonnen und bin aus Idealismus dabeigeblieben.«

Hamid nickte zufrieden. »Das klingt schon viel besser.«

»Und bei Ihnen, Herr Bahar?«

»Es ist von Ihrer Geschichte gar nicht so weit weg …«, begann Hamid und berichtete von seiner Jugend.

Er war tatsächlich im schlechtesten Viertel der Stadt aufgewachsen, als zweites von vier Kindern. Hamid hatte einen älteren Bruder und zwei jüngere Schwestern. Sie wohnten in einem trostlosen Betonklotz, in einer für eine sechsköpfige Familie viel zu engen Vierzimmerwohnung. Hamids Bruder hatte die Schule frühzeitig beendet und eine Arbeit angenommen, um die Familie mitzuversorgen. Treibende Kraft in der Familie war seine Mutter, der viel daran lag, dass ihre Kinder eine Ausbildung und einen guten Job bekamen. Auch ihre Töchter, was leider keine Selbstverständlichkeit war. Hamids Vater war ein eher traditioneller Mensch. Ein einfacher Arbeiter, fleißig und anständig, der nur sehr schlecht Deutsch sprach. Hamid liebte seinen Vater. Und sein Vater liebte ihn. Aber er verstand seinen Sohn nicht.

»›War das unbedingt notwendig?‹, fragte er mich, als ich mir von meinem ersten Referendargehalt einen maßgeschneiderten Anzug gekauft habe.« Hamid lächelte. Ja, das war notwendig. Hamid wollte aussehen wie die anderen Referendare in den großen Kanzleien. Die, die von Beruf Sohn oder Tochter waren und wussten, dass sie bei Papis Geschäftsfreund einen Job bekommen würden – ganz gleich, mit welcher Examensnote. Ich konnte Hamids Gedanken sehr gut nachvollziehen. Auch ich hatte mit meinen Eltern diese Diskussionen geführt. Viel zu oft.

Die Kellnerin brachte die dampfenden Teller, und sogleich lag der herrliche Duft von Parmesan und frischem Basilikum in der Luft.

»Und woher kennen Sie Ayaz?«, wechselte ich das Thema und machte mich über die Spaghetti her.

»Durch Yücsel«, antwortete Hamid. Yücsel war sein bester Freund gewesen. Er hatte eine eigene Playstation. Und er konnte richtig gut Fußball spielen.

»Hat mich immer mitgenommen. Obwohl ich zwei Jahre

jünger war. Wir waren fast wie Brüder.« Hamid machte eine Pause und atmete tief aus. Es fiel ihm offensichtlich schwer weiterzusprechen. Ich hörte zu und schwieg.

»Einer seiner Freunde nahm ihn mit in eine Shishabar, in der man auch Gras bekam«, fuhr Hamid schließlich fort. »Die gehörte Özman Yildiz. Damals hatte er in unserem Viertel das Sagen.«

Das musste der Typ sein, von dem Nick mir erzählt hatte. Der ehemalige Chef der Organisation, der jetzt im Knast saß.

»Ayaz führte den Laden für Özman. Mein Freund Yücsel ging oft hin und kaufte Gras. Irgendwann verlor er deshalb den Führerschein und dann seinen Job. Er war Paketfahrer. Ist ohne Führerschein schlecht. Und seine Freundin machte Schluss. Kein Geld, keine Freundin, viele Sorgen. Dann ging alles ziemlich schnell. Yücsel rauchte Heroin. Auch das bekam er bei Ayaz. Und dann … Ein Jahr später war er tot. Schlechter Stoff. Damals war ich siebzehn.« Hamid schluckte.

»Ist ein Verfahren gegen Ayaz eingeleitet worden?«

»Nein.« Er lächelte traurig. »Ohne Fremdeinwirkung, hieß es damals. Nur ein toter Junkie.«

Unsere leeren Teller wurden abgeräumt, und ich bestellte zwei Tassen schwarzen Kaffee.

»Mahlzeit, Herr Richter!«, sagte eine vertraute Stimme. Ich blickte mich um. Kriminalhauptkommissarin Blume, die in Fredis Todesfall ermittelte, kam auf unseren Tisch zu. Conni Blume war eine Frau in den Dreißigern mit der durchtrainierten Figur einer Mixed-Martial-Arts-Kämpferin. Was wahrscheinlich darauf zurückzuführen war, dass sie eine durchtrainierte Mixed-Martial-Arts-Kämpferin war. Nick hatte mir erzählt, dass sie schon im Teenageralter Meisterschaften im Kickboxen bestritten hatte. Später waren Jiu-Jitsu und Wing Chun hinzugekommen. Sie hatte schwarzes schulterlanges Haar, dunkle Augen und immer ein selbstbewusstes, herausforderndes Lächeln auf den Lippen.

»Hallo, Frau Blume! Wie geht es Ihnen? Das ist mein Referendar, Herr Bahar. Trinken Sie einen Kaffee mit uns?«

Blume nickte und setzte sich. »Gern. Wenn ich nicht störe.«

Ich winkte der Kellnerin und bestellte einen weiteren Kaffee.

»Nick hat mir gesagt, dass Sie der Fall Diepenberg interessiert«, begann Blume das Gespräch.

»O ja! Hat die Mordkommission etwas rausgefunden?«

»Nicht genug für eine Anklage. Ich habe heute den Abschlussbericht geschrieben. Die Autopsie hat nichts Auffälliges ergeben. Fredis Organe waren in schlechtem Zustand.« Blume machte eine Pause und nahm einen Schluck Kaffee.

»Nick hat erzählt, dass Fredi der dritte Drogentote innerhalb eines Monats ist.«

Die Hauptkommissarin nickte ernst. »Stimmt. Deshalb wurde die Mordkommission gebildet. Wenn auch etwas halbherzig. Damals, als der Landtagsabgeordnete Behrends getötet wurde, bestand die Kommission aus vierzig Beamten. Aber drei tote Junkies sind eben weniger wert als ein toter Landtagsabgeordneter. Jedenfalls unseren Erbsenzählern in der Behörde.«

»Nick sagte mir auch, es bestünden Anhaltspunkte dafür, dass in allen drei Todesfällen der Stoff aus derselben Quelle kam.«

Die Ermittlerin trank einen Schluck Kaffee, bevor sie antwortete.

»Ja. Das ist sogar sehr wahrscheinlich. Aber selbst das

reicht nicht aus, um von einem Tötungsdelikt auszugehen. Vor ein paar Jahren hatten wir mal zu guten Stoff im Umlauf, Heroin mit sehr hohem Reinheitsgrad. Das hat unsere Junkies reihenweise umgehauen, weil die mehr gedrückt haben, als notwendig gewesen wäre. Auch damals haben wir kein Tötungsdelikt festgestellt. Wie gesagt: Ohne Fremdeinwirkung.«

Hamid schnaubte hörbar.

»Die Ermittlungen wegen eines Tötungsdeliktes sind also eingestellt worden?«, fragte ich.

Die Hauptkommissarin nickte.

»Wer wird den Fall weiterbearbeiten?«

»Das Drogendezernat«, antwortete Blume. »Warum interessiert Sie das?«

»Ach, nur das Interesse eines alten Mannes«, lächelte ich zufrieden. Das Drogendezernat. Das war gut. Sogar sehr gut. Drogendezernat bedeutete Oberstaatsanwalt Dr. Jakob Leiser.

11

Da ist sich der Herr Oberstaatsanwalt wohl zu fein für, wie? War ja nur ein alter Junkie! Lohnt sich nicht, die Akte aufzuschlagen« Mit hochrotem Kopf schimpfte ich in den Hörer meines Bürotelefons.

»Jetzt reg dich wieder ab, Siggi«, sagte eine tiefe Stimme am anderen Ende der Leitung, die Oberstaatsanwalt Dr. Jakob Leiser gehörte. Der Chef des Drogendezernats war einer meiner dicksten Freunde. Und das nicht nur im übertragenen Sinn. Jakob hatte optisch eine gewisse Ähnlichkeit mit Bud Spencer. Nur der Bart fehlte. Seine imposante Statur war durchaus vorteilhaft für einen Staatsanwalt. Jakob machte – noch dazu mit schwarzer Robe – schon allein aufgrund seiner körperlichen Erscheinung erheblichen Eindruck auf einen Angeklagten. Seine tiefe und leicht rauchige Stimme tat das Übrige. In seinem Job war Jakob ein Ass. Hatte er sich einmal in einem Fall festgebissen, war ein Stemmeisen notwendig, um ihn davon loszubekommen. Oder ein Vorgesetzter. Jakobs Obrigkeitshörigkeit ist mir immer wieder unheimlich. Aber das tat unserer Freundschaft trotz einiger handfester Diskussionen keinen Abbruch. Wir kannten uns seit fast zwanzig Jahren.

»Ich habe doch nur gesagt, dass es momentan schwierig ist«, fuhr Jakob fort. »Mir fehlen die Leute. Du weißt doch, wie es bei uns aussieht. Christine ist zum Ministerium abgezogen worden, um dort Klausuren für Examenskandidaten zu erstellen. Anja ist im Mutterschutz und Frau Heuser dauerkrank. Wir sind nur noch zu dritt.«

Bei der Staatsanwaltschaft war die Personaldecke ebenso löcherig wie bei den meisten Gerichten. Das wusste ich nur allzu gut. Eine Folge davon ist, dass viele Verfahren nicht bearbeitet werden können. Zum Teil liegen Akten jahrelang herum und werden höchstens einmal vom einen Büro ins andere getragen, ohne jemals aufgeschlagen zu werden. Geschweige denn gelesen oder bearbeitet. Staatsanwälten bleibt oft gar nichts anderes übrig, als eine Auswahl zu treffen. Auf diese Weise wird aus der Strafverfolgung ein Glücksspiel. Tausende Straftaten bleiben folgenlos. Mit meinem Anruf wollte ich nun dem Glück ein wenig nachhelfen.

»Weiß ich doch alles, Jakob«, begann ich, dieses Mal in einem etwas ruhigeren Tonfall. »Ich bitte dich nur: Schau dir die Akte an. Wenn Nicks Vermutung stimmt …«

»Tut sie doch immer«, unterbrach mich der Staatsanwalt. Jakob kannte Hauptkommissar Hiller noch länger als mich. Die beiden hatten gemeinsam schon so einige Dealer »eingetütet«. Auch Özman Yildiz ging auf ihr gemeinsames Konto.

»Ja. Ist gut. Ich schau es mir an, Siggi.«

»Danke dir! Grüß Hannah von mir.«

»Komm doch mal wieder zum Abendessen zu uns!«

»Gern.« Ich machte eine kurze Pause. »Aber dieses Mal gibst du mir auch was ab, oder?«

Ein tiefes und lautes Gelächter schallte durch den Hörer des Telefons. »Kann ich nicht garantieren, Euer Ehren.«

12

In der dritten Juliwoche wurden die Temperaturen etwas angenehmer. Leider nicht in meinem Büro. Das Problem mit den dicken Mauern des wilhelminischen Bauwerks ist, dass sie wie ein altmodischer Backofen wirken. Hat sich die Hitze erst einmal im Gericht ausgebreitet, dauert es oft Tage und Wochen, bis sie es wieder verlässt. Ich schwitzte also weiter an meinem Schreibtisch, als am Donnerstag kurz nach Mittag das Telefon klingelte. Auf dem Display erkannte ich die Nummer von Dr. Leiser und griff zum Hörer.

»Ist in Ordnung, Siggi, wir machen es.« Jakob kam sofort zum Punkt.

»Du leitest ein Verfahren gegen Ayaz ein?«

»Nein, erst mal gegen Unbekannt. Das gibt der Polizei etwas mehr Ermittlungsspielraum.«

Klang vernünftig. Zumal es auch nicht immer geschickt ist, die Katze zu früh aus dem Sack zu lassen. Je später ein Name bekannt wird, desto geringer ist auch die Wahrscheinlichkeit, dass der Name versehentlich weitergegeben wird.

»Darf ich dir einen Vorschlag machen?«, fragte ich.

»Nämlich?«

»Setz bitte Nick als leitenden Ermittler ein.«

»Was? Auf keinen Fall!«

»Aber …«

»Nein!« Jakobs Stimme wurde lauter. »Du weißt doch, dass die Polizeiführung immer noch schlecht auf ihn zu sprechen ist. Das würde richtig Stress geben, wenn ich Nick als Chefermittler anfordere.«

»Bestimmt sogar.« Kann man Argumente nicht entkräften, stimmt man ihnen am besten zu. Wichtig ist es, den nächsten Satz nicht mit *aber* zu beginnen, das reizt sofort und weckt Widerstand. »*Und* die Polizeiführung weiß auch, was Nick draufhat. Ebenso wie du!«

»Darum geht es ja auch gar nicht. Nicks Fähigkeiten als Drogenfahnder stehen außer Frage. Aber erstens sind die sauer auf mich, wenn ich Nick persönlich anfordere …«

»Du hast doch ein dickes Fell.«

Jakob überhörte die Zweideutigkeit in meiner Äußerung bewusst.

»… und zweitens könnte auch Nick schon wieder Ärger bekommen. Wenn er erst mal loslegt, versaut er die ganze schöne Kriminalstatistik!«

Dieser Einwand war nicht ganz unbegründet. Es gibt zwei Wege, um eine unschöne Statistik im Bereich der Betäubungsmittelkriminalität etwas aufzuhübschen. Der erste Weg ist teuer und schwer: Er erfordert mehr Personal, besseres Equipment und eine Menge Engagement. Der zweite Weg ist leicht und billig: Man reduziert einfach das Personal in den Drogendezernaten.

Das klingt jetzt erst mal paradox, ergibt bei näherer Betrachtung aber durchaus einen Sinn. Die meisten Betäubungsmitteldelikte werden nur dann entdeckt, wenn aktiv nach ihnen gefahndet wird. Es kommt nämlich nur äußerst selten vor, dass ein Drogenkäufer Anzeige erstattet, weil der Stoff schlecht gestreckt ist oder zu wenig abgewogen wurde. Noch seltener sucht der Drogen*verkäufer* die Unterstützung der uniformierten Freunde und Helfer, wenn ein Kunde nicht zahlt oder ihn beklaut. Je weniger Polizeibeamte deshalb für die Fahndung nach den Betäubungsmittelstraftaten eingesetzt werden, desto weniger Delikte werden entdeckt und gehen in die Kriminalstatistik ein. Ein einziger hocheffizienter Drogenfahnder wie Nick war bedauerlicherweise in der Lage, die Kriminalstatistik einer ganzen Stadt zu vermiesen. Der letzte Rauschgiftring, den der Hauptkommissar hochgenommen hatte, konnte mit mehr als 1300 Betäubungsmittelstraftaten in Verbindung gebracht werden. Und so wurde aus der Schlagzeile »Der Minister: Wir haben kein Drogenproblem« plötzlich ein »Gibt es in dieser Stadt auch jemanden, der nicht kifft?«.

Deshalb hatte Jakob vollkommen recht: Gern würde die Polizeiführung es nicht sehen, wenn Nick die Ermittlungen übernahm. Aber das sollte dieser selbst entscheiden.

»Was hältst du davon: Ich frage Nick, ob er die Leitung übernehmen würde. Und wenn er Ja sagt, dann forderst du ihn als leitenden Ermittler an. Einverstanden?«

Jakob schnaufte. »Mhh. Na gut.«

Kaum hatte ich das Gespräch mit Jakob beendet, rief ich Nick Hiller an. Ihn würde ich kaum überzeugen müssen, die Ermittlungen gegen Ayaz zu leiten. Jeder wusste, wie sehr er sein altes Dezernat vermisste. Ich war sicher, er würde von meiner Idee begeistert sein.

»Nein! Nein! Nein!«

In letzter Zeit wurde das Wort geradezu inflationär benutzt. Jedenfalls meinen Vorschlägen gegenüber. In diesem Fall von

Kriminalhauptkommissar Nick Hiller. Doch meine langjährige Erfahrung hatte mich gelehrt, N-e-i-n ist lediglich eine Abkürzung und bedeutet nichts anderes als: Noch ein Impuls notwendig.

»Ein kluger Mann hat mal gesagt: Es braucht nur wenige Menschen, die die Welt ein klein wenig besser machen wollen.«

Nick atmete einmal tief durch. »*Ich* habe das gesagt.«

»Ich wusste es doch! Ein kluger Mann. Voller Tatendrang. Der sich niemals unterkriegen lässt.«

Nick antwortete nicht. Kein gutes Zeichen. In meinem Kopf überschlugen sich die Stimmen. Welche Strategie könnte ich nutzen, um Nick zu überzeugen. An sein Ehrgefühl appellieren? An die gute Sache? An seine Pflicht als Gesetzeshüter? An …

»Meine Frau wird dich hassen«, unterbrach Nick mit resigniertem Tonfall meine Gedanken. Na bitte! Geht doch! Die Sache lief.

»Besser mich als dich«, antwortete ich, obwohl ich insgeheim hoffte, dass er sich irren würde. Nicks Ehefrau ist nicht nur ein herzensguter Mensch, sondern auch eine hervorragende Köchin und Gastgeberin. Ich musste mir ernsthaft Sorgen machen, nicht mehr zum Essen eingeladen zu werden.

Sobald ich den Hörer aufgelegt hatte, wählte ich die Nummer von Jakob Leiser.

»Äh, ja?« So meldete sich Jakob fast immer, wenn er meine Nummer im Display erkannte.

»Nick hat Ja gesagt!«, triumphierte ich.

»Hab's befürchtet«, grummelte der Dicke. »Ich leite ein Verfahren ein.«

»Wun-der-bar!« Ich freute mich wirklich. »Hast was gut bei mir. Ich lade dich zum Essen ein.«

»Sehr gut! Da werde ich mich rächen und dich Pleite machen.«

»Dann gehen wir ins Pizza Hotos. Die haben ein All-you-can-eat-Büfett.«

»Das werden sie aus dem Programm nehmen, wenn ich da war.«

TEIL ZWEI

13

Chantal saß in der Küche ihrer kleinen Wohnung über einen Collegeblock gebeugt, die langen blonden Haare zu einem Pferdeschwanz gebunden, und kaute an einem Bleistift. Auf einer Buchstütze lehnte ein dickes rot-weißes Buch mit dem Titel *Makroökonomie*. Obwohl sie nur mit einer alten, verwaschenen Jeansshorts und einem schlichten, schwarzen Trägertop bekleidet war, hatte sie den kleinen Deckenventilator auf die höchste Stufe gestellt. Die Klingel der Wohnungstür riss Chantal aus ihren Gedanken, wofür sie nicht undankbar war. Barfuß ging sie in den Flur, warf einen raschen Blick in den Spiegel und öffnete die Tür. Zwei kleine blonde Mädchen, fünf und sieben Jahre alt, standen in kurzen Sommerkleidchen davor. Leni und Liv, die beiden Schwestern aus der Wohnung über ihr.

»Hallo, ihr beiden«, begrüßte Chantal sie freundlich.

»Hallo, Chantal!«, sagte Liv, die ältere der beiden Schwestern. »Dürfen wir das Kätzchen sehen? Biiiitte!«

»Na klar dürft ihr«, antwortete Chantal. »Ich glaube, er schläft noch. Kommt mit.« Die Kinder folgten Chantal in die Wohnung, und Chantal schloss die Tür. Dann ging sie den Flur entlang bis zur Tür des Wohnzimmers. Chantal drehte sich zu den Mädchen um und legte den Zeigefinger auf die Lippen. »Und jetzt ganz leise, damit er sich nicht erschreckt.«

Die beiden Mädchen legten ebenfalls einen Finger auf ihren Mund.

Chantal öffnete die Tür zum Wohnzimmer. Eine gemütliche Couch mit vielen Kissen, ein niedriger Fernsehtisch, ein Sitzsack und eine moderne, weiße Schrankwand mit Fernseher. Mehr befand sich nicht in dem Raum. Vor der Schrankwand lag ein kleines Katzenkörbchen, dessen Bewohner jedoch offensichtlich ausgeflogen war.

»Nanu? Wo ist er denn?« Chantal blickte sich im Zimmer um.

Leni erblickte ihn zuerst. »Da!« Sie zeigte mit dem Finger auf einen der beiden dünnen Vorhänge, die vor dem zimmerhohen Fenster hingen. Tatsächlich: In etwa dreißig Zentimetern Höhe hing kopfüber ein kleines, fast weißes Kätzchen und blickte die drei mit großen Augen an.

»Du Strolch!«, rief Chantal lachend und war mit drei schnellen Schritten beim Fenster. Vorsichtig nahm sie den Kater in beide Hände und löste sachte die Krallen aus dem Vorhang. Dann brachte sie den kleinen Burschen zurück zu seinem Körbchen und setzte ihn behutsam ab.

»Kommt ruhig näher, ihr zwei!«, sagte sie zu Liv und Leni. Die Mädchen knieten sich mit glänzenden Augen neben das Körbchen.

»Dürfen wir ihn streicheln?«, fragte Liv.

»Natürlich. Aber ganz vorsichtig. Er ist noch sehr klein.«

Liv streckte behutsam ihre Hand aus. Der kleine Kater schnupperte neugierig daran und ließ sich von ihr hinter den Ohren kraulen. Als auch Leni begann, ihn zu streicheln, warf er sich auf den Rücken und streckte sein kleines Bäuchlein in Richtung der Mädchen. Hier war sein Fell noch recht dünn, sodass die Haut rosa hindurchschien.

»Ohh! Ist der süß!«, jauchzte Liv.

»Wie heißt er denn?«, wollte Leni wissen.

»Ich habe mich noch nicht entschieden. Floki vielleicht. Oder Puschel. Was meint ihr?«

»Puschel finde ich schön«, sagte Liv.

»Ich auch«, stimmte ihre Schwester zu.

»Mögt ihr etwas trinken? Einen Saft vielleicht?«, fragte Chantal.

»Nein, danke«, antwortete Leni. »Wir sollen dich nicht so lange stören. Hat Mama gesagt.«

»Ach was. Ihr stört mich doch nicht!« Chantal hatte die beiden Mädchen sehr gern und ihre Mutter auch.

»Wo hast du ihn denn her?«, wollte Leni wissen.

»Mein Freund hat ihn mir geschenkt«, erklärte Chantal.

»Toll! Du hast aber einen lieben Freund.«

Chantal antwortete nicht.

Sie hatte Ercan Ayaz vor einem halben Jahr kennengelernt. Damals war sie mit ihren Freundinnen im Black Sugar tanzen gewesen. Ercan hatte ihr auf den ersten Blick gefallen. Er sah gut aus, etwas verwegen mit seiner Narbe in der Augenbraue, war unglaublich charmant und interessierte sich an diesem Abend nur für sie. Und das, obwohl er einige Jahre älter war. Chantal hatte sich sofort in Ercan verliebt. In den folgenden Wochen waren sie ein paarmal ausgegangen. Irgendwann hatten sie miteinander geschlafen. Ercan war immer sehr spendabel, brachte ihr Blumen mit und kleine Geschenke. Dann überraschte er sie sogar mit einer Wohnung, die er nur für sie angemietet hatte. »Damit meine Prinzessin auch leben kann wie meine Prinzessin«, sagte er.

»Womit verdienst du eigentlich dein Geld?«, hatte Chantal wissen wollen.

Er sagte, er sei Geschäftsführer eines Restaurants. Dass es eine Shishabar war, erfuhr sie erst später. Irgendwann einmal, als sie bei ihm übernachtete, suchte sie ein frisches T-Shirt und entdeckte im Schrank eine Pistole und einen Beutel mit weißem Pulver. Sie fragte ihn, ob er Drogen nehme. Ercan sagte, das gehe sie nichts an.

Wenn er Drogen nehme, werde sie ihn verlassen, hatte Chantal gesagt. Da hatte er sie zum ersten Mal geschlagen. Die Ohrfeige traf sie heftig, sie stieß mit dem Kopf gegen die Wand, an der sie gelehnt hatte. Ihr linkes Ohr war wie taub, aus ihrer Nase lief Blut. »Siehst du, wozu du mich gezwungen hast? Das wollte ich nicht. Aber du darfst so etwas nicht sagen!«

Chantal fühlte sich schlecht. Sie hatte Ercan nicht verletzen wollen. Es tat ihr leid, dass sie ihn so weit getrieben hatte. Sie bat ihn um Verzeihung. Sie versöhnten sich wieder. Und eine Zeit lang war wieder alles gut. Eines Tages wollte sie Ercan überraschen und ging zu ihm in die Shishabar. Vormittags war sie immer geschlossen, aber Chantal wusste, dass er dort war. Die Tür war nur angelehnt. Chantal betrat die Lounge und sah Ercan. Er stand an der Bar. Seine Hose war bis zu den Knöcheln heruntergelassen, vor ihm eine der Kellnerinnen. Ihr Minirock war über die Hüfte nach oben geschoben und die Bluse aufgeknöpft. Rhythmisch und stöhnend bewegten sie sich hin und her. Chantal wendete den Blick ab und rannte fort.

»Es war nichts«, erklärte Ercan später. »Wir waren nur betrunken.«

»Ist mir egal«, hatte sie mit Tränen in den Augen geschrien. »Ich mache Schluss.« Die Schläge, die sie sich für diesen Satz einfing, waren härter als beim ersten Mal. Aber aus irgendeinem Grund taten sie nicht mehr so weh. Und es war ja auch ihr Fehler. Irgendwie hatte sie es verdient. Von da an sah sie Ercan mit anderen Augen. Sie liebte ihn noch immer. Aber ihr fielen Dinge auf, die sie zuvor nicht gesehen hatte. Dass sein Freund Cedric ihm Geld brachte. Immer in bar. Immer in großen Scheinen. Dass viele Menschen Angst vor Ercan hatten. Und dass sie Angst vor ihm hatte.

»Chantal?« Liv riss sie aus ihren Gedanken.

»Entschuldige … Was hast du gesagt?«

»Ob du traurig bist.«

»Warum?«

»Du siehst so aus.« Das kleine Mädchen war eine aufmerksame Beobachterin.

»Nein, nein. Nur etwas müde«, sagte Chantal schnell und bemühte sich zu lächeln.

»Wir gehen jetzt auch«, sagte Liv und drehte sich zu ihrer Schwester. »Komm, Leni. Mama hat gesagt, wir sollen Chantal nicht so lange stören.«

»Aber ihr stört mich wirklich nicht«, sagte Chantal.

Die beiden Mädchen bedankten sich und fragten, ob sie morgen wiederkommen dürften.

»Sehr gern! Da freue ich mich«, antwortete Chantal und brachte die beiden Schwestern zur Tür. Sie wartete, bis Liv und Leni die Treppe hinaufgegangen und von ihrer Mutter in Empfang genommen worden waren. Dann ging sie zurück in die Küche und blickte auf ihr Smartphone. Eine WhatsApp-Nachricht von Ercan: »komme heute Abend vorbei«. Chantal schickte ein Smiley mit Kussmund zurück. Dann setzte sie sich wieder an den Küchentisch und lernte weiter.

14

Käffchen, Herr Hauptkommissar?«

Zwei Wochen waren vergangen, seitdem ich Nick überredet hatte, die Ermittlungen gegen Ayaz zu leiten. Für mich waren diese beiden Wochen wie im Zeitraffer vergangen. Für Nick bedeuteten sie lange Tage, noch längere Nächte und Überstunden im dreistelligen Bereich. Jakob und Nick hielten mich mit regelmäßigen Telefonanrufen auf dem neuesten Stand. Nick war ganz in seinem Element. Er hatte diverse Telefonüberwachungen, sogenannte TÜs, eingeleitet und daher bereits eine ziemlich genaue Übersicht vom Aufbau der Organisation. Hiervon konnte ich mich selbst überzeugen, als ich mit zwei großen Kaffeebechern an einem Mittwochnachmittag im Kommissariat auftauchte.

»Käffchen, Herr Hauptkommissar?«, fragte ich und steckte den Kopf in Nicks Büro.

»Siggi!«, begrüßte er mich freundschaftlich. »Gern! Komm rein. Und setz dich. Falls du irgendwo einen freien Stuhl findest.«

Die Suche nach einem freien Stuhl war eine Herausforderung. Nick war absolut oldschool. Er benutzte zwar auch Computer, bevorzugte aber Papier. Und so sah es in seinem Büro auch aus. Überall stapelten sich Akten, Vernehmungsprotokolle und Fotos. Das Krimi-Klischee seines Büros war jedoch eine zwei mal drei Meter große Pinnwand. Auf dieser hatte Nick ein Organigramm erstellt. Fotos in verschiedenen Ebenen und mit unterschiedlichen Markierungen zeigten den ganzen Aufbau der Organisation. Ganz oben hing ein etwas unscharfes Bild von Ayaz, als er gerade aus einem schwarzen Auto ausstieg. Ein südländischer Typ mit kurzen dunklen Haaren, glatt rasiert. Sonnenbrille, Lederjacke, schwarzes T-Shirt.

Daneben ein Schnappschuss seiner rechten Hand, Emre Ozun, den Nick und ich bereits aus ein paar anderen Betäubungsmittelverfahren kannten. Dann folgte Cedric, der Fahrer. Er brachte Ayaz zu seinen Lieferanten, und er fuhr auch über die Grenze, um größere Mengen einzuschmuggeln. Cedric war Ayaz' Mann fürs Grobe, der perfekte Problemlöser und, wie sich später leider herausstellen sollte, manchmal auch der perfekte Problembeseitiger. Auf der vierten Ebene kam das Fußvolk. Den besonders vertrauenswürdigen Untertanen kam die Rolle der sogenannten Depothalter zu. Natürlich wollten weder Ayaz noch die anderen Mitglieder der Führungsebene mit ein paar Kilogramm Marihuana oder Heroin im eigenen Hause erwischt werden. So etwas kann einem den ganzen Tag verderben. Deshalb lagerten sie das kostbare Gut bei verschiedenen Untertanen ihres Vertrauens. Diese Depothalter gaben den Stoff dann auf Anweisung weiter an die kleinen Dealer, die sogenannten Läufer, die das Zeug an den Mann und die Frau brachten. Gegen einen Läufer hatte die Polizei immer sehr schnell ein paar Beweismittel in der Hand. Schließlich erfolgten die Übergaben fast immer an der Polizei gut bekannten Plätzen, sodass ausreichend Fotos und Videos gemacht werden konnten. Einen Läufer aus dem Verkehr zu ziehen ergab jedoch kaum Sinn. Es sei denn, man wollte der Öffentlichkeit schnell ein paar Erfolge vorweisen. Denn erstens ist ein Läufer in der Organisation schnell zu ersetzen. Zweitens wäre Ayaz gewarnt gewesen. Und drittens sind Läufer wirklich arme Schweine. Meist sind die selbst süchtig und erhalten als Lohn nicht mehr als eine kleine Menge Stoff für den Eigenbedarf. Und auch das nur dann, wenn sie ordentlich verkaufen.

Alles in allem bestand Ayaz' Organisation aus etwa dreißig Leuten. Groß genug, um einen eigenen Anteil zu den jährlichen Drogentoten beisteuern zu können, aber zu klein, als dass sie das Interesse des Landeskriminalamtes erwecken würde. Die hatten in den Großstädten mit ganz anderen Kalibern zu kämpfen.

»Was gibt es Neues?«, fragte ich Nick und reichte ihm einen der beiden Becher, nachdem ich einen Stuhl von einem Papierstapel befreit hatte.

»Noch nicht viel. Es ist wie immer: Mühsam ernährt sich das Eichhörnchen.«

Nick wusste, dass es sinnlos wäre, zu früh zuzuschlagen. Dann hätte man Ayaz vielleicht ein oder zwei kleine Deals nachweisen können. Er würde schon wieder mit einem blauen Auge davonkommen und genauso weitermachen wie bisher. Der übliche Weg. Die Staatsanwaltschaft brauchte Beweise dafür, dass Ayaz der Chef einer Bande war, die mit großen Mengen Heroin und Marihuana handelte. Damit würde sich eine hübsche Anklage schreiben lassen. Und das bedeutete Sammeln.

»Wir sind ein kleines, aber sehr schlagkräftiges Team. Alles erfahrene Kollegen. Du kennst jeden. Conni Blume ist auch dabei.« Und dieses Team war rund um die Uhr mit der

Auswertung von Fotos, Videos und Telefonüberwachungsprotokollen beschäftigt. Besonders die Auswertung der Telefonüberwachung musste immer hochaktuell sein. Es nützte wenig, von einer Tonbandaufnahme zu erfahren, dass vor drei Tagen eine große Lieferung unterwegs gewesen war.

»Die kenne ich auch«, sagte ich und deutete auf die Pinnwand. »Habe fast alle schon mehrfach verurteilt. Orcun, Cedric.« Ich stand auf und trat an die Pinnwand heran. Mein Blick fiel auf das Foto eines Depothalters in der unteren Ebene.

»Warum interessiert dich der Fall eigentlich so sehr, Siggi?«

»Ist das nicht Justin?«, fragte ich Nick und tat so, als ob ich seine Frage überhört hätte.

»Wie er leibt und lebt«, antwortete der Hauptkommissar und tat so, als ob er glauben würde, dass ich seine Frage überhört hatte.

Justin kannte ich schon aus zahlreichen Jugendstrafverfahren. Ein kleiner Fisch, hauptsächlich Diebstahl und Verstöße gegen das Betäubungsmittelgesetz, aber nichts Wildes. Ab und zu ein paar Gramm Marihuana, seltener einige Ecstasy-Tabletten. Es war kein besonders vorteilhaftes Foto von ihm. Er sah fertig aus. Und beide Hände steckten in dicken Verbänden.

»Was ist denn mit ihm passiert?«, fragte ich Nick und deutete mit dem Zeigefinger auf Justins bandagierte Hände.

»Genau wissen wir es nicht«, antwortete Nick. »Aber Ayaz steckt dahinter. Irgendeine Bestrafungsaktion, weil Justin was von seinem Marihuana abgezweigt hatte.«

»Es wird eben immer schwerer, gutes Personal zu finden«, entgegnete ich trocken.

Erst ein Jahr später erzählte mir Justin in einer Bewährungsanhörung unter vier Augen, was geschehen war.

15

Cedric fluchte ununterbrochen, seitdem er mit dem BMW auf den unbefestigten Feldweg eingebogen war, der zu dem alten Kieswerk führte. Die Schlaglöcher hatten den Umfang eines Medizinballs und waren mindestens zehn Zentimeter tief. Wieder geriet das linke Hinterrad in eines der Löcher, und der Wagen setzte kurz und mit einem lauten Geräusch auf.

»Scheiße. Wenn ich mir wegen dir die Felgen versaue, schlage ich deine dumme Fresse ein. Hörst du, Justin?«

Justin nickte. Seitdem ihn Cedric abgeholt hatte, saß er schweigend auf dem Beifahrersitz.

»Der Chef will dich sprechen. Steig ein.« Mehr hatte Cedric nicht gesagt. Und mehr musste Cedric auch nicht sagen. Justin wusste, warum Ayaz ihn sprechen wollte.

Der Weg wurde leicht abschüssig und führte in eine alte Kiesgrube, in deren Mitte zwei alte Containergebäude standen. Das größere der beiden Gebäude war beleuchtet. Cedric parkte den BMW vor der alten verrosteten Tür und stieg aus. Justin zögerte. Er kannte »die Grube« nur aus Erzählungen. Und was er gehört hatte, reichte, um seine Beine versagen zu lassen.

»Schwing deinen Arsch hier raus!« Cedric öffnete den Kofferraum und holte einen Alukoffer hervor. Justin gehorchte und verließ den Pkw.

»Komm schon!« Justin folgte Cedric bis zu der rostigen Tür. Cedric klopfte zweimal dagegen, wartete einen Augenblick und klopfte noch einmal. Einen Moment später öffnete Ayaz wortlos die Tür. Cedric bedeutete Justin, dass er eintreten sollte, vergewisserte sich kurz, dass ihnen niemand gefolgt war, und betrat ebenfalls das heruntergekommene Lagergebäude. Justin blickte sich vorsichtig um. An den Wänden standen noch einige Industrieregale, auf denen früher Werkzeuge gelagert worden waren, die nun aber leer standen. Auf einigen befanden sich ein paar alte Farbeimer. An der Decke hingen vier alte Lampen, die den Raum notdürftig erhellten. Unter einer dieser Lampen stand ein alter, verdreckter Metalltisch, auf dem ein kleiner Karton lag. Neben dem Tisch stand ein Holzstuhl. Cedric ging zielstrebig zum Tisch und stellte den Alukoffer darauf ab. Dann blickte er Justin an.

»Setz dich.«

Justin ging unsicher auf den Stuhl zu und nahm Platz. Der Angstschweiß stand ihm auf der Stirn.

Ayaz kam hinzu und setzte sich lässig auf die Tischkante. Dann nahm er langsam sein Zigarettenetui aus seiner schwarzen Lederjacke und steckte sich eine Zigarette an. Ayaz musterte Justin und genoss den Anblick. Ein dürrer, schwächlicher Junge, gerade neunzehn Jahre alt, der kurz davor ist, sich vor Angst in die Hose zu machen.

»Weißt du, warum du hier bist?«, fragte Ayaz mit kalter Stimme.

»Es tut mir so leid, Ercan. Das war ein Fehler. Ich schwöre

dir, ich werde nie wieder ...« Weiter kam Justin nicht. Ayaz versetzte ihm mit solcher Wucht eine Backpfeife, dass Justins Nase sofort blutete.

»Beantworte nur die Frage! Weißt du, warum du hier bist?«

»Ja, Ercan.«

»Du hast mich bestohlen?«

»Ja, Ercan.«

»Und dafür willst du deine Strafe bekommen?«

Justin schluckte. »Ja, Ercan.«

Ayaz sah Cedric an.

»Siehst du, Cedric. Justin weiß, dass er einen Fehler gemacht hat. Und Justin weiß auch, dass er bestraft werden muss.«

Ayaz griff an die Rückseite seiner Hose, zog seine Neun-Millimeter-Beretta hervor und legte sie neben sich auf den Tisch.

»Nein ... Ercan ... bitte nicht«, flehte ihn Justin an.

Ayaz machte ein erstauntes Gesicht. »Was denn? Du hast doch nicht etwa Angst, dass ich dich erschieße?« Ayaz kostete den Augenblick aus. Dann fuhr er mit gespielter Empörung fort. »Dummer Junge. Das würde ich doch nicht tun. Die Pistole habe ich nur abgelegt, weil sie mich behindert.«

Langsam zog Ayaz den Karton zu sich heran und öffnete ihn genüsslich. In Zeitlupe holte er eine kleine Axt heraus. Dann nahm er den Alukoffer und legte ihn vor Justin auf den Tisch.

»Weißt du, Justin, früher waren die Strafen besser. Heute gibt es doch nur Knast. Oder Geldstrafe. Damals hat man einem Dieb die Hand abgeschlagen. Dann konnte er nicht mehr stehlen. Ist doch eine gute Sache, oder?«

Justin saß wie versteinert auf dem Stuhl.

»Ja, Ercan«, flüsterte er.

Ayaz grinste. »Allerdings so gut auch wieder nicht. Du sollst ja weiter für mich arbeiten. Und mit einer Hand weniger wäre das schwierig. Ich muss ja auch mal an mich denken. Stimmt's?« Ayaz legte die Axt zurück in den Karton.

»Ja, Ercan.« Justins Stimme klang wieder zuversichtlicher. Vielleicht hatte Ayaz ihm nur einen Schrecken einjagen wollen. Halb so schlimm. Justins Gesichtsfarbe kehrte zurück, und er atmete tief durch. Dann holte Ayaz ein paar dünne Nägel und einen Hammer aus dem Karton.

»Leg deine Hände auf den Koffer und spreiz die Finger.«

»Ercan, ich ...« Eine weitere heftige Ohrfeige ließ Justin verstummen, und er legte beide Hände vor sich auf den Alukoffer.

Ayaz nahm vorsichtig einen Nagel zwischen Daumen und Zeigefinger der linken Hand. Dann setzte er die Spitze vorsichtig auf die Haut zwischen Justins rechtem Zeige- und Mittelfinger. Justin starrte wie gebannt auf den Nagel. Er spürte die kalte Spitze auf seiner Haut und sah, wie sie ganz sanft eingedrückt wurde. Justin war so fokussiert, dass er nicht bemerkte, wie Ayaz mit der rechten Hand den Hammer ergriff, kurz ausholte und mit einem Schlag den Nagel durch Justins Fleisch und die Aluminiumverkleidung des Koffers schlug. Es dauerte einen Moment, bis Justin begriff, was gerade geschehen war. Dann brüllte er auf und zog reflexartig die Hand zurück und mit ihr den Aluminiumkoffer, der durch den Nagel mit ihr verbunden war.

Ayaz umfasste den Griff des Koffers und zog ihn wieder zurück auf die Tischplatte. Justin gab vor Schmerz sofort nach.

»Halt still!«, befahl Ayaz, und Justin gehorchte. Ayaz nahm einen zweiten Nagel, setzte ihn auf die Haut zwischen Mittel- und Ringfinger und trieb ihn mit einem heftigen Hammerschlag tief hindurch in den Alukoffer. Wieder schrie Justin auf und kämpfte gegen den Reflex, die Hand erneut zurückzuziehen. Einen dritten Nagel schlug Ayaz zwischen Ringfinger und kleinem Finger ein. Justin wimmerte nur noch. Er blickte auf seine Hand. Die verletzten Stellen bluteten nur leicht.

»Da sind nur wenig Blutgefäße, weißt du«, erklärte Ayaz mit kühler Stimme. Dann wendete er sich der linken Hand zu und wiederholte die Prozedur. Einmal. Zweimal. Dreimal. Justin wurde übel. Er atmete tief ein und versuchte, das Gefühl zu unterdrücken, sich zu übergeben.

Ayaz legte den Hammer zufrieden auf den Tisch und blickte mit stolzem Blick auf sein Werk.

»Das ist doch hübsch geworden«, stellte Ayaz fest. »Steht dir gut.«

Er steckte seine Pistole zurück in den Hosenbund. Dann nahm er den Griff des Koffers in die Hand und zog ihn langsam über den Tisch. Justin stöhnte vor Schmerz auf und streckte die Hände aus, bis er mit dem Oberkörper flach auf dem Tisch lag.

»Du wirst dir jetzt merken, dass du nie wieder meine Ware aus dem Koffer nehmen darfst, wenn ich es nicht will. Stimmt's, Justin?«

Justin quälte ein »Ja, Ercan« heraus.

Ayaz stand auf und sagte zu Cedric: »Den Koffer behält er bis Punkt sechs Uhr morgen Abend an den Händen. Du achtest darauf!«

»Geht klar, Boss!«, antwortete Cedric. Dann grübelte er. »Und wenn er mal muss?«

»Wenn du ihm helfen willst, seinen Schwanz aus der Hose zu holen: Bitte, tu dir keinen Zwang an.« Ayaz grinste. Cedric sah nicht so aus, als würde er Justin den Gefallen tun wollen.

»Jetzt fährst du mich in die Bar. Dann kannst du dir etwas zum Essen holen und kommst hierher zurück. Achte darauf, dass der Koffer dranbleibt. Um sechs Uhr morgen Abend verlässt du den Raum und schließt die Tür von außen ab. Den Schlüssel wirfst du ihm durch ein Fenster rein.«

Cedric nickte. Ayaz öffnete die Tür, schaltete das Licht aus und verließ die alte Lagerhalle, gefolgt von Cedric. Justin blieb allein zurück. Die Tür fiel ins Schloss. Der Schlüssel wurde herumgedreht. Justin hörte, wie der BMW gestartet wurde und langsam davonfuhr. Dann war es still. Und dunkel. Justin wurde bewusst, dass er die Lagerhalle nur auf eine Weise wieder verlassen konnte. Er würde seine Hände vom Koffer reißen müssen. Der junge Mann schloss die Augen und weinte.

16

Ich glaube, ich habe das schwache Glied in der Kette gefunden«, meldete sich Nick am Telefon, einige Tage nachdem ich ihn in seinem Büro besucht hatte. »Ich habe dir doch von Ayaz' Freundin erzählt.«

Ja, das hatte Nick. Chantal war neunzehn Jahre alt, bildhübsch und entstammte – wovon man aufgrund ihres Namens jetzt nicht unbedingt ausgehen konnte – einem guten, bürgerlichen Haushalt. Der Vater war Lehrer an einer örtlichen Realschule, und ihre Mutter arbeitete in einem Spezialitätenladen für Veganer. Ich wusste gar nicht, dass es so etwas gibt. Was uns aber tatsächlich irritierte: Chantal hatte Abitur, und zwar ein ordentliches, und studierte seit Kurzem Volkswirtschaft. Wir fragten uns, was so ein Mädchen geraucht haben musste, um etwas mit Ayaz anzufangen. Als Vater von zwei Töchtern machte mir das Verhältnis Chantal – Ayaz mehr Angst, als ich zugeben wollte. Chantal hatte eine gewisse Ähnlichkeit mit Kiana, meiner großen Tochter. Wenn ich mir nur vorstellte, dass Kiana mit einem Typen wie Ayaz … Dann schon lieber mit dem Schöngefönten. Und noch besser: mit keinem von beiden.

»Ja, hast du mir erzählt.«

»Nun, sie hat Ayaz gesagt, dass sie sich von ihm trennen wird.«

»Oh, doch noch vernünftig geworden?«

»Sie schon. Er leider nicht. Ayaz hat ihr … unmissverständlich klargemacht, dass er ein derartig undankbares Verhalten nicht akzeptieren wird.« Nick hatte seine ganz eigene Art, die Verhaltensweisen von Kriminellen zu umschreiben.

»Woher weißt du das?«

»Wir haben ihr Handy angezapft. Chantal hat mit ihrer Schwester telefoniert und sich ausgeheult. Ist fix und fertig, die Kleine.«

»Hat er sie geschlagen?«

»Nein. Also auch, aber nicht nur. Ayaz hatte ihr vor ein paar Wochen ein Katzenjunges geschenkt. Wie heißen die noch? Gleiche Rasse, die du auch hast, Siggi.«

»Maine-Coon?«

»Ja.«

Das war ein alter und bewährter Trick: Arschloch schenkt seiner Freundin ein niedliches Haustier, meistens einen Hundewelpen oder ein Kätzchen. Dann wartet der großzügige Schenker, bis seine Freundin eine emotionale Bindung zu dem Haustier aufbaut, was in der Regel nur ein paar Tage dauert. Jetzt hat er etwas in der Hand, womit er seine Freundin bei Bedarf erpressen kann. Er kann ihr jederzeit ihre neue Liebe wegnehmen. Immerhin hat er einen Kaufbeleg und kann nachweisen, dass er der Eigentümer ist. Das ist zumindest die klassische Arschloch-Methode. Leider war Ayaz eher etwas unkonventionell.

»Dieser Irre hat das arme Vieh … gegrillt«, fuhr Nick fort.

»Bitte was?«

»Er hat ihm Feuerzeugbenzin über den Rücken gegossen und es angezündet.«

Das ist wohl die Vollarsch-Version der Arschloch-Methode.

»Lebt der kleine Kerl noch?«, wollte ich wissen und dachte an meinen Kater Grisu.

»Nein. Chantal ist mit ihm zum Tierarzt gefahren. Musste eingeschläfert werden. Hat sie ihrer Schwester alles erzählt. Sie will nur noch weg von Ayaz, weiß aber nicht, wie.«

Nick machte eine Pause. Ja, es ist echt doof, wenn einem plötzlich klar wird, dass der eigene Freund gar nicht der romantische, liebevolle Knuddelbär ist, sondern ein eiskalter Psychopath und Drogendealer mit stark ausgeprägtem Hang zu sadistischem Verhalten.

»Meinst du, sie redet mit der Polizei?« Ich hatte da meine Zweifel. Obwohl Chantal eine Traumzeugin wäre. Die Suche nach einer Schwachstelle in einer Organisation wie der von Ayaz ist eine besondere Herausforderung. Auf den unteren Ebenen lohnte es nicht zu suchen, denn dort wusste man zu wenig von Lieferketten, Abnehmern und Depots. Auf den höheren Ebenen war es schwer, einen illoyalen Mitarbeiter zu finden. Zumal Ayaz dafür bekannt war, mit undankbaren Angestellten nicht gerade zimperlich umzugehen. Seit der Heimwerkernummer mit Justins Händen schien es fast unmöglich, einen aussagefreudigen Helfer zu finden.

»Chantal ist nicht dumm und wird sehr genau mitbekommen haben, wie Ayaz seine Kohle macht. Ich glaube, deshalb wollte sie auch weg von ihm. Wurde ihr zu heiß. Wenn wir ihr einen Ausweg zeigen … Es ist immerhin einen Versuch wert.«

»Die Kleine hat doch jetzt richtig Schiss.« Und das verständlicherweise. Ich bezweifelte, dass sie mit Nick reden würde. Und selbst dann konnte sie ihre Angaben später noch widerrufen. Oder sich auf ein Zeugnisverweigerungsrecht berufen. Hierzu brauchte sie nur ein Verlöbnis mit Ayaz einzugehen. Dann wären ihre bisherigen Angaben bei der Polizei nicht mehr verwertbar. Es ist erstaunlich, wie viele Verlöbnisse unter dem Eindruck eines Strafverfahrens geschlossen werden. Auch ich war als Ermittlungsrichter indirekt für mehr Verlobungen verantwortlich als die beste Datingagentur. Vielleicht sollte der Staat mal über dieses Geschäftsmodell nachdenken: »Einsam? Verzweifelt? Dann besuchen Sie www.verbrecher-partner.de. Wir finden den Kriminellen, der zu Ihnen passt!« Dieses Verlöbnisproblem konnten wir nur dann umgehen, wenn Chantal vor einem Richter auspackte. Eine richterliche Vernehmung ist nach geltendem Recht auch dann verwertbar, wenn sich die Verlobte später auf ein Zeugnisverweigerungsrecht beruft.

»Ich werde mal vorsichtig Kontakt zu Chantal aufnehmen. Conni hilft mir.« Nick klang sehr zuversichtlich. »Vielleicht haben wir Glück.«

Hatten wir nicht. Und Chantal noch viel weniger.

17

Der kleine Markplatz neben der Kirche war um diese Tageszeit gut besucht. In seiner Mitte plätscherte ein kleiner Springbrunnen, auf dessen Rand viele Kinder und einige Erwachsene saßen und die Füße ins Wasser baumeln ließen. Uli Nussbaum und ich hatten nach kurzer Wartezeit den letzten freien Tisch unter einem Sonnenschirm vor dem kleinen Eiscafé ergattert. Uli steckte sich eine Zigarette an.

»Was darf es sein?«, fragte eine nette Kellnerin mit italienischem Akzent.

»Einen Eiskaffee, bitte!«, sagte Uli.

»Ich nehme einen richtigen Kaffee. Schwarz, ohne Zucker. Bitte!«

»Gern.« Die junge Frau tippte unsere Bestellungen in einen elektronischen Block und verschwand.

»Wie kannst du bei der Hitze Kaffee trinken?«, fragte Uli.

»Übungssache.«

Obwohl jeder Platz des kleinen Eiscafés besetzt war und vor der Eisvitrine eine riesige Schlange stand, brachte die Kellnerin unsere Getränke mit beeindruckender Geschwindigkeit. Ich nahm einen großen Schluck Kaffee und beobachtete die Kinder, die um den Springbrunnen herumliefen.

Während ich ein der Temperatur angemessenes Poloshirt trug, hatte Uli ein weißes Hemd an, dessen Ärmel bis zum Ellbogen aufgerollt waren. Ein untrügliches Zeichen dafür, dass er heute vor Gericht aufgetreten war.

»Wie war deine Sitzung, Uli?«

Er nahm einen tiefen Zug aus seiner Zigarette und atmete langsam aus.

»Frag nicht. Schwurgericht. Richter Weiss wird auch immer älter.«

»Und zeigt bereits erste Anzeichen einer Demenz«, ergänzte ich grinsend. Weiss gehörte zu den Menschen, die mit Anfang fünfzig schon aussehen wie Ende siebzig. Mittlerweile war er dreiundsechzig Jahre alt und sah aus, als wäre er vor zehn Jahren an Altersschwäche verstorben. In letzter Zeit passten sich seine Entscheidungen leider seinem Aussehen an. Er hatte jeglichen Biss verloren.

»Ja, er schielt schon sehr auf seine Pensionierung und hat keine Lust mehr zu arbeiten.« Uli setzte eine Sonnenbrille auf und lehnte sich entspannt zurück. »Was gibt es bei dir Neues, Siggi?«

Ich berichtete, dass die Kripo im Fall Diepenberg keine Fremdeinwirkung festgestellt und das Verfahren an das Drogendezernat abgegeben hatte. Dann erzählte ich ihm, dass ich seinen Kollegen Jakob hatte überreden können, ein Ermittlungsverfahren einzuleiten, und dass Nick als Chefermittler eingesetzt worden war. Und ich berichtete, was ich über Hamid von Ayaz und seinem Vorgänger Özman Yildiz erfahren hatte. Bei dem Namen Yildiz stutzte Uli.

»Özman Yildiz sagst du? Der Name sagt mir was.« Uli dachte nach. Ich versuchte, seinem Gedächtnis auf die Sprünge zu helfen.

»Ist vor einigen Jahren aus dem Verkehr gezogen worden und sitzt jetzt eine Freiheitsstrafe ab.«

»Mmh.« Uli lehnte sich zurück und knetete seine Unterlippe. Plötzlich weiteten sich seine Augen.

»Özman Yildiz! Ja, klar. Ich habe damals die Anklage vertreten. Hat fast zehn Jahre bekommen. Wir mussten seinerzeit mit Polizeischutz verhandeln. Das volle Programm. Mit Scharfschützen auf den Dächern. Mann, war der sauer.«

»Bei zehn Jahren habe ich sogar ein gewisses Verständnis dafür. Schränkt ja doch die Zukunftsplanung ein wenig ein.«

Uli drückte seine Zigarette im Aschenbecher aus. »Das war es noch nicht mal. Der war nicht auf uns wütend, sondern auf denjenigen, der ihn verpfiffen hat.«

Das konnte interessant werden. Vielleicht konnte uns der freundliche Pfeifer auch im Fall Ayaz unterstützen. Ein Pfeifkonzert muss nicht immer etwas Schlechtes sein.

»Und wer war das?«

Uli zuckte mit den Schultern.

»Das ist die Eine-Million-Euro-Frage. Muss ein Insider gewesen sein. Aber der Hinweis erging anonym über ein Wegwerfhandy. Wir wissen bis heute nicht, wer es gewesen ist. Und Yildiz auch nicht. Angeblich hat er damals ein Kopfgeld auf den Verräter ausgesetzt. Aber er hat es nie rausbekommen, soviel ich weiß.«

»War es Ayaz vielleicht selbst?« Dann hätten wir mit Yildiz einen nicht zu unterschätzenden Verbündeten.

»Eher unwahrscheinlich. Ayaz hat damals versucht, Zeugen unter Druck zu setzen, damit sie nicht gegen seinen Chef aussagen. Deshalb haben wir auch mit Polizeischutz verhandelt. Das passt nicht unbedingt zum Bild eines Verräters.«

»Stimmt.« Ich überlegte. »Weißt du noch, wer Yildiz damals verteidigt hat?«

»Klar. Rechtsanwalt Schedel. Der war der Anwalt der ganzen Organisation.« Das passte wie die Faust aufs Auge. Schedel war – höflich ausgedrückt – ein etwas unseriöser Anwalt. Dass in einem Verfahren, in dem er die Verteidigung übernahm, Zeugen beeinflusst wurden, wunderte mich kein bisschen. So wie Hunde und Herrchen oft zusammenpassen, gilt dies hin und wieder auch für Rechtsanwälte und ihre Mandanten.

»Darf ich dich etwas fragen, Siggi?« Uli nahm die Sonnenbrille ab und sah mich mit ernstem Blick an.

»Klar.«

»Warum interessierst du dich so dafür? Ich meine, ich mochte Fredi ja auch. Jeder mochte Fredi. Aber ... da steckt doch noch mehr dahinter.« Mein alter Freund kannte mich gut und hatte genau ins Schwarze getroffen.

»Unsere Wege haben sich schon ein paarmal gekreuzt. Ich meine, außerhalb des Gerichtssaals. Und vor drei Jahren hat mir Fredi einmal sehr geholfen. Ich habe die Geschichte damals niemandem erzählt. Unsere Ronja war gerade siebzehn Jahre alt geworden und hatte ihren ersten festen Freund. Julian. Ich glaube, alle Väter mögen den ersten Freund ihrer Tochter nicht. Auch nicht den zweiten oder dritten. Mir ging es nicht anders. Und es trug auch nicht gerade zu meiner Sympathie bei, als ich Julian mit allen einem Strafrichter zur Verfügung stehenden Möglichkeiten überprüfte. Gegen ihn wurde mehrfach wegen unerlaubten Besitzes von Betäubungsmitteln ermittelt. Zwar wurden alle Verfahren gegen Auflage eingestellt, trotzdem war Julian nicht unbedingt der Typ, den ich mir als Freund für meine Tochter wünschte. Ronja wollte von diesem von mir sehr sauber ausermittelten Sachverhalt nichts hören. ›Er hat sich geändert. Du bist durch deinen Beruf ganz paranoid geworden‹, hat sie mir gesagt.«

Ich machte eine Pause und trank einen Schluck Kaffee. Uli steckte sich schweigend eine neue Zigarette an.

»Nun, Julian hatte sich nicht geändert. Und ich war nicht durch meinen Beruf paranoid geworden. Das war ich vorher schon. Wenn ich mich richtig erinnere. Britta entdeckte irgendwann einen Joint bei Ronja. Ist schon komisch. Ich habe Hunderte solcher Fälle als Jugendrichter verhandelt. Aber als Britta mir das erzählte … Ich wusste nicht, wie ich mich verhalten sollte. Wir hatten Sorgen, dass Ronja sich erst recht von uns abwendet, wenn wir sie zur Rede stellen. Sie kann manchmal sehr stur sein.«

»Von wem sie das wohl hat«, grummelte Uli.

Ich grinste. »Ihre Sturheit hat sie von Britta.« Und nah einer kurzen Pause fügte ich hinzu. »Ich habe meine nämlich noch.« Uli widersprach nicht. Leider.

»Jedenfalls nahm Julian unsere Ronja eines Tages mit zur Platte, dem Bahnhofsvorplatz, wo auch gedealt wird. Julian rauchte nicht nur Gras, sondern zog auch gern mal eine Line Koks. Julian hatte Schulden und wollte, dass Ronja sie begleicht.«

»Toller Freund«, schnaubte Uli.

»Sie sollte Julians Dealer einen … Na, du weißt schon, was ich meine.« Uli nickte. »Ronja sagte Nein. Und wie ich sie kenne, sagte sie es mit ein paar deutlichen Worten. Das gefiel Julian nicht. Er zog sie an den Haaren bis in eine Ecke und drückte ihren Kopf runter. Der andere Typ hatte gerade die Hose heruntergelassen. Dann kam Fredi. Er war damals auch am Bahnhof und erkannte meine Tochter. Für einen Junkie hatte Fredi immer noch einen ziemlich harten Schlag. Dann brachte er unsere Ronja nach Hause. Julian war Geschichte. Und meine Kleine wieder in der Spur.«

Vom Rand des Springbrunnens aus zielte ein kleiner Junge mit seiner Wasserpistole in unsere Richtung. Obwohl der dünne Wasserstrahl kaum bis zu unserem Tisch gereicht hätte, wurde der kleine Mann sofort lautstark von seinem Vater zurechtgewiesen.

Uli grinste. »Oha! Ein zukünftiger Kunde von uns. Versuchter Doppelmord. Früh übt sich.«

»Wasserpistolen waren für Kiana und Ronja auch immer das Größte.« Ich sah weiterhin den Kindern am Brunnen bei ihrem Spiel zu. »Sie bleiben immer unsere Kinder, Uli. Das einzig wirklich Wertvolle, was wir haben. Und Fredi hat mein Kind beschützt.«

Ich trank meinen Kaffee aus und winkte der Kellnerin.

»Als ich Fredi am nächsten Tag aufsuchte, um ihm zu danken, wollte er davon nichts hören. Er sagte: ›Corinna wäre jetzt etwa genauso alt wie Ihre Kleine.‹ Ich fragte ihn, ob ich irgendetwas für ihn tun könne. Weißt du, was Fredi geantwortet hat?«

Uli schüttelte leicht den Kopf.

»Fredi sagte: ›Sie tun doch immer was für mich, Herr Richter. Jeden Winter.‹«

Uli nahm einen Zug aus seiner Zigarette und drückte den Stummel im Aschenbecher aus. »Verstehe.«

»Haben die Herren noch einen Wunsch?« Die aufmerksame Kellnerin trat an unseren Tisch und zog den elektronischen Bestellblock hervor. Uli nickte.

»Ich nehme ein alkoholfreies Bier. Und für den Herrn Richter noch einen Kaffee. Aber schön heiß, bitte!«

18

Nick hat mit Chantal gesprochen. Sie ist zur Aussage bereit.« Jakob klang sehr zufrieden. »Ich habe den Antrag gestellt, sie von dem Ermittlungsrichter vernehmen zu lassen.«

Wenn Chantal aussagen würde, hätte Jakob voraussichtlich genug gegen Ayaz in der Hand, um ihn wegen »bandenmäßigen Handeltreibens mit Betäubungsmitteln« anzuklagen. Darauf stand eine Mindestfreiheitsstrafe von fünf Jahren.

»Großartig, Jakob! Wer wird die Vernehmung durchführen?«

»Ich habe den Antrag bewusst nicht bei dir gestellt, Siggi. In eurer kleinen Stadt spricht es sich zu schnell rum. Wenn jemand Chantal im Gericht sehen würde, wüsste es Ayaz auch bald.«

Der Gedanke, dass ich die Vernehmung auch deshalb nicht durchführen konnte, weil ich möglicherweise befangen war, kam Jakob anscheinend nicht. Immerhin hatte ich ihn überredet, ein Verfahren gegen Ayaz einzuleiten, sodass an meiner Unvoreingenommenheit gezweifelt werden durfte. Vielleicht sprach er es auch nur nicht aus.

»Das ist vernünftig, Jakob. Und *wer* wird die Vernehmung durchführen?«

»Ich werde ja auch dabei sein. Ich passe schon auf, dass die richtigen Fragen gestellt werden.«

Das war noch immer keine Antwort auf meine Frage. Jakob druckste herum. Kein gutes Zeichen.

»Jakob! *Wer* wird die Vernehmung durchführen?«

Jakob schnaufte. Dann sagte er auffallend leise: »Richterin Lockmann.«

»Oh … Gott …«

Richterin Lockmann war eine Kollegin, die von Mr. Burns, dem Landgerichtspräsidenten, als förderungswürdig angesehen wurde. Es war das älteste Klischee der Welt, aber ihre hervorstechendste Qualifikation waren blonde Haare. Leider auch ihre einzige. Um den Ansprüchen des Präsidenten zu genügen, reichte es. Um den Aufgaben eines Ermittlungsrichters gerecht zu werden, dummerweise nicht. Schon häufig waren vielversprechende polizeiliche Ermittlungen geplatzt, weil Richterin Lockmann noch einen Termin beim Friseur oder im Nagelstudio hatte und deshalb keinen Durchsuchungsbeschluss mehr ausstellen wollte. Das war auch der Staatsanwaltschaft gut bekannt. Jakob versuchte jedoch, meine Sorgen zu zerstreuen.

»Ich weiß. Aber ich bin ja dabei.«

»Hast du beantragt, Ayaz nicht von der Vernehmung zu benachrichtigen?«

Diese Möglichkeit sah die Strafprozessordnung ausdrücklich vor, wenn man befürchten musste, dass der Zeuge zu Amnesie neigte, falls der Beschuldigte von seiner Vernehmung wusste. Ist der Beschuldigte ein brutaler Bandenchef, der Leute an Koffer nagelt und Katzenbabys röstet, verstärkt das die Vergesslichkeit eines Zeugen doch ganz erheblich.

»Ich mache den Job nicht erst seit gestern«, kam Jakobs beleidigte Antwort zurück.

»Ach, echt? Du wirkst manchmal so unerfahren.«

»Arschloch.«

»Wann ist der Termin?«

»Montag, um zehn.«

Heute war Donnerstag. Hoffentlich würde Chantal ihre Meinung bis dahin nicht ändern. Jakob schien meine Gedanken zu lesen.

»Nick ist davon überzeugt, dass sie ihre Aussage machen wird. Sie wirkte erleichtert auf ihn und sehr entschlossen. Wir haben ihr einen Ausweg gezeigt.«

»Willst du Ayaz gleich am Montag aus dem Verkehr ziehen, Jakob?«

»Ja. Und noch fünf weitere Mitarbeiter seiner Firma. Ich habe mich mit Nick abgestimmt. Sobald wir Chantals Aussage im Protokoll haben, gebe ich ihm Bescheid, und Nick legt los. Er hat für Montag ein MEK angefordert.« Ein mobiles Einsatzkommando ist eine speziell für Zugriffe geschulte und ausgerüstete Sondereinheit der Polizei. Da Nick bei der Festnahme von Ayaz mit erheblichem Widerstand rechnen musste, war es vernünftig, eine Spezialeinheit anzufordern.

»Ich beantrage bei dir zeitgleich die Haftbefehle, Siggi. Wird ein langer Tag. Ich meine, für einen Amtsrichter.«

»Denk ja nicht, dass ich jeden Tag um zwei schon nach Hause gehe, Jakob. Das kann ganz leicht auch mal halb drei werden.« Der Dicke lachte. »Ich habe übrigens noch eine Idee«, sagte ich.

Ich berichtete Jakob von dem Gespräch mit Uli und meiner Überlegung, Özman Yildiz gegen Haftvergünstigung um Hilfe zu bitten.

»Kein schlechter Gedanke. Warten wir erst mal ab, was uns Chantal alles erzählt. Ich melde mich, sobald es Montag losgeht. Schönes Wochenende, Siggi!«

19

Chantal stand im Badezimmer ihrer Wohnung. Genauer gesagt im Badezimmer der Wohnung, die Ayaz für sie angemietet hatte. Sie betrachtete sich im Spiegel. Müde sah sie aus und verweint. Chantal holte tief Luft und blickte ihrem Spiegelbild in die Augen. »Du schaffst das!« Ihre Stimme zitterte. Chantal schluckte. Dann wiederholte sie: »Du schaffst das!« Jetzt klangen die Worte schon sicherer. Fast überzeugend. Und noch einmal. »Du schaffst das!« Chantal nickte ihrem Spiegelbild zu und ging in die Diele. Schon vor drei Stunden war sie aufgestanden, hatte geduscht, sich angezogen und geschminkt. Erst schien das Wochenende gar nicht enden zu wollen, dann war die Nacht auf Montag doch sehr kurz und unruhig gewesen. Geschlafen hatte Chantal kaum. Nervös war sie und unsicher, hatte Angst. Sie wusste, wie brutal Ercan sein konnte. Wie kalt. Wie berechnend. Doch der Hauptkommissar hatte ihr endlich einen Ausweg gezeigt. Eine Chance, von Ercan wegzukommen. Und er hatte gesagt, dass ihr die Staatsanwaltschaft helfen werde. Und Richter Buckmann. Diesen Namen kannte sie von Ayaz und seinen Leuten. Viele hatten Respekt vor ihm, weil er sie schon eingesperrt hatte. Es klingelte an der Wohnungstür. War es tatsächlich schon so spät? Sie schien die Zeit völlig aus dem Blick verloren zu haben. Der Hauptkommissar hatte gesagt, dass er sie um Viertel nach neun abholen und zum Gericht bringen werde. Es klingelte erneut. »Einen Moment, Herr Hiller«, rief Chantal. »Ich komme gleich!« Chantal ging in den Flur und glitt in ihre dunklen Ballerinas. Dann nahm sie die Handtasche vom Kleiderhaken und hängte sie über ihre Schulter. Es klingelte erneut und klopfte an der Tür. »Komme schon!« Chantal griff nach Portemonnaie und Handy auf der Kommode. Mit der freien Hand drehte sie den Schlüssel um, schob den Riegel zurück und öffnete die Tür – eine Stunde zu früh.

20

Um kurz vor zehn klingelte mein Smartphone. Jakobs Privatnummer. Das bedeutete nichts Gutes. Eigentlich hätte der Oberstaatsanwalt bei der Vernehmung von Chantal anwesend sein und aufpassen sollen, dass Richterin Lockmann nicht alles versaute.

»Was ist passiert?« Ich verzichtete auf einen Gruß.

»Diese verblödete, unfähige Kuh!« Jakob schäumte vor Wut. Unnötig zu fragen, wen er meinte. Seine Beschreibung passte exakt auf meine Kollegin Lockmann. »Sie hat Ayaz tatsächlich über den Termin informiert, Siggi!«

»Und Chantal hat daraufhin alles vergessen? Oder sind die beiden jetzt verlobt?«

Jakob ließ sich mit der Antwort Zeit.

»Chantal …« Er machte eine Pause. »Chantal … ist weg.«

»Wie weg?«

»Nick wollte sie heute Morgen abholen. War so zwischen den beiden vereinbart. Sie war nicht in ihrer Wohnung.«

»Vielleicht ist sie für ein paar Tage untergetaucht.«

»Nein. Ich fürchte, sie wurde gegen ihren Willen weggebracht. Nick hat sofort ihre Schwester angerufen, nachdem Chantal ihre Wohnungstür nicht geöffnet hat. Die Schwester hat einen Schlüssel. Sie und Nick waren in der Wohnung. Sie ist wie vom Erdboden verschwunden.«

»Das sagt doch noch gar nichts.«

»Ihr Handy haben wir gefunden. Auch das Portemonnaie. Und ihre Handtasche.«

»Habt ihr eine Suchmeldung rausgegeben?«

»Ja. Nick hat schon alles veranlasst.«

»Dann können wir nur warten.«

Als ich mit meinem kleinen Twingo am frühen Abend den Gerichtsparkplatz verließ, war ich trotz dieses Rückschlags nicht schlecht gelaunt. Denn ich fuhr zum Abendessen mit meiner Tochter Kiana. Auf dem Weg zum Lokal überlegte ich, wie wir in dem Ermittlungsverfahren weitermachen könnten. Jetzt bloß nicht stehen bleiben. Nick musste dringend mit Özman Yildiz sprechen. Wenn er ihn überreden könnte, uns zu helfen, hätten wir noch eine Chance, an Ayaz ranzukommen. Vielleicht konnten wir Yildiz Haftvergünstigungen versprechen oder eine vorzeitige Bewährung nach Verbüßung von zwei Dritteln der Strafe. Gleichzeitig musste Chantal gefunden werden. Nick hatte bereits alles veranlasst. Ich war so in Gedanken, dass ich den schwarzen BMW nicht bemerkte, der mir in einigem Abstand folgte.

21

Das kleine Restaurant, das ich für das Abendessen mit meiner Tochter ausgewählt hatte, war für seine Steaks über die Grenzen der Stadt hinaus bekannt. Kiana hatte schon Steaks geliebt, als sie erst vier Zähne hatte. Mit neun Jahren konnte sie ein Dreihundert-Gramm-Filetsteak verputzen und sah trotzdem aus wie ein Zahnstocher mit Magersucht. Ich war zehn Minuten zu früh, parkte in der Nähe des Lokals und genoss einen Moment den angenehmen Sommerabend. Nur wenige Autos waren noch auf den Straßen unterwegs. Lediglich ein schwarzer BMW fiel mir auf, der anscheinend nach einem Parkplatz suchte und mehrfach die Allee auf und ab fuhr. Pünktlich um zwanzig Uhr betrat ich das Restaurant. Ein freundlicher Kellner brachte mich zu dem Tisch, den ich reserviert hatte. Ich war bester Laune und freute mich auf das Abendessen mit meiner Tochter. Es war das Highlight der Woche. Sogar das Highlight des Monats. Zehn Minuten später saß ich noch immer allein am Tisch. Sehr ungewöhnlich, Kiana erschien sonst immer überpünktlich. Britta behauptete immer, das habe sie von mir geerbt. Schließlich öffnete sich die Restauranttür, und meine Tochter betrat das Lokal – gefolgt von Tobi, dem Schöngefönten. Ich unterdrückte einen aufsteigenden Weinkrampf. »Gib ihm noch eine Chance«, sagte ich zu mir selbst. »Du wirst sehen, er ist gar nicht so ein Volltrottel, wie du denkst.« Ich merkte dabei leider, dass ich mich selbst belog.

»Hallo, mein Schatz«, sagte ich und umarmte meine Tochter. Sie gab mir einen Kuss auf die Wange. »Tobias, hallo! Na, das ist ja eine Überraschung.« Leider keine gute.

»Ja, ich dachte, es ist eine großartige Idee, wenn ihr euch näher kennenlernt«, erklärte Kiana.

Wieso sollte das eine großartige Idee sein? »Ja, das ist eine tolle Idee, mein Schatz. Nehmt doch Platz!«

Kiana und Tobi setzten sich. Kiana war wie immer leger gekleidet. Jeans und T-Shirt. Kein Schmuck, wenig Schminke, die blonden, kinnlangen Haare hinter die Ohren gekämmt. Anders Tobi. Eine helle Chino und teure Lederschuhe, dazu ein Poloshirt von Lacoste, teure Armbanduhr, die Haare mit Wachs gestylt. Das hatte bestimmt eine Stunde gedauert.

»Entschuldige, Papa, dass wir so spät dran sind. Tobi hat mich etwas verspätet in meiner Wohnung abgeholt«, flüsterte Kiana mir zu.

»Das macht doch nichts.« Denn es bedeutete, dass er nicht in derselben Wohnung wie Kiana wohnte. Wenn ich seinen Look betrachtete, hatte er allein dafür zwei Stunden vor dem Spiegel verbracht. War das Eyeliner um seine Augen?

Eine junge Kellnerin reichte uns die Menü-Karten.

»Die Steaks sind hier fantastisch!«, empfahl ich den beiden.

Tobi runzelte die Stirn. »Gibt es hier auch Essen für Nichtmörder?« Es ist, im Nachhinein betrachtet, sehr witzig, dass der Schöngefönte ausgerechnet diese Formulierung wählte.

»Bitte?«, fragte ich. Damals war ich tatsächlich noch Nichtmörder. Jedenfalls nach meinem Verständnis.

»Oh, Tobi ist Veganer«, erklärte Kiana. Und offensichtlich einer von der missionarischen Sorte. Ich hatte noch nie ein Problem mit Vegetariern oder Veganern. Ich gebe sogar zu, dass ich auf Fleisch verzichten würde, wenn ich selbst schlachten müsste. Und ich bin mir meiner Doppelmoral durchaus bewusst. Aber ich kann es auf den Tod nicht ausstehen, wenn mir jemand vorschreiben will, wie ich mich zu ernähren habe, ganz gleich ob ausdrücklich oder durch diese Essen-für-Mörder-Blume.

»Ah!«, sagte ich gespielt interessiert und beschloss, mein Steak heute extra blutig zu bestellen.

»Ich finde, wir alle haben eine Verantwortung zu tragen. Jedem lebenden Wesen gegenüber«, sagte Tobi mit näselnder Stimme, und für mich hatte sich damit die Frage beantwortet, ob ich Carpaccio als Vorspeise nehmen sollte.

»Ja. Das fängt bei den Schuhen an oder?«, fragte ich. Tobi guckte pikiert, überging meinen Kommentar aber.

Die Kellnerin kam an unseren Tisch und nahm unsere Bestellungen auf. Tobi wählte einen gemischten Salat. Kiana bestellte aus Rücksicht auf Tobi ein Linsengericht. Dann war ich an der Reihe.

»Als Vorspeise das Carpaccio und dann das Filetsteak, 200 Gramm. Und schön blutig, bitte!«

Die Kellnerin notierte unsere Bestellungen, und ich genoss Tobis angewidertes Gesicht.

»Möchten Sie vorweg vielleicht einen Krabbencocktail? Ist heute die Empfehlung des Küchenchefs.« Die Kellnerin lächelte uns freundlich an. Tobi und Kiana verneinten.

»O ja, bitte!«, strahlte ich. Warum sich nur einem lebenden

Wesen gegenüber unverantwortlich benehmen, wenn ich mich gleich an mehreren Leichen unterschiedlicher Arten erfreuen kann?

»Seit wann isst du denn Krabben, Papa?«, fragte mich Kiana verwundert.

»Seit Kurzem erst.« Im Gegensatz zu Britta und Kiana, hatten ihre Schwester Ronja und ich uns noch nie etwas aus Meeresfrüchten gemacht. Als ich den Krabbencocktail probierte, stellte ich fest, dass sich daran nichts geändert hatte. Trotzdem aß ich eisern weiter. Tobias' Gesicht war es wert.

Unsere Konversation verlief unglaublich schleppend, obwohl Kiana sich die größte Mühe gab, die vielen Gemeinsamkeiten zu betonen, die Tobi und ich hatten. Wir waren beide über einen Meter fünfundachtzig groß, mochten keinen Rotwein und waren – o Wunder – tatsächlich schon dreimal in London gewesen. Damit endeten unsere Gemeinsamkeiten dann auch schon wieder. Erst als Tobi sich kurz entschuldigte, um auf die Toilette zu gehen, wurde das Gespräch interessanter.

»Papa, was ist denn los? Du hast doch was?« Meine Tochter kannte mich gut. Ich erzählte, dass Fredi Diepenberg gestorben war und dass ich mich verpflichtet fühlte, denjenigen in den Knast zu bringen, der ihm schlechten Stoff verkauft hatte. Ich erzählte ihr von dem eingeleiteten Ermittlungsverfahren und von der verschwundenen Zeugin. Dann kam der schöngefönte, missionarische Veganer leider schon wieder zurück. Ich ärgerte mich, dass ich ihn nicht auf eine falsch liegende Haarsträhne aufmerksam gemacht hatte. Dann hätte ich mich mit Kiana mindestens noch zwanzig Minuten ungestört unterhalten können.

Gegen halb zehn verabschiedete ich mich von den beiden, als sie in Tobis Audi Cabriolet mit den Breitreifen stiegen.

Die Parklücke war recht eng, und ich half Tobi, als er ausparkte. »Hast noch Platz!«, sagte ich. Was ich ihm nicht sagte, war, dass er mit dem linken Hinterrad in einen gewaltigen Hundehaufen fuhr, der sich noch tagelang an seinem Breitreifen bemerkbar machen würde. Bei einem Cabriolet besonders ärgerlich. »Danke.« Tobi streckte lässig die Hand aus dem Wagen, ohne mich anzusehen, bevor er Vollgas gab. Aber bitte! Man hilft ja gern.

Der Fahrer des schwarzen BMW, der mir vorhin bereits aufgefallen war, startete ebenfalls den Motor und fuhr los. In dieselbe Richtung wie Tobi und meine Tochter.

22

Das in einer alten Wasserburg gelegene Restaurant zeichnete sich durch eine schnörkellose Eleganz aus. Die ausgesuchten ovalen Tische standen in diskretem Abstand zueinander, der festliche Saal war zurückhaltend mit Blumenarrangements geschmückt. Wenige Bilder zeitgenössischer Künstler rundeten die geschmackvolle Komposition ab. Zu dieser Stunde war das edle Lokal gut besucht, was jedoch die ebenso dezente wie hochprofessionelle Bedienung mit Bravour meisterte.

Rechtsanwalt Schedel saß an einem Tisch neben einem der großen Fenster und blickte auf das herrliche Blumenbeet, das zwischen dem Schloss und dem Wassergraben lag. Er hätte den Ort für ein Treffen mit seinem alten Bekannten Paul Seemann nicht besser wählen können. Paul hatte die Einladung zum Lunch gern angenommen und machte sich gerade über den dritten Gang des Menüs her. Limonenrehbock an Erbsensorbet und Apfel-Gurken-Wasabi.

»Weißt du, Werner«, setzte Paul Seemann an. »Früher …«

»… hättest du dir ein Mittagessen in einem solchen Restaurant nicht leisten können«, unterbrach ihn Rechtsanwalt Schedel. »Du warst nicht gerade ein guter Rechtsanwalt.«

Schedel machte eine Pause und schob ein Stück Rehfleisch

mit der Gabel in den Mund, während er sein Gegenüber beobachtete.

»Aber zum Glück hattest du das richtige Parteibuch.«

»Und heute bin ich Justizminister«, stellte Paul mit kindlicher Genugtuung fest.

»Ja. Zwar auch kein guter, aber das ist nicht schlimm. Jedenfalls für dich nicht. Auch der schlechteste Minister erhält bei uns sein volles Gehalt.« Schedel grinste höhnisch. »Anders als ein Rechtsanwalt.«

Paul Seemann wurde etwas ungehalten.

»Was willst du von mir, Werner?«

Schedel machte ein unschuldiges Gesicht. »Darf man einen alten Freund nicht zum Essen einladen, ohne Hintergedanken?«

Schedel trank einen Schluck Wein. Langsam und genussvoll.

»Aber wenn du mir unbedingt einen Gefallen tun willst, Paul …« Er machte eine Pause und stellte das Weinglas vorsichtig neben seinen Teller. »Gegen einen meiner Mandanten wird anscheinend von einem deiner übereifrigen Staatsanwälte ermittelt.«

»Zu Recht?«, fragte Paul.

»Ach, Paul. Ich vertrete doch nur rechtschaffene Bürger.«

»Dann muss ich ja kein schlechtes Gewissen haben.«

»Siehst du. Es wäre mir lieb, wenn du ein, zwei Telefonate führen könntest. Der ermittelnde Staatsanwalt heißt Dr. Leiser.«

»Kenn ich nicht.«

»Dann ruf irgendjemand bei der Staatsanwaltschaft an, der über ihm steht und der noch was werden will.« Schedel grinste. »Davon findest du bestimmt den ein oder anderen.«

Paul nahm ein in schwarzes Leder gebundenes Notizbuch

und einen Montblanc-Füller aus seinem Jackett und notierte den Namen.

»Noch jemand?«

»Ja. Der Polizeibeamte, Hauptkommissar Hiller. Und Richter Buckmann.«

Paul schrieb auch diese Namen in sein Notizbuch.

»Kenne ich auch nicht«, bemerkte er.

»Buckmann ist ein kleiner Amtsrichter. Aber von der gefährlichen Sorte. Einer, der keine Karriere machen will.«

»Ach Gott, ein Idealist. Könnte schwierig werden«, gab Paul zu bedenken. »Mit dem Kommissar ist es einfacher. Der hat Vorgesetzte. Er kann von dem Fall abgezogen werden.«

»Für Buckmann gibt es auch andere Mittel und Wege«, sagte Schedel.

Paul Seemann steckte den teuren Füller und das Notizbuch zurück in sein Jackett.

»Davon will ich nichts hören, Werner.«

»Keine Sorge. Davon werde ich dir auch nichts erzählen.« Die Kellner räumten unauffällig die leeren Teller ab.

»Woher weißt du eigentlich von dem Ermittlungsverfahren?«, fragte Seemann neugierig.

»Ich habe da meine Quellen.«

»Und die wären?«

»Aber Paul. Ich bin doch nicht indiskret. Ich würde auch niemandem von deiner … Unterstützung erzählen.«

Seemann nickte unsicher.

»Du tust eine gute Tat, Paul.« Schedel lächelte selbstbewusst. »Letztlich geht es mir doch nur darum, die kostbaren Ressourcen der Justiz und der Polizei zu schonen. Anstatt sie für Ermittlungsverfahren zu verschwenden, die ohnehin zu keinem Ergebnis führen.«

23

Zwei Tage nach meinem Abendessen mit Kiana war ich mit Nick zum Frühstück im Glaskasten verabredet. Der Hauptkommissar verspätete sich, was untypisch für ihn war. Als mein Handy summte, dachte ich deshalb, dass Nick mich anrufen würde. Aber auf dem Display erschien ein Foto meiner kleinen Tochter.

»Hallo, Ronja!«, sagte ich und fügte in Gedanken »meine Räubertochter« hinzu. Britta und ich hatten nicht berücksichtigt, dass der Name für die Entwicklung unserer Kleinen prägend sein würde. Ronja war ein richtiger Wildfang. Und das von Geburt an. Ihre Wutausbrüche waren schon im Kleinkindalter ebenso Furcht einflößend, wie ihre Lachkrämpfe ansteckend waren. Ronja stellte damit einen echten Kontrast zu ihrer immer sehr ausgeglichenen großen Schwester dar. Im Nachhinein hatten wir wohl großes Glück, dass Ronja sich nie einer plündernden und brandschatzenden Räuberbande angeschlossen hat. Oder eine gegründet. Stattdessen studierte sie Anglistik in Sunderland an der englischen Ostküste.

»Hallo, Papa! Alles gut?«

»Ja, mein Schatz, und bei dir?«

Ich hörte gedämpfte Verkehrsgeräusche im Hintergrund.

»Mmh. Viel zu tun. Ich habe gestern Abend mit Kiana telefoniert. Sie hat mir das mit Fredi erzählt.« Ronja machte eine Pause. »Fredi war ein guter Mensch.«

»Das stimmt, mein Schatz. Ein sehr guter Mensch, dem vor Jahren das größte Unglück zugestoßen ist, das ich mir vorstellen kann.«

Ronja wartete einen Moment, bevor sie weitersprach.

»Könntest du … ich meine … würdest du für mich einen Blumenstrauß auf den Friedhof bringen? Ich gehe bestimmt selbst hin … Aber ich komme doch erst an Weihnachten …«

»Brauchst nicht weiterzureden. Das mache ich gern.«

»Danke, Papa!« Im Hintergrund erklang das typische Geräusch einer hydraulischen Tür. »Papa, sei nicht böse. Mein Bus ist gerade an der Uni angekommen. Ich muss Schluss machen. Ich melde mich in den nächsten Tagen. Dann können wir in Ruhe telefonieren.«

»Das machen wir. Ich hab dich lieb, mein Schatz!«

»Ich dich auch, Papa!«

Ronja legte auf, und ich rechnete nach. Noch fünf Monate bis Weihnachten.

»Guten Morgen, Euer Ehren!«, brummte Nick, als er endlich das Lokal betreten und mir gegenüber Platz genommen hatte. Selbst jemand, der Nick nicht kannte, hätte seine schlechte Laune sofort bemerkt.

»Guten Morgen, Herr Hauptkommissar! Nur keine wilde Eile, wir haben ja noch den ganzen Tag vor uns.«

»Entschuldige die Verspätung«, sagte Nick leise.

»Was ist passiert? Ist Natalie jetzt doch sauer, weil ihr Mann abends nicht mehr heimkommt?«

»Nein. Ein bisschen vielleicht. Aber nur auf dich.« Nick lächelte müde.

Ich winkte der Kellnerin und bestellte ein »Frühstück komplett« für mich. »Was nimmst du?«

»Nur einen Kaffee, danke.«

Die Kellnerin nickte freundlich und verschwand.

»Was ist los, Nick?« Ich hatte erst einmal erlebt, dass Nick keinen Appetit hatte. Damals, als er zum Betrugsdezernat strafversetzt wurde, weil er als Drogenfahnder zu erfolgreich war.

»Ich hatte heute Morgen ein sehr unschönes Gespräch mit meinem Chef. Er hat mir vorgerechnet, wie viele Arbeitsstunden ich verschwendet habe, weil die Jungs vom mobilen Einsatzkommando und unsere Beamten am Montag in Wartestellung lagen. Noch mal werde ich die Leute nicht bekommen.«

Ich konnte die schlechte Laune des Polizeichefs sogar verstehen. Mindestens fünfzehn Beamte, die vier Stunden untätig herumsitzen. Das sind gut und gerne sechzig verschwendete Arbeitsstunden. Allerdings gingen die auf das Konto meiner unfähigen Kollegin.

»Hast du deinem Chef gesagt, dass es nicht deine Schuld war, sondern die von Richterin Lockmann?«

»Wollte er gar nicht hören. Er sagte, es sei ihm scheißegal, wer die Schuld habe. Fakt sei, dass ich die Leute angefordert hätte.«

»Erbsenzähler.« Die Kellnerin brachte mein Frühstück und Nicks Kaffee. Ich wechselte das Thema und erzählte Nick von meiner Idee, die ich bereits mit Jakob besprochen hatte. »Eigentlich sollte Özman Yildiz nur Plan B sein. Aber nachdem Chantal verschwunden ist … Oder habt ihr inzwischen eine Spur?«

»Nein. Und ehrlich gesagt, Siggi, macht mir das Sorgen. Chantal hat zu wenig Erfahrung, um so spurlos zu verschwinden. Ayaz ist leider mehr als erfahren genug, um sie spurlos verschwinden zu lassen.«

Nick nippte an seiner Kaffeetasse. Mit gesenkter Stimme sprach er weiter.

»Es gab am Montagmorgen einen merkwürdigen Telefonanruf von einem der abgehörten Handys. Cedric, einer von Ayaz' Leuten, teilte seinem Chef mit: ›Das Paket ist unterwegs.‹ Wir haben das auf eine neue Drogenlieferung bezogen. Ich habe Ayaz' Leute daraufhin sehr genau observieren lassen, am Montag hatte ich ja noch genügend Beamte zur Verfügung. Cedric ist über die Grenze in die Niederlande gefahren. Wir dachten, er holt die Lieferung, von der in dem Telefonat die Rede war. Als er ein paar Stunden wieder einreiste, haben unsere Kollegen vom Grenzschutz eine Routinekontrolle durchgeführt. Der Wagen war sauber. Nicht der kleinste Krümel. Vielleicht bedeutete ›die Lieferung ist unterwegs‹ nicht, dass er etwas aus den Niederlanden abholt, sondern dass er etwas dorthin bringt. Vielleicht hat er Chantal im Kofferraum fortgeschafft.«

Nick machte eine Pause, und für einige Augenblicke schwiegen wir uns an. Wenn Nick mit seiner Vermutung richtiglag, kam zu Ayaz' zahlreichen Verbrechen auch noch Entführung hinzu. Mindestens. Aber vielleicht machten wir uns auch unnötig Sorgen und Chantal würde in ein paar Wochen wieder auftauchen. Ob sie dann allerdings noch mit uns reden würde, stand auf einem ganz anderen Blatt.

»Ich werde morgen früh in die Vollzugsanstalt Großdorf fahren und mit Yildiz sprechen«, fuhr Nick schließlich fort. Er trank seinen Kaffee aus und stellte die Tasse energisch auf den Tisch. »Wollen doch mal sehen, was ich aus Özman rausholen kann.«

Der Hauptkommissar verabschiedete sich, und ich machte mich über mein Frühstück her.

Einige Wochen später tauchte Chantal tatsächlich wieder auf. An einem Küstenort in den Niederlanden.

24

Gleich nachdem ich wieder im Büro angekommen war, rief ich Jakob Leiser an und berichtete ihm, was ich mit Nick besprochen hatte. Als ich erzählte, dass Nicks Chef gedroht hatte, keine Beamte mehr zur Verfügung zu stellen, unterbrach Jakob mich.

»Ich hatte heute Morgen auch Besuch von meinem stellvertretenden Behördenleiter, Siggi.« Seinem Tonfall nach war es kein Besuch der Sorte Danke-für-Ihre-großartige-Arbeit.

»Er erkundigte sich sehr genau nach unserem Fall und wollte wissen, wie weit wir in der Sache sind. Dann hielt er mir einen endlos langen Vortrag, dass ich zu viel Zeit und Mühe darauf verschwende und warum auch die Kapazitäten der Polizei voll ausgeschöpft sind.« Jakob machte eine diplomatische Pause. Dann seufzte er. »Ich soll das Verfahren dichtmachen, Siggi.«

»Was?! Das machst du doch nicht!«

»Wenn er mich anweist, muss ich. Ich bin ja kein Richter, ich bin weisungsgebunden.« Damit hatte der Oberstaatsanwalt leider recht. Im Gegensatz zu mir konnte er von seinem Chef einfach angewiesen werden, ein Verfahren einzustellen.

»Hat er dich denn angewiesen?«

»Nein. Also: noch nicht.« Jakob holte tief Luft. »Wir haben drei Tage Zeit, Siggi. Dann wird er mich anweisen, das Verfahren einzustellen.«

»Drei Tage? Wie stellt er sich das vor?«

»Er stellt sich das überhaupt nicht vor«, platzte es aus Jakob heraus. »Dieser kleine Sesselpupser hat überhaupt keine Ahnung von unserer Arbeit. Das interessiert ihn alles nicht. Ich vermute, irgendjemand von oben hat ihn angerufen und Druck gemacht. Damit kann er gar nicht umgehen.«

Karrieristen gibt es eben nicht nur unter uns Richtern.

»Aber drei Tage! Das ist zu wenig Zeit, Jakob!«

»Meinst du, ich weiß das nicht?« Jakob schäumte noch immer.

»Wenn Nick diesen Yildiz überzeugen kann, uns zu helfen, dann hättest du doch etwas in der Hand, um mehr Zeit rauszuholen.«

»Möglich«, erwiderte Jakob in einem etwas ruhigeren Ton.

»Dann gib Nick mal ein bisschen Verhandlungsmasse. Haftvergünstigung für Yildiz oder Zwei-Drittel-Strafe. Das wäre schon mal gut.«

»Ich klär das sofort ab.« Jakob wollte auflegen.

»Ach, Jakob, eine Sache finde ich merkwürdig.«

»Nämlich?«

»Woher kommt das plötzliche Interesse an unserem Fall?«

»Habe ich mich auch schon gefragt, Siggi.«

»Und hast du dir auch eine Antwort gegeben?«

»Bis jetzt noch nicht. Ich denke drüber nach.«

Jakob beendete das Telefonat, und ich benachrichtigte Nick. Er hatte sich bereits für den nächsten Vormittag bei der Vollzugsanstalt angemeldet, in der Özman Yildiz einsaß.

»Nick, du musst irgendeine brauchbare Information aus Yildiz rausholen. Lieferanten, Transportwege, Kontaktleute. Irgendetwas!«

»Versprich dir nicht zu viel, Siggi! Yildiz hätte sich schon damals während seines Prozesses ein paar Jahre ersparen können, wenn er ein umfassendes Geständnis abgelegt und seine Mitarbeiter ans Messer geliefert hätte. Das ist kein Zinker.«

»Nick, um es ganz deutlich zu sagen: Wenn du aus Yildiz nichts rausholst, sind wir echt in den Arsch gekniffen!«

25

Er macht das nicht absichtlich. Er ist ein netter Mensch«, hatte mir Uli Nussbaum einmal aufmunternd gesagt, als ich ihm von einem Verfahren berichtet hatte, in dem sein Kollege Staatsanwalt Gulliver Grau als Ankläger aufgetreten war. Diese beiden Sätze dienten mir seitdem als Mantra, wenn Staatsanwalt Grau meinen Gerichtssaal heimsuchte. Auch an diesem Tag sagte ich sie immer wieder auf und unterdrückte damit seit fast einer Stunde das immer stärker werdende Verlangen, Gulliver Grau aus dem Fenster zu stoßen, das er verlockenderweise hinter sich geöffnet hatte. Obwohl ich die Robenpflicht aufgehoben hatte, saß Grau in seine schwarze Amtstracht gehüllt am Tisch der Staatsanwaltschaft. Ob seine Robe den Sturz aus dem Fenster bremsen konnte, etwa so wie der Umhang von Batman?

Die Verhandlung hätte nach fünf Minuten beendet sein können. Der Angeklagte hatte sogleich ein umfassendes Geständnis abgelegt. Das war vernünftig. Ihm drohte ein Bewährungswiderruf in anderer Sache. Seine beste Chance war es, reinen Tisch zu machen und auf die Milde des Gerichts zu hoffen. Ich nickte zufrieden und blickte unvorsichtigerweise in Richtung des Staatsanwalts.

»Ich würde gerne die Zeugin hören, Herr Vorsitzender«, sagte Grau mit seiner auffallend hellen Stimme.

»Warum?«

»Um das Geständnis des Angeklagten zu überprüfen.«

»Warum?«

»Nach der einschlägigen höchstrichterlichen Rechtsprechung muss ein Geständnis auf seine Richtigkeit hin überprüft werden und darf nicht unkritisch einer Verurteilung zugrunde gelegt werden. Es besteht immerhin die Möglichkeit, dass der Angeklagte einen anderen, bisher unbekannten Täter mit einem falschen Geständnis zu decken beabsichtigt, um jenen vor einer Bestrafung zu bewahren.«

»Herr Grau. Wenn es hier um einen Mord gehen würde, könnte ich Ihre Zweifel mit etwas gutem Willen so eben noch nachvollziehen. Aber der Angeklagte hat nur gestanden, ein Salamibrötchen gestohlen zu haben. Nicht mehr. Und mehr werfen Sie ihm ja auch nicht vor.«

»Aber ich würde wirklich gern die Zeugin hören. Es besteht immerhin die Möglichkeit …«

»Schon gut«, unterbrach ich ihn und rief die Zeugin auf. Eine junge Bäckereifachverkäuferin, Victoria Maier, 24 Jahre alt, nicht verwandt oder verschwägert, nahm auf dem Zeugenstuhl Platz.

»Der Staatsanwalt hat einige Fragen an Sie«, erklärte ich und lehnte mich zurück.

Grau machte ein verblüfftes Gesicht. »Äh … ich … äh … ich meine, wollen Sie die Zeugin nicht zuerst vernehmen, Herr Vorsitzender?«

»Nein. Ich habe ja keine Zweifel an dem Geständnis des Angeklagten. Sie haben die Theorie von dem geheimnisvollen, unbekannten Wurstbrötchendieb aufgestellt.«

Es folgte eine ausführliche Befragung der jungen Frau, mit der ich immer mehr Mitgefühl bekam, während sie den mysteriösen Fall des entwendeten Wurstbrotes zu einem Euro und fünfundachtzig Cent in allen Einzelheiten schildern musste. Ich nahm die Brille ab und rieb meine Augen.

»Er macht das nicht absichtlich. Er ist ein netter Mensch«, wiederholte ich in Gedanken immer wieder.

Nach zwanzig Minuten hatte die Zeugin den Fall zum siebten Mal in allen Einzelheiten geschildert, und Staatsanwalt Grau murmelte ein erlösendes: »Ich habe keine Fragen mehr.«

»Gott sei Dank«, entfuhr es mir. »Hatten Sie Auslagen, Frau Maier?« Die junge Frau verneinte und verließ den Sitzungssaal.

»Können wir die Beweisaufnahme schließen?«, fragte ich in Richtung des Staatsanwaltes. Mein Fehler. Ich sollte keine Fragen stellen, auf die Grau so oder so antworten kann.

»Noch nicht, Herr Vorsitzender.« Das war ja klar.

»Was ist denn noch?«

»Soweit ich weiß, gibt es eine Videoaufnahme von der Tat. Die würde ich gerne sehen.«

»Echt jetzt?«

»Damit ich mir ein rundes Bild von dem Sachverhalt machen kann. Und auch um die Angaben der Zeugin zu prüfen, denn es besteht schließlich die Möglichkeit, dass sie in Abrede mit dem Angeklagten ...«

»Ist gut«, unterbrach ich ihn und holte die CD aus der Akte. Da mein Gerichtssaal leider nicht über einen Computer mit CD-ROM-Laufwerk verfügte und auf die Anschaffung eines externen Laufwerks für neunundzwanzig Euro seitens der Gerichtsverwaltung aus Kostengründen verzichtet worden war, wechselten nun der Staatsanwalt, der Angeklagte, meine Protokollführerin, mein Referendar und ich den Raum. Im zweiten Stock befand sich ein Gerichtssaal mit einem altmodischen Röhrenfernsehgerät, an das ein DVD-Player angeschlossen war. Zwei Wochen später brannte es übrigens ab. Kurzschluss. Ich hatte ein Alibi.

Ich spielte die CD ab, und Staatsanwalt Grau schaute sie sich aufmerksam an. Und noch einmal von vorn. Und noch einmal von vorn. Währenddessen dachte ich erneut darüber nach, den Staatsanwalt aus dem Fenster zu stoßen. Nunmehr aus dem zweiten Stock. »Er macht das nicht absichtlich. Er ist ein netter Mensch.« Der Spruch verlor allmählich seine Wirkung.

»Jetzt habe ich alles gesehen.«

»Können wir dann die Beweisaufnahme schließen?«

»Ja. Aber …«

»Aber was?«, sagte ich. Offenbar etwas zu laut, denn Grau zuckte zusammen.

»Ich habe meine Unterlagen unten im Saal liegen lassen. Die bräuchte ich für mein Plädoyer …«

»Er macht das nicht absichtlich. Er ist ein netter Mensch.«

»Was meinen Sie, Herr Vorsitzender?«

Oh, ich hatte wohl laut gesprochen. »Gar nichts. Kommen Sie mit, wir gehen wieder hinunter.«

Nach der zweiten Runde Bäumchen-Wechsel-Dich hielt Staatsanwalt Grau ein feuriges Plädoyer. Mit Piepsstimme. Er erinnerte fast ein wenig an Tom Cruise in *Eine Frage der Ehre*. Nur dass es hier nicht um einen toten Marinesoldaten ging, sondern um ein verspeistes Salamibrötchen, was seinem Plädoyer objektiv betrachtet ein wenig Würde nahm.

Grau beantragte eine Geldstrafe von fünfhundert Euro, der

Angeklagte erhielt das letzte Wort, und ich sprach mein Urteil. Hundert Euro erschienen mir ausreichend. Der Angeklagte bedankte sich und wollte gerade den Saal verlassen. Doch zu spät. Staatsanwalt Grau ergriff erneut das Wort und wendete sich an ihn.

»Ich möchte die Gelegenheit nutzen und Sie ausdrücklich darauf hinweisen, dass Sie bei einem Verstoß gegen die sich im Einzelnen aus dem Bewährungsbeschluss des Amtsgerichts vom 17. Mai des vergangenen Jahres ergebenden Auflagen und Weisungen sowie bei jeglicher weiteren strafrechtlichen Verfehlung insbesondere einer solchen einschlägiger Natur den unverzüglichen Widerruf der erfolgten Strafaussetzung zu gewärtigen haben, mit der Folge, dass der noch nicht vollstreckte Teil der Gesamtfreiheitsstrafe aus der dem Bewährungsbeschluss zugrunde liegenden Verurteilung ohne Weiteres vollstreckt werden dürfte.«

Der Angeklagte blickte ihn mit großen Augen an. »Hä?« Das hätte ich nicht besser formulieren können. Ich vermittelte zwischen den beiden.

»Was der Staatsanwalt sagen will, ist: Wenn du noch mal klaust, gehst du in den Knast! Klar?«

»Ach so ... ja klar ... Danke!«

Aber bitte. Man hilft ja gern.

Zwei weitere Urteile, drei Stunden und etwa einhundert Er-macht-das-nicht-absichtlich-er-ist-ein-netter-Mensch später verkündete ich voller Erleichterung und vielleicht auch mit Tränen in den Augen: »Die Sitzung ist geschlossen.« Ich verließ schleunigst den Sitzungssaal. Hamid folgte mir in mein Büro.

»Wie halten Sie das nur aus, Herr Buckmann?«, fragte Hamid und schloss die Tür hinter sich.

Ich grinste. »Er macht das nicht absichtlich. Er ist ein netter Mensch.«

»Meinen Sie das im Ernst?«, fragte Hamid stirnrunzelnd.

»Nein. Aber, wenn Sie es sich oft genug sagen, unterdrücken Sie damit erfolgreich den Wunsch, ihn zu ermorden.«

Hamid lachte. Dann zog er aus seiner Ledertasche eine Akte hervor, die ich ihm überlassen hatte, damit er einen Urteilsentwurf schreibt. Er hätte dafür eigentlich bis zur nächsten Woche Zeit gehabt.

»Schon fertig?«

Hamid nickte. »Der Urteilsentwurf liegt hinten in der Akte.«

»Danke. Legen Sie es dahin. Ich schaue es mir später an.«

»Darf ich Sie etwas fragen, Herr Buckmann?«

»Klar.«

»Sie machen den ganzen Morgen schon einen etwas schlecht gelaunten Eindruck. Ich meine, schon bevor dieser seltsame Staatsanwalt mit seiner Folter losgelegt hat. Ist alles in Ordnung?«

»Nein.« Ich drückte mich vom Schreibtisch ab und rollte ein Stück mit dem Bürostuhl zurück. Dann nahm ich die Brille von der Nase und warf sie unsanft neben die Computertastatur. »Nichts ist in Ordnung.« Ich berichtete Hamid von dem Verschwinden unserer Zeugin. Und davon, dass Nick und Jakob Druck von ihren Vorgesetzten bekommen hatten. Unser Fall stand kurz vor dem Aus.

»Sollte auch das Gespräch mit Yildiz keine neuen Erkenntnisse bringen, dann müssen wir uns damit anfreunden, dass das Verfahren eingestellt wird.«

Hamid schwieg und dachte nach.

»Soll ich mich mal umhören?«, fragte er schließlich.

»Sie?«

Hamid nickte und lächelte.

»Ich habe noch viele Bekannte in meinem alten Viertel, die Ayaz kennen. Die wenigsten mögen ihn. Er ist nicht gerade ein Sympathieträger. Vielleicht kann mir jemand weiterhelfen.«

Ich überlegte. Die Idee war gar nicht schlecht. Andererseits wollte ich Hamid keinesfalls in Gefahr bringen. Er schien meine Gedanken zu lesen.

»Ich bin schon vorsichtig, Herr Buckmann. Keine Sorge. Ich kann es mir gar nicht leisten, getötet zu werden.« Hamid grinste und zwinkerte mir zu. »Übermorgen schreibe ich nämlich eine wichtige Übungsklausur.«

Ich schaute Hamid an und musste lachen.

»Sie müssen dringend Ihre Prioritäten überdenken.«

26

Habe dich lange nicht gesehen, Hamid«, sagte der rundliche Mann mit der Halbglatze und dem dunklen Schnurrbart, während er das lange Messer an der Schleifstange wetzte. Hamid war der einzige Kunde in dem kleinen Dönerladen. Seinen Anzug hatte er gegen Jeans, T-Shirt und eine leichte Stoffjacke getauscht, die edlen Lederschuhe gegen ein Paar abgewetzte Sneaker.

»Wie geht es deinem Bruder, Hamid?«

»Gut, Herr Ilcin! Ist viel auf Montage in Tschechien.«

»Fleißiger Mann, der Orcun. Fleißiger Mann. Wie dein Vater.«

Herr Ilcin wendete sich dem drehenden Dönerspieß zu und schnitt großzügig die Stücke für Hamids Lahmacun herunter.

»Deinen Schwestern geht es auch gut?«

»Ja, Herr Ilcin. Ceyda ist jetzt mit der Ausbildung fertig. Arbeitet für das Reisebüro am Markusplatz.«

»Sehr gut, sehr gut. Ist gut, wenn auch die Mädchen arbeiten. Gefällt aber deinem Vater nicht so gut, oder?« Ilcin zwinkerte Hamid zu und legte die Fleischstückchen auf die türkische Pizza.

Hamid zuckte mit den Schultern. »Er hat sich damit abgefunden. Mama wollte es so.«

»Hast eine gute Mutter, Hamid. Kluge Frau und gute Ehefrau.« Der freundliche Mann legte den Lahmacun vor die Salattheke. »Alles außer scharf. Stimmt's?«

»Sie haben ein gutes Gedächtnis, Herr Ilcin!«

Ilcin nickte lächelnd. »Ja, habe ich.«

»Erinnern Sie sich auch noch an meinen Freund Yücsel?«

Ilcin nickte und lächelte traurig. Mit ernster Stimme sagte er: »Yücsel war ein guter Junge. Ist schlimm, was ihm passiert ist.«

»Ercan Ayaz ist schuld an seinem Tod.«

Ilcin schwieg. Er sah Hamid nicht an.

»Wussten Sie das?«

Schweigend und als hätte er Hamid nicht gehört, legte Ilcin den Salat auf das Lahmacun und rollte es zusammen.

»Ayaz verkauft immer noch Drogen, habe ich gehört«, versuchte es Hamid erneut.

Der sonst immer freundliche Ilcin packte den Lahmacun in Alufolie ein. »Zum Mitnehmen ist richtig, oder?« Ohne Hamids Antwort abzuwarten, nahm er eine dünne weiße Plastiktüte und legte das eingewickelte Lahmacun hinein. »Macht drei Euro«, sagte er kühl und blickte Hamid nicht an.

Hamid kramte zwei Geldstücke aus der Hosentasche und legte sie auf die Theke.

»Herr Ilcin. Vielleicht können Sie helfen. Ich …«

»Ich kann nicht helfen. Ich weiß nichts«, unterbrach Ilcin ihn barsch. »Und nun geh!«

Mit diesen Worten verschwand er in dem Lagerraum hinter der Theke.

Hamid griff nach der Tüte und verließ den Dönerladen.

»Das war schon die dritte Pleite heute Abend«, dachte Hamid, während er die breite Hauptstraße mit den vielen Brautläden entlangging, die durch sein Viertel verlief. In der Spielothek war er nicht weitergekommen und in der Teestube auch nicht. Sobald er das Thema auf Ercan Ayaz lenkte, wichen ihm die Menschen aus. Sie hatten Angst. Ebenso wie Herr Ilcin. Hamid hatte gehofft, dass ihm der freundliche Mann, den er schon als Kind gekannt hatte, weiterhelfen würde, wenn er ihn unter vier Augen sprach.

Während er sein Lahmacun verzehrte, kam Hamid der letzten Adresse näher, die er heute Abend aufsuchen wollte. Die Shishabar Black Orient lag im Erdgeschoss eines vierstöckigen Gebäudes, in dem auch eine Zahnarztpraxis und zwei Wohnungen untergebracht waren. Durch die mit schwarzen Sonnen verzierten Milchglasfenster, auf denen auch der Name der Bar zu lesen war, schien ein bläuliches Licht auf den Gehweg. Schon während Hamid die Tür öffnete, strömte ihm der typische Geruch verschiedener Tabakdüfte entgegen, und er hörte das gluckernde Geräusch der Wasserpfeifen. Hamid betrat die Lounge und blickte sich um. Er hatte die Bar als letzte Anlaufstelle gewählt, denn hier war die Gefahr am größten, dass Ayaz etwas von seinen Nachforschungen erfuhr. Während einige Gäste die Bar zum Chillen nutzten, trafen sich viele hier auch, um das ein oder andere krumme Geschäft abzuwickeln. Und wenn es um krumme Geschäfte in diesem Viertel ging, dann waren Ayaz und seine Leute nicht weit.

»Hallo, Hamid. Wie geht es dir, Alter?«, sprach ihn ein Mann in seinem Alter an.

»Hey, Ömer!«, freute sich Hamid. »Gut, gut. Wie geht es dir?«

Ömer und Hamid waren früher oft gemeinsam mit Yücsel durch das Viertel gezogen, hatten Fußball gespielt und Playstation gezockt.

»Gut. Alles gut. Wollte gerade gehen. Bist du verabredet?«

»Nein«, sagte Hamid. »Wollte mal gucken, wer so da ist.«

»Rauchen wir noch eine zusammen?«, fragte Ömer.

Sie setzten sich in eine Ecke auf eine bequeme gepolsterte Bank, vor der ein niedriger Tisch stand, bestellten eine Shisha mit Doppelapfel und zwei Eistee. Als die Pfeife gebracht wurde, waren Hamid und Ömer bereits im Gespräch über »die alten Zeiten« vertieft. Es war so, als hätten sie sich erst gestern gesehen, dabei waren sie sich seit mindestens zwei Jahren nicht mehr über den Weg gelaufen.

»Hast du eigentlich jemand Bestimmten gesucht?«, fragte Ömer, nachdem die Bedienung gerade frische Kohle auf den Kopf der Pfeife gelegt hatte.

»Wie man es nimmt. Ich brauche ein paar Informationen, Ömer.«

»Vielleicht kann ich helfen. Schieß los!«

»Es geht um Ercan Ayaz.«

Ömer machte ein erschrockenes Gesicht und bedeutete mit seiner freien Hand, leiser zu sprechen.

»Psst. Nicht so laut.« Ömer blickte sich verstohlen um. »Was hast du mit dem zu schaffen? Der ist gefährlich«, fuhr er mit leiser Stimme fort.

»Weiß ich.« Auch Hamid senkte seine Stimme. »Ich muss etwas über seine Organisation erfahren. Vor allem, woher er seinen Stoff bekommt. Weißt du da etwas?«

»Nein, Hamid. Damit will ich auch nichts zu tun haben. Ich sag dir jetzt mal was: Der Typ ist völlig irre. Angeblich hat der sogar seine eigene Freundin verschwinden lassen.

Überleg mal, was der mit dir macht, wenn du ihm in die Quere kommst.« Ömer blickte sich erneut um. »Du kennst doch noch Justin, oder? Der wohnte früher auf der Steigerstraße. Der ist ein paar Jahre jünger als wir. Jedenfalls arbeitet der für Ercan. Hat ihn wohl bestohlen oder so. Jedenfalls hat ihm Ercan die Hände auf einen Koffer genagelt. Stell dir das mal vor! Wer macht denn so etwas? Der ist doch völlig irre.«

»Und woher weißt du das alles?«, fragte Hamid.

»Ich habe Ohren, Hamid. Und leider viele andere auch. Der Typ da hinter der Theke – guck jetzt nicht hin – arbeitet auch für Ercan. Wenn der mitbekommt, dass du nach ihm fragst … Der sieht uns sowieso schon die ganze Zeit so komisch an.«

»Verstehe.«

»Gut. Dann hör jetzt auf, über ihn zu sprechen.«

»Ist gut, Ömer. Ist gut.«

Eine halbe Stunde später verließ Hamid etwas enttäuscht den Black Orient. Er ging in die wenig beleuchtete Gasse, die die breite Hauptstraße mit einer der Nebenstraßen verband, in der Hamid seinen Golf geparkt hatte. Morgen Abend würde er noch einmal sein Glück versuchen. So schnell gab er nicht auf. Hamid war so in Gedanken, dass er die von den Verkehrsgeräuschen der Hauptstraße überlagerten Schritte der beiden Männer gar nicht wahrnahm. Sie folgten ihm, seitdem er die Shishabar verlassen hatte. Und sie holten schnell auf. Plötzlich vernahm Hamid ein lautes metallisches Schnappen hinter sich. Er wollte sich gerade umdrehen, da traf ihn mit Wucht etwas am Hinterkopf. Ein stechender Schmerz fuhr durch seinen Schädel, als würde ein Riss vom Scheitel bis zum Kinn entstehen. Hamid stolperte, fiel nach vorn.

Reflexhaft streckte er seine Hände aus, um den Sturz abzufangen. Die linke Hand berührte als Erstes den Asphalt. Dann folgte sein Körpergewicht, und Hamid hörte ein knackendes Geräusch. Aus den Augenwinkeln sah er zwei Schuhe mit Stahlkappen, die direkt neben seinem Gesicht standen. Dann wurde ihm schwarz vor Augen.

27

Sosehr ich die Zeit vermisse, in der meine drei Mädels und ich noch zusammengewohnt haben, genieße ich doch einige Freiheiten des Singlelebens. Eine davon ist es, morgens auszuschlafen. Meine Ehefrau Britta ist eine typische Frühaufsteherin. Obwohl ihr Wecker während der Woche immer auf fünf Uhr früh gestellt war, stand sie spätestens um viertel vor fünf auf. Britta gehört zu den Menschen, die die Augen aufschlagen und sofort zu hundert Prozent wach sind. Grauenvoll. Ich bin das genaue Gegenteil. Ich käme nie auf die verrückte Idee, meinen Wecker auf fünf Uhr früh zu stellen. Ich glaube sogar, das geht bei meinem Wecker gar nicht. Acht Uhr. Das ist eine angenehme Zeit. Noch besser halb neun. Oder doch lieber gleich neun Uhr.

Deshalb schlief ich noch tief und fest, als am darauffolgenden Tag gegen halb sieben mein Handy klingelte. Es dauerte eine Zeit, bis ich zu mir kam und mich so weit orientiert hatte, dass ich nach dem Smartphone griff. Verschlafen blinzelte ich auf das Display, auf dem das Bild des Anrufers angezeigt wurde. In diesem Fall ein Foto meiner Tochter Kiana, das ich vor zwei Jahren aufgenommen hatte, als wir zusammen in London waren. Kiana strahlte in die Kamera, im

Hintergrund war die Tower Bridge zu sehen. Kiana ist ebenfalls Frühaufsteherin. Das hat sie von ihrer Mutter geerbt.

»Guten Morgen, mein Schatz!« Ich versuchte, freundlich zu klingen. Und wach.

»Papa. Tut mir leid. Du hast bestimmt noch geschlafen.« Kianas Stimme gefiel mir nicht. Sie klang besorgt. Und das wohl nicht wegen meiner gestörten Nachtruhe.

»Nein, nein. Ich freue mich immer, wenn du anrufst.« Auch zu nachtschlafender Zeit. »Was gibt es denn?«

»Du hältst mich bestimmt für paranoid. Aber … Ach, es ist so blöd … Ich habe seit vorgestern das Gefühl, dass ich verfolgt werde. Ich habe bisher nichts gesagt …«

»Was? Seit wann?«, unterbrach ich meine Tochter.

»Zum ersten Mal an dem Abend, als wir essen waren. Ich hatte das Gefühl, ein schwarzer BMW verfolgt Tobi und mich. Und dann heute Morgen …« Kiana atmete einmal tief durch. »Ich habe gerade mein Instagram-Profil gecheckt. Mir hat jemand ein Foto geschickt. Von mir. Wie ich morgens zum Joggen gehe. Das muss, nach den Klamotten, die ich da anhabe, gestern früh aufgenommen worden sein.«

Jetzt war ich hellwach. So ein Anruf hat auf einen Vater dieselbe Wirkung wie ein dreifacher Espresso – gestreckt mit Koks. Und direkt in die Herzkammer injiziert.

»Wo bist du gerade, Kiana?«

»In meiner Wohnung.«

»Ist die Tür abgeschlossen? Sind die Fenster zu?«

»Ja. Mach dir keine Sorgen. Ich bin auch nicht allein.« Bitte? Und da soll ich mir keine Sorgen machen?

»Wer ist da? Eine Freundin?« Man wird ja wohl noch hoffen dürfen.

»Nein … Tobi.« Das war so klar. Aber zum ersten Mal, war

der Umstand, dass der schöngefönte, missionarische Veganer in der Nähe meiner Tochter war – rein objektiv betrachtet –, nicht völlig schlecht. Ausnahmsweise.

»Kannst du mir das Foto von Instagram schicken?« Ich hörte wie Kiana auf einer Laptoptastatur tippte. Dann ein Mausklicken.

»Schon erledigt, Papa!«

»Gut. Geh jetzt bitte vorsichtig zum Fenster.« Kianas Wohnung lag im zweiten Stock eines Altbaus. Die Höhe gab eine gewisse Sicherheit gegen einen Einbrecher, der sich nicht aufs Klettern verstand. »Wenn du am Fenster stehst, dann zieh die Gardine nicht weg, sondern bleib dahinter stehen. Sieh auf die Straße. Kommt dir etwas verdächtig vor? Ein Auto, das da nicht hingehört. Eine Person. Irgendetwas.«

Kiana ließ sich Zeit mit der Antwort. »Nein … doch. Ein schwarzer BMW steht schräg gegenüber. So einer ist uns vom Restaurant nachgefahren. Glaube ich. Jedenfalls steht der sonst nie hier.«

»Nummernschild?« Ich griff nach einem Schreibblock, der immer auf meinem Nachttisch lag.

»Kann ich nicht richtig erkennen. Jetzt fährt er weg. Hinten die Nummer drei-eins-fünf. Mehr habe ich nicht lesen können. Vielleicht hat er mich gesehen.«

Ich notierte die Nummer.

»Kannst du den Fahrer beschreiben?«

»Nein, habe ich nicht erkannt. Der Winkel war zu schlecht.«

»Okay. Ich rufe Nick an. Mein Schatz, bitte geh nicht allein aus der Wohnung. Am besten bleibst du heute zu Hause.«

»Geht nicht. Muss zur Uni.«

»Aber nicht allein!«

»Ist kein Problem. Tobi und ich haben heute dieselben

Vorlesungen. Wir sind den ganzen Tag zusammen.« Wie gesagt: Rein objektiv betrachtet ausnahmsweise nicht vollkommen schlecht. Immerhin war Tobi größer und breiter als Kiana. Er könnte wenigstens als Kugelfang dienen.

»Sehr gut!« Das meinte ich natürlich nicht, sondern »besser als gar nichts«. »Ich melde mich nachher wieder bei dir.«

Ich rief sofort Nick an, der im Gegensatz zu mir um diese Zeit meistens schon im Büro saß, und schilderte, was geschehen war. Gleichzeitig öffnete ich auf dem Laptop die E-Mail von Kiana mit dem Instagram-Foto. Wenn ihr Verfolger kein Teleobjektiv benutzt hatte, war er ihr verdammt nahe gekommen. Nick versprach mir, seine Kollegen zu bitten, verstärkt Streife in der Wohngegend meiner Tochter zu fahren und sofort das Nummernschild zu überprüfen. Mehr konnte ich momentan nicht tun.

Keine fünf Minuten später rief Nick wieder an. Der Hauptkommissar arbeitete wie immer schnell.

»Auf Cedric, den Fahrer von Ayaz, ist ein schwarzer BMW zugelassen, der diese Endung hat. Es gibt aber noch sechs weitere schwarze BMWs mit der gleichen Endnummer in der Stadt.«

»Das passt doch! Der muss mir an dem Abend nachgefahren sein, an dem ich mit Kiana zum Essen war. Anschließend hat er sie verfolgt, um ein Druckmittel gegen mich in der Hand zu haben. Mit dem Foto wollte er zeigen, wie nah er meiner Tochter kommen kann.«

»Sieht so aus. Aber das lässt sich nie im Leben beweisen.« Nick hatte leider recht.

»Ist mir scheißegal.«

Niemand bedroht meine Töchter.

28

Özman Yildiz lag auf dem Bett in seiner Zelle, die Hände hinter dem Kopf auf dem Kissen verschränkt, und hatte die Augen geschlossen. Um diese Tageszeit ruhte er sich für gewöhnlich aus. Sah man davon ab, dass der Raum nur zehn Quadratmeter groß war, bot er doch einen gewissen Luxus, den man in einer Gefängniszelle üblicherweise vermisste. Doch Yildiz hatte ausreichend Geld und Einfluss, um sich auch hier recht komfortabel einzurichten. Ein nagelneuer Ultra-HD-4K-Flatscreen beträchtlicher Größe nebst Playstation 5, Stereoanlage und Designerlampe hatten ihren Platz gefunden. Und in dem kleinen Badezimmer mit Dusche und Toilette standen ein sündhaft teures Duschgel sowie Shampoo, Deo und weitere Pflegeprodukte von einer namhaften Marke.

Es klopfte an die Zellentür. »Was ist?«, brummte Yildiz ungehalten.

»Entschuldigen Sie die Störung, Herr Yildiz«, antwortete ein junger Schließer. Auch beim Gefängnispersonal wusste man, dass Yildiz sowohl innerhalb als auch außerhalb der Mauern genügend Einfluss hatte, um einem respektlosen Menschen das Leben so richtig zu vermiesen. »Ein Hauptkommissar will Sie sprechen.«

»Is' gut«, brummte Yildiz, erhob sich mit beindruckender Schnelligkeit von seinem Bett und streckte sich. Trotz der weiten Anstaltskleidung konnte man gleich erkennen, dass Yildiz einiges an Muskelmasse mit sich herumschleppte. Obwohl er nur knapp einen Meter fünfundsiebzig groß war, wog er über hundert Kilo. Yildiz ging zur Zellentür.

»Nun mach schon auf, Mann«, herrschte Yildiz den Schließer an.

»Äh ... ja ... sofort. Entschuldigung«, antwortete dieser verunsichert und schloss die Tür auf. Yildiz folgte dem Schließer den langen Gang hinunter bis in den Besuchertrakt, in dem auch die Besprechungszellen untergebracht waren. Der Schließer führte Yildiz zu Besprechungsraum II und schloss die schwere Eisentür auf. Jede Zelle hatte zwei Türen. Eine öffnete Richtung Zellentrakt und eine Richtung Besucherbereich. Als der Schließer die Tür aufzog, saß in dem Raum an einem Tisch aus Metall, an dem zwei Stühle gleichen Materials standen, bereits Kriminalhauptkommissar Nick Hiller.

»Hallo, Özman. Schön, dass du zu Hause bist.«

»Herr Kommissar. Wie geht es Ihnen?«, antwortete Yildiz. »Noch immer beim Betrugsdezernat?«

»Momentan habe ich da Pause. Etwas Abwechslung tut ja so gut. Das wirst du auch bald merken. So in etwa sieben Jahren. Setz dich doch. Oder hast du noch was vor?«

Yildiz ging betont langsam zu dem Stuhl auf seiner Seite des Tisches und nahm lässig Platz.

»Was wollen Sie von mir?«

»Nur ein bisschen reden, Özman. Nur ein bisschen reden.«

»Und worüber?«

»Oh, ich darf mir was aussuchen? Na gut. Dann wähle ich

das Thema ›Drogen‹. Es geht um deine alte Organisation, Özman. Wie ich höre, hat Ayaz jetzt deinen Platz eingenommen.«

Yildiz verzog keine Miene.

»Ich nehme an, er hat alles so belassen, wie du es damals aufgebaut hattest«, fuhr der Kommissar fort. »Kontaktleute, Lieferwege, Umschlagplätze. War ja alles in bester Ordnung.«

Nicht die kleinste Regung konnte man auf dem Gesicht des Bandenchefs erkennen.

»Wenn du uns ein wenig erhellen könntest, dann würden wir auch was für dich tun. Gelockerte Haftbedingungen. Vorzeitige Entlassung nach Zwei-Drittel-Verbüßung. Wäre das was für dich?«

Nick schwieg und blickte Yildiz in die Augen. Eine halbe Minute war es still in dem kargen Raum. Nur die Geräusche vom Hof drangen durch das schmale Fenster. Ein paar Häftlinge spielten dort offensichtlich Basketball.

»Herr Kommissar«, sagte Yildiz schließlich. »Aufgrund eines Verrates sitze ich hier im Knast. Wissen Sie, was ich mit Verrätern mache?« Er blickte den Kommissar mit seinem stechenden Blick an.

»Ich bin neugierig. Sagst du es mir?«, fragte Hiller unbeeindruckt.

»Ich führe mit ihnen ein intensives Gespräch und überzeuge sie davon, das Atmen dauerhaft einzustellen.«

»Klingt aber gar nicht gesund.«

»Eben. Und weil ich sehr auf meine Gesundheit achte, werde ich niemals jemanden verraten.« Yildiz' Ton ließ keinen Zweifel daran aufkommen, dass jeder weitere Versuch sinnlos sein würde.

»Aber, Herr Kommissar, wenn Sie sich mal etwas nebenbei verdienen möchten, sagen wir fünfzigtausend Euro, müssen Sie mir nur den Namen von dem Schwein nennen, dem ich den Robinson Club hier zu verdanken habe.«

»Fünfzigtausend Euro? Ich weiß nicht. Das beult die Brieftasche zu sehr aus. Ist unschön. Aber es wundert mich, dass du den Namen immer noch nicht rausgefunden hast.«

Yildiz blickte den Kommissar mit zusammengekniffenen Augen an.

»Wieso?«

Nick lächelte geradezu väterlich milde.

»Du bist doch ein helles Kerlchen, Özman. Wer profitiert denn am meisten von deinem Knastaufenthalt? Das wäre die Frage, die ich mir einmal stellen würde. Und dann würde ich überlegen, ob ich nicht doch das großzügige Angebot von dem netten Herrn Hauptkommissar annehme.«

In Yildiz' Kopf arbeitete es. Das konnte man förmlich hören.

»Das Gespräch ist beendet«, sagte Yildiz schließlich mit versteinerter Miene, stand auf und trat an die Tür zum Zellentrakt. Mit der flachen Hand klopfte er kräftig dagegen, der Schließer öffnete die Tür, ließ Yildiz heraus und schloss sie wieder. Nick hörte, wie sich die Schritte der beiden Männer entfernten, und lächelte zufrieden. Nicht ganz das Ergebnis, das er sich erhofft hatte, aber immerhin ein Ergebnis.

Kaum hatte der junge Schließer die Zellentür wieder hinter Yildiz verriegelt, nahm dieser ein Buch aus seinem Regal und holte aus dem präparierten Buchrücken ein Handy hervor. Es stellt nicht wirklich ein Problem dar, im Knast an ein Smartphone heranzukommen. Einige Anwälte lassen sich gegen eine entsprechende Gebühr auch gern als Paketzusteller beauftragen. Yildiz gab eine Nummer ein und wartete. Nach einem kurzen Augenblick hörte er ein »Hallo?« aus dem Lautsprecher des Handys.

»Ich bin es. Du musst sofort hierherkommen. Hörst du: sofort!«, sagte Yildiz. Sein Gesprächspartner schien anderer Ansicht zu sein.

»Pass auf, du Arschloch! Entweder du kommst in einer Stunde hierher, oder ich rufe jemanden an, der in zehn Minuten bei dir ist. Hast du das kapiert?«

Yildiz' schnörkellose Argumentation schien überzeugend zu wirken.

»Gut. Und kein Wort zu Ayaz. Hast du verstanden? Kein Wort!«

Yildiz beendete das Gespräch und löschte die angerufene Nummer. Dann schaltete er das Handy aus und verstaute es wieder im Rücken des Buches, das er zurück in das kleine Regal stellte.

29

Mister Burns saß an seinem Schreibtisch und korrigierte mit spitzer Feder einen Bericht für das Justizministerium, den sein neuer Lieblingssklave, Richter Bellmann, angefertigt hatte. Aus Prinzip fügte er eine Menge Änderungen ein, strich Wörter und sogar ganze Sätze und schrieb ein Dutzend Mal »So bitte nicht!« und »Bitte neu!« an den Rand. Natürlich hätte er den Bericht auch einfach unterzeichnen und an das Ministerium weiterleiten können, wo er ohnehin nie gelesen, sondern in irgendeinem Aktenordner verschwinden würde. Aber den neuen Mitarbeitern in seiner Mannschaft machte er immer gerne klar, wo ihr Platz war und wie viele Fehler ihnen doch unterliefen. Denn das Letzte, was er wollte, waren selbstbewusste Mitarbeiter. Das Telefon klingelte, und Mister Burns nahm den Hörer ab.

»Ja?«

»Das Ministerium will Sie sprechen«, meldete sich Frau Stören, seine Vorzimmerdame. »Ist anscheinend dringend.«

»Oh, das Ministerium.« Mister Burns setzte sich aufrecht hin und schloss das Jackett, als könnte ihn der Anrufer tatsächlich sehen. »Bitte stellen Sie durch!«

In der Leitung knackte es.

»Hier Vorzimmer von Herrn Seemann«, sagte eine Frauenstimme. »Einen Moment, ich verbinde!«

Wieder hörte er ein Knacken in der Leitung.

»Hier spricht Seemann.«

»Oh, guten Tag, Herr Minister«, antwortete Mister Burns aufgeregt und sprang unwillkürlich auf. »Was darf ich für Sie tun?«

»Nur eine Kleinigkeit. Einen Gefallen, wenn Sie so wollen«, antwortete Seemann.

»Bitte, gern!«

»Einer der Ihnen unterstellten Richter tanzt ein wenig aus der Reihe. Er mischt sich in Angelegenheiten der Staatsanwaltschaft und der Polizei ein, die ihn nichts angehen.

»Das bedaure ich zutiefst, Herr Minister. Um wen handelt es sich? Ich werde unverzüglich einschreiten.«

»Ein Amtsrichter mit Namen Buckmann.«

»Oh.«

»Ist das ein Problem?«

Der Präsident zögerte. »Der Buckmann ist ein Sonderling«, sagte er schließlich. »Er hält sich nicht an die ungeschriebenen Regeln. Ich habe ihn schon ausgebremst und dafür gesorgt, dass er nicht mehr befördert werden kann.«

»Dann sorgen Sie jetzt dafür, dass er sich nicht weiter in fremde Angelegenheiten einmischt.«

»Vielleicht … Wenn Sie mir sagen könnten, um welches Verfahren es geht, dann …«

»Soweit ich von der Staatsanwaltschaft erfahren habe, ist es ein Verfahren gegen einen Geschäftsmann, einen Herrn Ayaz. Die Polizei hat da wohl irgendeinen Zusammenhang mit dem Tod eines Drogensüchtigen konstruiert. Mehr weiß ich nicht.«

»Ich werde natürlich tun, was ich kann. Aber leicht wird das nicht. Buckmann ist …«

»Ich habe damals dafür gesorgt, dass die Fehler mit dem Neubau des Landgerichts vertuscht worden sind«, unterbrach ihn Seemann rau. »Fehler, die in Ihrem Ressort entstanden sind, als Sie noch hier im Ministerium gedient haben.«

»Das weiß ich ja, Herr Minister«, sagte der Präsident kleinlaut.

»Und ich habe dafür gesorgt, dass Sie die Beurteilung bekommen, um befördert zu werden.«

»Natürlich, Herr Minister.«

»Ohne mich wären Sie nicht zum Landgerichtspräsidenten ernannt worden.«

»Und dafür bin ich Ihnen auch sehr dankbar, Herr Minister …«

»Dann zeigen Sie jetzt mal Ihre Dankbarkeit!«

Seemann legte auf, ohne sich zu verabschieden. Der Präsident stand noch immer hinter seinem Schreibtisch, den Telefonhörer in der Hand wie ein getadelter Schuljunge, und machte ein ratloses Gesicht.

»Hier spricht die stellvertretende Direktorin des Amtsgerichts«, meldete sich Duracell, als wenige Minuten später ihr Bürotelefon klingelte.

»Einen Moment, ich verbinde mit dem Landgerichtspräsidenten.«

Duracell strich sich rasch den Rock glatt und zupfte an ihrer Bluse. Sollte die Justiz irgendwann in Bildtelefone investieren, wäre sie gut vorbereitet. Es knackte in der Leitung, und Mister Burns meldete sich.

»Was kann ich für Sie tun, Herr Präsident?«

»Für mich gar nichts. Aber der Justizminister bittet Sie durch mich um einen kleinen Gefallen.«

»Bitte, gern!«, sagte Duracell stolz.

»Es geht um Buckmann. Er hat sich wohl in die Ermittlungen der Polizei eingemischt. Der Minister sieht so etwas gar nicht gern.«

»Oh. Buckmann.«

»Ist das ein Problem?«

»Sie kennen ihn doch. Karriere gescheitert, Ehe gescheitert, Leben gescheitert. Buckmann ist irgendwie bedauernswert. Und schießt immer quer. Hält sich nicht an unsere Regeln.«

»Dann sorgen Sie dafür, dass er sich dieses Mal daran hält. Das Verfahren betrifft einen angesehenen Geschäftsmann, Herrn Ayaz. Ein übereifriger Polizist saugt sich da irgendetwas aus den Fingern. Einen Zusammenhang mit einem toten Drogensüchtigen oder so.«

»Ich werde natürlich tun, was ich kann, Herr Präsident. Aber leicht wird das nicht. Der Buckmann …«

»Seinerzeit habe ich dafür gesorgt, dass Sie die Beurteilung bekommen, damit Sie stellvertretende Direktorin werden können.«

»Das weiß ich doch, Herr Präsident.«

»Und ich habe dafür gesorgt, dass die Flucht von dem Vergewaltiger damals dem Wachtmeister angehängt wurde und nicht Ihnen. Obwohl wir beide wissen, dass es Ihr Fehler war und nicht seiner.«

»Und dafür bin ich Ihnen wirklich sehr dankbar, Herr Präsident.«

»Dann wäre jetzt der richtige Zeitpunkt, um das zu zeigen.«

»Ich habe verstanden, Herr Präsident!«

Mister Burns legte auf. Und Duracell saß hinter ihrem Schreibtisch wie ein begossener Pudel.

30

Der blaue Lack an der großen Holztür blätterte bereits an einigen Stellen ab. Neben der Tür steckte ein leicht vergilbtes Namensschild hinter einer Plastikabdeckung: Nora Gülsen – stellv. Behördenleiterin. Ich klopfte an und wartete einen Augenblick, bevor ich die Klinke herunterdrückte und eintrat. Duracells Büroeinrichtung löste in mir stets den Drang aus, das Zimmer sofort wieder rückwärts zu verlassen. Hierfür waren vor allem die sorgfältig eingerahmten Fotos an den Wänden verantwortlich. Schnappschüsse von Duracells großen Momenten. Oder jedenfalls den Augenblicken, die sie dafür hielt. Auf einem Foto erkannte man mit etwas gutem Willen und einer ausreichenden Wimmelbilderfahrung Duracell im Hintergrund, während sich im Vordergrund Minister Paul Seemann und Mr. Burns die Hände schüttelten und dümmlich in die Linse grinsten. Auf einem anderen Bild stand Duracell mit neun weiteren Karrieristen in einer Reihe und wartete auf die hohe Ehre, den Handschlag eines viel zu spät pensionierten Bundesrichters zu erhalten. Der Fotograf hatte Duracells Vorfreude gut eingefangen. Ihre Augen glitzerten wie die einer Teenagerin, die kurz davor ist, ihren Lieblingspopstar zu küssen.

»Sie wollten mich sprechen?«

Duracell erhob sich von ihrem Schreibtischstuhl. Etwas zu schnell, um nicht aufgesetzt zu wirken.

»Mein lieber Herr Buckmann! Wie schön. Kommen Sie doch herein!«

Ihre Freundlichkeit ließ in mir alle Alarmsirenen aufheulen. Was auch immer Duracell wollte, für sie musste es von besonderer Wichtigkeit sein. Sie wies auf einen Stuhl an ihrem Besprechungstisch.

»Bitte setzen Sie sich, mein Lieber!«

Noch ein »mein Lieber« und ein Angriff mit schweren Waffen stand unmittelbar bevor.

»Möchten Sie einen Kaffee?« Ich lehnte ab. Und das fiel mir bei Kaffee immer schwer.

»Nun, der Grund, warum ich Sie gebeten habe, zu mir zu kommen, ist eine Bitte des Präsidenten. Er hat gestern Mittag zu mir ... äh, mit mir gesprochen.«

Man sah ihr an, dass sie diesen Umstand als große Ehre empfand. Sie wartete einen Augenblick und gab mir die Gelegenheit, meine Bewunderung auszudrücken. Ich ließ den Augenblick ungenutzt verstreichen.

»Herr Buckmann«, fuhr sie schließlich fort, »Sie scheinen reges Interesse an einem Ermittlungsverfahren zu zeigen, bei dem irgend so ein Junkie gestorben ist.«

»Friedrich Diepenberg. Sein Name war Friedrich Diepenberg«, sagte ich kühl.

»Wie auch immer. Die Polizei und die Staatsanwaltschaft befremdet es ein wenig, dass Sie sich da einmischen.«

»Ach?«

»Und deshalb würde es der Präsident sehr gern sehen, wenn Sie sich etwas zurückhalten würden.«

»So?«

»Ja. Möglicherweise hat sich in dem Fall ein übereifriger Ermittler ein wenig verrannt. Soviel ich weiß, ist das Ermittlungsverfahren an einem toten Punkt angekommen.«

Damit hatte Duracell sogar recht. Jedenfalls was unsere Hauptbelastungszeugin betraf, was wir aber damals noch gar nicht wussten. Ich wollte weder von meiner Einschätzung der Situation berichten noch von den Bildern erzählen, die meine Tochter erhalten hatte. Wenn Duracell davon erfuhr, würde es der Präsident wissen, sobald ich ihr Büro verlassen hätte.

»Da sind Sie besser informiert als ich«, antwortete ich diplomatisch. »Ich verstehe allerdings immer noch nicht, was Sie von mir erwarten.«

»Nicht ich. Der Herr Präsident«, korrigierte mich Duracell.

»Wie auch immer.«

»Sie sind doch mit einigen Polizeibeamten und Staatsanwälten gut bekannt. Nehmen wir an, Sie würden signalisieren, dass das Ermittlungsverfahren gegen ...« Duracell stockte kurz, so als ob sie sich fast verplappert hätte. »... gegen Unbekannt keine Erfolgsaussicht hat ... Ich bin sicher, Ihre Meinung hätte Gewicht.«

»Der Präsident überschätzt meine Position. Ich bin nur ein ganz kleiner Amtsrichter und bewirke gar nichts. Das weiß er doch. Immerhin hat er es mir in seiner großen Güte freundlicherweise erklärt.«

Duracells Gesichtszüge wurden kälter.

»Wir können Ihnen ja nichts befehlen«, stellte sie fast bedauernd fest.

»Ja. Das ist wirklich zu ärgerlich«, unterbrach ich sie. »Immer diese richterliche Unabhängigkeit. Aber es hat auch etwas

Gutes. Sie brauchen keinen Befehl zu geben. Und ich muss keinen Befehl verweigern.«

Duracell überging die Bemerkung. Sie stand auf, umrundete ihren Schreibtisch und setzte sich betont langsam auf ihren Bürostuhl. Sie lehnte sich zurück und musterte mich von oben herab.

»Ich denke, ich werde dem Präsidium bei der nächsten Gelegenheit empfehlen, Sie in den Zivilbereich zu versetzen.« Duracell lächelte giftig. Ihre Drohung war durchaus ernst zu nehmen. Unser Präsidium entschied, welcher Richter die Strafabteilung bearbeitete. Es bestand aus fünf Personen. Eine davon war der Direktor und eine weitere die Vizedirektorin. Damit fehlte Duracell nur noch eine Stimme, um ihre Drohung wahr zu machen. Wenn sie genügend Druck auf einen Kollegen ausüben würde …

»Tun Sie, was Sie nicht lassen können«, erwiderte ich, wobei ich mich bemühte, möglichst gleichgültig zu klingen. Dann stand ich langsam auf und trat so nah an ihren Schreibtisch heran, dass ich sie von oben herab anblickte. »Aber bis es so weit ist, stören Sie mich nicht mehr bei meiner Arbeit!«

Mit diesen Worten drehte ich mich um und verließ ihr Büro, ohne mich noch einmal umzusehen.

Als ob ich nicht schon genug Probleme hätte. Jetzt wollte mich Duracell auch noch als Strafrichter kaltstellen. Warum hatte der Präsident so ein reges Interesse daran, dass das Ermittlungsverfahren gegen Ayaz eingestellt wurde? Um diese Frage zu beantworten, beschloss ich, meine alten Landgerichtskontakte zu nutzen. Ich kannte genau den richtigen Mann dafür: meinen alten Kollegen Dr. Wieler. Er war das lebendige »Who’s who« des Gerichtes, kannte jeden Mitarbeiter und wusste alle ihre Geheimnisse. Das lag daran, dass jeder Dr. Wieler mochte und sich gerne mit ihm unterhielt. Wachtmeister, Geschäftsstellen, Rechtspfleger, Richter. Im Kollegenkreis kursierte der Witz, dass es zwei Möglichkeiten gebe, eine Nachricht im Landgericht zu verbreiten. Entweder eine E-Mail an alle zu schreiben oder es Herrn Dr. Wieler zu erzählen. Es war schwer zu sagen, was der schnellere Weg war. Der amüsantere Weg war mit Sicherheit Dr. Wieler.

Da ich das Gespräch nicht in meinem Büro führen wollte, beschloss ich, einen kleinen Spaziergang zu machen. Kaum hatte ich das Gerichtsgebäude verlassen, zog ich mein Handy aus der Hosentasche und wählte seine Nummer.

»Wieler«, meldete er sich knapp.

»Hallo, Herr Dr. Wieler. Wie geht es Ihnen? Siggi Buckmann hier.«

»Oh, hallo, Herr Buckmann«, antwortete Wieler freundlich. »Danke, gut geht's mir! Und Ihnen? Was macht Ihre kleine Tochter? Wie war noch der Name … Ronja, stimmt's? Gefällt es ihr noch in England? Ist doch schon zur Hälfte rum, das Semester.« Dieser Satz bestätigte, dass Wieler genau die richtige Adresse war, um eine Information zu erhalten. Denn von mir wusste er nicht, dass Ronja momentan im Ausland studierte.

»Ja, es gefällt ihr sehr gut, danke! Herr Dr. Wieler, hätten Sie ein paar Minuten Zeit für mich?« Mit so wenigen Worten wie möglich erzählte ich ihm von dem Gespräch mit Duracell und der Bitte des Landgerichtspräsidenten. Mit den Informationen zum Fall Ayaz hielt ich mich dabei bewusst zurück. Als ich jedoch den Namen von Rechtsanwalt Schedel erwähnte, wurde Dr. Wieler hellhörig.

»Ach, Herr Schedel ist da beteiligt. Unangenehmer Kerl. Hat aber gute Beziehungen. Wissen Sie, wer seinerzeit mit ihm in derselben Arbeitsgemeinschaft für Referendare war? Ein sehr erfolgloser kleiner Rechtsanwalt, der den Weg in die Politik gesucht hat. Paul Seemann. Unser Justizminister. Hat Schedel mir mal voller Stolz erzählt. Die beiden duzen sich. Vielleicht hat Schedel den Justizminister um einen kleinen Gefallen gebeten. Der alten Zeiten wegen.«

Aus dem Lautsprecher meines Handys ertönte der Signalton, um anzuzeigen, dass ein weiterer Anruf in der Leitung war. Ich nahm das Handy vom Ohr und blickte auf das Display. Hamid Bahar. Ich würde gleich zurückrufen. Vielleicht hatte Hamid endlich gute Neuigkeiten.

»Sehr interessant, Dr. Wieler.«

»Und wissen Sie auch, wem es der Präsident zu verdanken hat, dass er überhaupt Präsident geworden ist? Dem Justizminister.« Wieler schien für den Präsidenten ähnlich tiefe Gefühle zu hegen wie ich selbst. »Zum Glück hat Mr. Burns dasselbe Parteibuch wie Paul Seemann. Und ist ihm oft und tief genug in eine unappetitliche Körperöffnung gekrochen, als er noch im Ministerium Klinken geputzt hat.«

»Dafür hat der Präsident die passende Figur«, stellte ich zustimmend fest.

»Fürs Klinkenputzen oder Arschkriechen?«

»Für beides.«

Wieler lachte herzhaft.

»Danke, Herr Dr. Wieler. Sie haben mir sehr weitergeholfen.«

»Ich? Kommen Sie doch mal wieder auf einen Kaffee vorbei«, sagte Dr. Wieler freundlich. »Es gibt so viel Neues zu erzählen!«

Wir verabschiedeten uns, und ich rief Hamid zurück.

»Hallo, Herr Buckmann.« Hamid klang, als würde er unter einem Kater leiden, nachdem er sich auf ein Wetttrinken mit drei schwergewichtigen russischen Austauschstudenten eingelassen hatte.

»Sie klingen ja furchtbar. Was ist los?«

»Ich muss leider unsere Verabredung für heute Nachmittag absagen. Es tut mir wirklich sehr leid.«

»Geht es Ihnen gut?«

»Ja. Ganz gut. Wenn es so weitergeht, werde ich übermorgen entlassen.«

»Was?! Wo sind Sie?«

»Im Krankenhaus St. Paulus. Ich lehne mich jetzt mal ganz weit aus dem Fenster und sage: Meine Fragen bezüglich eines gewissen Drogenrings haben jemandem so gar nicht gefallen.«

»Ich bin in einer halben Stunde da!«

31

Das Krankenhaus St. Paulus verfügte über eine psychiatrische Abteilung, für die ich früher regelmäßig als Betreuungsrichter tätig war. Daher erkannte mich der Pförtner sogleich und beschrieb mir bereitwillig den Weg zu Hamids Zimmer. Ich fuhr mit dem Fahrstuhl in die vierte Etage und folgte dem langen Gang der Station. Wenige Augenblicke später stand ich vor einer typischen hellgrünen Krankenhaustür mit der Nummer Vier-Zwei-Fünf und klopfte an.

»Herein«, hörte ich Hamids Stimme und folgte der Aufforderung.

Im Krankenhauszimmer befanden sich zwei Betten, von denen aber offensichtlich nur das hintere, am Fenster stehende belegt war. Und zwar mit meinem Rechtsreferendar. Hamid hatte einen Verband um den Kopf und die linke Hand in Gips. Um sein rechtes Auge bildete sich ein mächtiges Veilchen. Hamid trug einen dunkelblauen Trainingsanzug und machte Anstalten, sich zu erheben, als ich eintrat.

»Um Gottes willen, liegen bleiben!«, sagte ich schnell. »Wie geht es Ihnen?«

»Hallo, Herr Buckmann.« Hamid bemühte sich um ein

Lächeln, was leider gar nicht überzeugend wirkte. »Gar nicht so schlecht. Sieht schlimmer aus, als es ist. Gehirnerschütterung. Und der Mittelhandknochen ist gebrochen.« Hamid hob die eingegipste Hand leicht an und verzog das Gesicht vor Schmerz.

»Wie ist das passiert?« Ich zog einen Stuhl heran und setzte mich neben sein Bett. Hamid drückte auf einen Knopf an dem Gestell des Krankenbettes. Das Kopfstück fuhr herauf, bis Hamid sich in einer sitzenden Position befand.

»Ich war gestern Abend in meinem alten Viertel unterwegs und habe mit einigen Leuten gesprochen. In Glücksspielhallen, Dönerläden und in einer Shishabar. Zuerst ohne Erfolg. Alle machten dicht, sobald das Gespräch auf Ayaz kam. Aber in der Shishabar traf ich auf einen alten Bekannten. Er hat mit erzählt, dass Özman Yildiz immer noch wissen will, wer ihn damals verpfiffen hat. Hat sogar ein Kopfgeld von fünfzigtausend Euro ausgesetzt. Als ich nach Ayaz fragte, wurde mein Bekannter sehr vorsichtig. ›Hamid, halt dich bloß raus. Ayaz ist verrückt‹, sagte er, und ob ich nicht wüsste, was er mit Justin gemacht hat.« Das war der ehemalige Depothalter, der zum unfreiwilligen Kofferträger mit den Nägeln in den Händen wurde.

»Würde Ihr Bekannter mit der Polizei reden?«

»Nein. Auf keinen Fall. Und ich werde den Namen auch nicht sagen.«

»Schon gut.« Ich hatte nicht vor, Hamid zu überreden. Ich deutete auf seinen Gips. »Was ist dann passiert?«

»Als ich die Shishabar verließ, folgten mir zwei Typen. Ich habe das erst gar nicht richtig bemerkt. Aber als ich um eine Ecke bog, hörte ich so ein schnappendes Geräusch. So wie es klingt, wenn ein Teleskopschlagstock ausgeklappt wird. Dann erhielt ich einen Schlag über den Kopf und stürzte zu Boden. Die Hand muss ich mir gebrochen haben, als ich mich beim Sturz abgestützt habe. Einer der beiden stellte den Fuß in meinen Nacken und sagte: ›Der Boss mag dumme Fragen nicht.‹ Dann waren sie auch schon weg. Und um Ihre nächste Frage zu beantworten: Nein, ich würde die Männer nicht wiedererkennen. War zu dunkel.«

Mein Referendar griff nach einem Wasserglas, das auf dem kleinen einklappbaren Nachttisch stand. Ich kam Hamid zuvor und reichte es ihm.

»Das tut mir so leid, Hamid. Ich hätte Sie nicht bitten dürfen …«

»Quatsch, Herr Buckmann!«, unterbrach er mich. »Das war meine Entscheidung und nicht Ihre.« Sein Tonfall machte deutlich, dass er darüber nicht weiter diskutieren würde.

»Übermorgen dürfen Sie schon wieder nach Hause?«, wechselte ich das Thema.

»Ja. Vielleicht sogar morgen schon. Bin nur noch zur Beobachtung hier wegen der Kopfverletzung. CT war aber unauffällig.«

Das beruhigte mich. Jedenfalls etwas. Dann blickte ich ihn mit sehr ernster Miene an.

»Hamid, wissen Sie, was das Schlimmste daran ist?«

Mein Referendar machte ein fragendes Gesicht. »Äh nein, was denn?«

»Das mit Abstand Schlimmste daran ist …« Ich machte eine Pause, so als würde ich nach einer Formulierung suchen. »… dass Sie Ihre Übungsklausur morgen nicht mitschreiben können.«

Hamid prustete los. Und hielt sich sofort den Kopf. »Aua. Bringen Sie mich nicht zum Lachen. Das geht noch nicht.«

»Tut mir leid«, grinste ich. »Ich konnte nicht widerstehen.«

»Aber Sie haben natürlich vollkommen recht, Herr Buckmann.« Hamid nahm meine Blödelei auf. »Die wichtige Probeklausur im Strafrecht. Wir wissen sogar schon, welches Thema kommt.«

»Was?« Ich tat empört. »Sie kennen schon das Thema? Also das gab es zu meiner Zeit nicht!«

Hamid grinste. »Ihre Zeit war ja auch kurz nach dem Krieg. Heute müssen Referendare geschont werden.«

»Was wäre denn drangekommen? Betrug? Diebstahl? Raub?«

Hamid schüttelte den Kopf, was ihm erkennbar schwerfiel.

»Nein, Herr Buckmann. Mord in mittelbarer Täterschaft und error in persona.«

»Und das hat etwas mit Strafrecht zu tun?« Ich spielte den Ahnungslosen, was mir sogar leichtfiel. Die Praxis eines Amtsrichters unterscheidet sich ganz gewaltig von dem, was ein Referendar für das Staatsexamen lernen muss. Mord in mittelbarer Täterschaft, error in persona. Damit hatte ich mich zuletzt im Hörsaal an der Uni vor etwa dreißig Jahren beschäftigt.

Hamid sah mich grinsend an. »Kommt in der Praxis nicht so oft vor, oder?«

»Ebenso oft, wie ein gut aussehender Mensch Richter am Bundesgerichtshof wird.«

Hamid lachte. »Aua. Bitte aufhören!«

»Entschuldigung. Im Ernst: Ein solcher Mord ist praktisch

nicht nachweisbar. Es sei denn, der Täter ist ein Trottel. Oder er legt ein umfassendes Geständnis ab.«

Hamid nickte. »Also quasi der perfekte Mord?«

»Ja. Quasi der perfekte Mord«, wiederholte ich. Der perfekte Mord.

32

Ironischerweise lag das Eiscafé, in dem Ayaz regelmäßig seine geschäftlichen Besprechungen abhielt, nur wenige Schritte entfernt von dem prächtigen Bau aus der Kaiserzeit, in dem nun das Landgericht seinen Sitz hatte. Der Laden gehörte einem Geschäftspartner, der neben Sahneeis auch regelmäßig horizontale Dienstleistungen von aus dem Osten importierten Damen anbot. Ayaz saß in der Sonne, hatte eine teure Designerpilotenbrille auf und nippte an einem Eiskaffee. Ungeduldig blickte er auf seine goldene Armbanduhr. Rechtsanwalt Schedel verspätete sich. Und Ayaz hasste Verspätungen. Jedenfalls die anderer. Ungeduldig beobachtete er, wie die Menschen durch die mächtige hölzerne Flügeltür des Gerichtsgebäudes ein- und ausgingen. Endlich trat Rechtsanwalt Schedel heraus, die Anwaltsrobe über den einen Arm gelegt und seine wildlederne Aktentasche unter den anderen geklemmt. Der Verteidiger eilte auf die Eisdiele zu und beschleunigte seinen Schritt nochmals, als er Ayaz erblickte.

»Es tut mir sehr, sehr leid, Ercan«, begann Schedel leicht außer Atem.

»Ich warte bereits seit zehn Minuten«, entgegnete Ayaz

kalt. Aufgrund der verspiegelten Sonnenbrille konnte Schedel nicht feststellen, ob Ayaz ihn überhaupt anblickte.

»Ich weiß, Ercan. Es tut mir wirklich sehr leid. Ich hatte eine Zivilsache, die sich verzögert hat. Ein Zeuge hatte sich verspätet und ...«

»Interessiert mich nicht«, unterbrach Ayaz den Anwalt. »Mich interessiert nur, dass du meine Zeit verschwendet hast.«

Schedel senkte den Kopf und erwiderte nichts mehr. Der sonst so überheblich auftretende Rechtsanwalt wusste, dass es besser war, Ercan Ayaz nicht zu widersprechen. Schon gar nicht, wenn dieser gereizt war.

»Setz dich«, sagte Ayaz endlich.

Schedel rückte einen Stuhl vom Tisch ab und legte die Robe und seine Aktentasche darauf. Dann nahm er Platz.

»Danke.«

»Also?«

»Ich habe mit meinem Freund Peter gesprochen. Der Bulle und der Staatsanwalt sind kein Problem. Die werden zurückgepfiffen.« Schedel begann mit der guten Nachricht, um Ayaz nicht noch weiter zu verärgern.

»Aber?«

»Aber ...« Schedel holte tief Luft. »Aber der Richter ist ein Problem. Er ist verdammt stur. Seine Vorgesetzten haben keinen Einfluss auf ihn.«

»Ich dachte, der Richter hätte begriffen, dass er sich mit dem Falschen anlegt, nachdem Cedric seiner Tochter ein schönes Foto geschickt hat. Ich hätte ihn für klüger gehalten.«

»Aber vielleicht reicht es ja, wenn der Staatsanwalt und der Polizist die Füße stillhalten.«

»Nein! Ein ›Vielleicht‹ reicht nicht. Der Richter ist zu neugierig. Er wird begreifen, dass man mir nicht ans Bein pinkeln sollte.« Ayaz nahm sein goldenes Zigarettenetui aus der Lederjacke und zündete sich eine Kippe an. »Ich nehme das selbst in die Hand.«

»Was hast du vor, Ercan?«

Ayaz lächelte kalt. »Mit wem ich was vorhabe, hat dich nicht zu interessieren.«

33

Sobald ich das Krankenhaus verlassen hatte, rief ich Nick Hiller an, um ihm zu berichten, was Hamid zugestoßen war. Der Hauptkommissar zeigte sich besorgt.

»Du weißt, was das bedeutet? Du musst vorsichtig sein, Siggi. Ayaz meint es ernst.«

»Ach wo. Ich bin erst einmal bedroht worden, Nick. Vor zwanzig Jahren. Von einem dreiundachtzig Jahre alten Rentner. Ich hatte ihn in einem Nachbarschaftsstreit verurteilt, seine Buchsbaumhecke um zwanzig Zentimeter zurückzuschneiden.«

»Ayaz ist kein dreiundachtzigjähriger Rentner. Und es geht auch nicht um eine Buchsbaumhecke, sondern um Marihuana, Koks und Heroin im Wert von einigen Hunderttausend Euro. Darüber hinaus scheint Ayaz hervorragende Kontakte zu haben.«

»Darüber habe ich auch schon mit Jakob gesprochen. Woher weiß Ayaz das alles? Woher weiß er von mir? Ich habe doch in eurem Ermittlungsverfahren bisher keine Rolle gespielt. Nicht einmal eine Telefonüberwachung genehmigt.«

»Das ist mir auch schon aufgefallen. Welchen Grund hatte er, dich von seinen Leuten verfolgen zu lassen?«

Ich überlegte. »Kann es sein, dass einer deiner Kollegen plaudert, Nick?«

»Ausgeschlossen! Für die lege ich nicht nur eine, sondern beide Hände ins Feuer. Aber vielleicht …« Nick machte eine Pause.

»Vielleicht was?«

»Mir ist gerade ein Gedanke gekommen, den ich aber erst überprüfen möchte. Gib mir einen Tag.«

Dann wechselte der Hauptkommissar das Thema und berichtete ausführlich von seinem Gespräch mit Yildiz.

»Du hast ihm also gesagt, dass Ayaz der Verräter ist?« Mir war nicht klar, was Nick damit erreichen wollte.

»Nein. Ich habe nur angedeutet, dass der Verräter – wer immer es auch sein mag – sehr von Yildiz' Umzug in die schöne Haftanstalt profitiert hat. Nur angedeutet. Wenn Yildiz dann gleich auf Ayaz kommt … kann ich doch nichts dafür.«

»Gut. Und *warum* hast du angedeutet?«

»Um ihn zu einer Reaktion zu veranlassen. Wenn Yildiz uns nicht hilft, dann soll er Ayaz auch nicht helfen.«

Schöner Gedanke. Etwas Zwietracht zwischen Yildiz und Ayaz würde bestimmt nicht schaden. Jedenfalls nicht uns.

»Netter Einfall. Vielleicht klappt es.«

»Hat es schon.« Nick klang sehr zufrieden. »Ich hatte in der Vollzugsanstalt gebeten, mich sofort zu informieren, wenn Yildiz Besuch bekommt. Innerhalb einer Stunde nach unserer kleinen Plauderei war der Rechtsverdreher der Organisation da. Rechtsanwalt Schedel. Ich nehme an, Yildiz hat ihn informiert. Mit einem versteckten Handy oder so.«

34

Am Abend rief ich Kiana an, um mich zu überzeugen, dass sie wieder sicher in ihrer Wohnung angekommen war. Sie war es. Ich fütterte Grisu und beschloss, einen kleinen Spaziergang zu machen, um meine Gedanken zu ordnen. Ich zog ein paar bequeme Sneaker an, griff nach dem Wohnungsschlüssel und ging nach draußen. Die Nacht war angenehm mild. Ich sog die frische Luft tief ein und marschierte los. Es war bereits nach neun, und auf den Straßen am Rande der Altstadt war kaum noch jemand unterwegs.

Nick hätte mir in der gegenwärtigen Lage bestimmt davon abgeraten, nachts allein spazieren zu gehen. Aber seine Sorge war übertrieben. Ich war seit mehr als zwanzig Jahren Richter, die meiste Zeit davon Strafrichter. Und von allen Richtern leben die Strafrichter am ungefährlichsten. Jedenfalls in Deutschland. Überhaupt kannte ich nur zwei Kollegen, die im Dienst angegriffen worden waren – beide keine Strafrichter.

Fritz, einem Kollegen aus einer Zivilabteilung, war vor neun Jahren mal ein Stück des linken Daumens abgebissen worden, weil er in einem Streit zwischen zwei verfeindeten Nachbarn entschieden hatte, dass ein Gartenhäuschen abgerissen werden musste, das dreißig Zentimeter über die Grundstücksgrenze gebaut worden war. Kaum hatte Fritz sein Urteil verkündet, sprang der Beklagte mit einer für einen fünfundsiebzigjährigen pensionierten Deutschlehrer beeindruckenden Geschwindigkeit über den Richtertisch und biss meinem Kollegen in die Hand. Hätte er noch seine echten Zähne gehabt, wäre die Bissverletzung vermutlich ernster gewesen.

Und meinem Kollegen Hendrik, einem Familienrichter, schlug eine zierliche dreiundzwanzigjährige Frau ihre Handtasche um die Ohren, weil sie die Alimente zu niedrig fand, die er ihr in einem Scheidungsverfahren zugesprochen hatte. Leider befanden sich in der Handtasche vier Dosen Katzenfutter, was bei meinem Kollegen zu einer Gehirnerschütterung zweiten Grades führte.

Scheidungsverfahren und Nachbarschaftsstreitigkeiten. Das sind die gefährlichen Richterjobs. Ein Strafrichter lebt verglichen damit völlig sicher. Ich führe das auf unsere zuverlässigen Kunden zurück. Zum Glück haben wir es regelmäßig mit Berufsverbrechern zu tun oder doch jedenfalls mit semiprofessionellen Kriminellen. Einen illoyalen Angestellten foltern oder eine unbequeme Zeugin verschwinden lassen, nun gut. Dem etwas zu neugierigen Amateurermittler, der in diesem Fall bedauerlicherweise mein Referendar war, eins überziehen, meinetwegen. Aber ein Angriff auf einen Richter? Ausgeschlossen. Von einem Richter verurteilt zu werden ist für einen Berufsverbrecher in etwa das Gleiche wie sich am Suppentopf verbrennen für einen Koch. Berufsrisiko. Nein, um meine eigene Person musste ich mir keine Sorgen machen.

35

Zum ersten Mal fielen mir die beiden kräftigen und ganz in Schwarz gekleideten Männer auf, als ich an einer Straßenkreuzung stehen blieb, um einen Nachtbus passieren zu lassen. Sie spiegelten sich in den Scheiben des vorbeifahrenden Busses und hielten etwa zwanzig Schritte hinter mir grundlos an. Ich ging über die Straße und bog zweimal links ab. Noch immer hörte ich ihre Schritte hinter mir. Schlagartig wurde mir bewusst, dass mir die beiden nicht zufällig nachliefen. Ich griff in meine Hosentasche ... und fluchte leise. Den Wohnungsschlüssel hatte ich eingesteckt, aber mein Handy nach dem Telefonat mit Kiana auf dem Wohnzimmertisch liegen lassen. Ich kam an die nächste Straßenecke und holte ein paarmal tief Luft, während ich scheinbar unbekümmert weiterging. Kaum war ich abgebogen und aus dem Blick meiner Verfolger verschwunden, rannte ich los.

Ich musste meinen Vorsprung auf etwa fünfzig Schritte ausgebaut haben, als meine Begleiter ebenfalls um die Ecke bogen. Ich hörte einen lauten Fluch und nahm an, dass die beiden nun auch losgerannt waren, wagte es aber nicht, mich umzusehen. Bis zu meiner Wohnung waren es noch mindestens zwei Kilometer. Zu weit, um in dieser Geschwindigkeit weiterlaufen zu können. Jedenfalls für mich. Ich bin zu alt für diesen Scheiß. Und ehrlich gesagt auch zu schlecht trainiert. Obwohl ich gerade jetzt sehr dankbar war, dass ich hin und wieder joggen ging, wenn Oliver Bollmann mich überreden konnte, und mir nie zu viel Speck angefuttert hatte. Die nächste Kreuzung kam näher. Noch etwa sechzig Schritt. Ich kannte die Gegend. Hinter der Ecke war eine lange Hofeinfahrt mit einem großen Tor, das in der Regel offen stand. Noch dreißig Schritte. Wenn ich genau hinter dem Tor stehen blieb, würden mich die beiden vielleicht nicht finden. Noch fünf Schritte. Ich preschte um die Ecke. Die Hofeinfahrt stand offen. Bevor ich hineinsprang, fiel mir ein Fußgänger auf, der etwa hundert Meter weiter in die gleiche Richtung unterwegs war. Ich zwängte mich hinter das an die Wand gelehnte große Holztor und versuchte, meinen Atem zu beruhigen. Zwei Sekunden später konnte ich hören, wie meine Verfolger um die Ecke rannten, abbremsten und stehen blieben. Sie sprachen miteinander. Was sie sagten, konnte ich nicht verstehen. Dann rannten sie weiter, und ihre Schritte entfernten sich. Vermutlich hatten sie den Fußgänger gesehen und mit mir verwechselt. Ich wartete noch einige Augenblicke, bis sich ihre Schritte so weit entfernt hatten, dass sie kaum noch zu hören waren. Langsam trat ich aus meinem Versteck heraus und schlich bis zur Ecke. Ich schaute vorsichtig aus der Einfahrt. Die beiden Männer hatten den Fußgänger fast eingeholt. Schnell ging ich die paar Schritte zur Straßenecke, von der ich gekommen war, stellte mich dahinter und beobachtete, was geschah. Meine Verfolger holten den Fußgänger ein, und einer der beiden riss ihn an der Schulter herum. Als sie bemerkten, dass sie dem falschen Mann gefolgt waren, ließen sie ihn los und blickten sich um.

Ich fand, dass es der geeignete Augenblick war, mich zu entfernen. Im schnellen Schritt eilte ich zu meiner Wohnung und blickte mich mehrmals um. Niemand folgte mir. Beruhigt war ich aber erst, nachdem ich die Haustür und wenige Augenblicke später auch meine Wohnungstür hinter mir verschlossen hatte.

Ich ging ins Wohnzimmer. Auf dem niedrigen Couchtisch lag mein Handy. Ich rief auf der örtlichen Polizeiwache an und schilderte dem diensthabenden Polizeibeamten, der mich glücklicherweise kannte, mit wenigen Worten, was geschehen war. Er schickte einen Streifenwagen zu der Straße, in der mich meine Verfolger verloren hatten, und versprach mir, sich sofort zu melden, wenn er etwas Neues erfahren würde.

Ich nahm ein Whiskeyglas aus dem Schränkchen neben dem Fernseher und eine Flasche Scotch. Zwei Gläser später waren mein Blutdruck und mein Puls wieder in einem besseren Zustand. Das änderte sich leider schlagartig, als mein Handy summte, gerade als ich mich schlafen legen wollte. Ein Foto von Britta erschien auf dem Display, das ich im Frühjahr aufgenommen hatte, als wir gemeinsam mit Ronja Tapas essen waren. Wieso sah man Britta die fünfzig eigentlich nicht an?

»Hallo, mein Schatz!« Die Macht der Gewohnheit. Obwohl wir mittlerweile seit vier Jahren getrennt lebten, begrüßte ich Britta immer noch auf diese Weise. Erfreulicherweise hatte sie dagegen keine Einwände.

»Hallo, Siggi! Ich bin froh, dass ich dich so spät noch erreiche. Der Handyempfang hier ist eine Katastrophe. Aber nachts klappt es meistens. Alles gut bei dir?«

Alles gut bei mir? Was für eine Frage! Nun, der Mann, der unsere kleine Tochter beschützt hat, als wir es nicht konnten, ist tot. Verantwortlich ist der psychopathische Chef einer Verbrecherorganisation, der bereits dann zu brutalen Mitteln greift, wie Hände auf Alukoffer nageln, wenn sich ein kleiner Angestellter mal an der Firmenware bedient. Dieser Psychopath ist sauer auf mich, lässt unsere Zeugin entführen, meinem Referendar den Schädel einschlagen, hetzt mir seine Schläger auf den Hals und bedroht unsere große Tochter, die übrigens, wo wir schon dabei sind, mit dem schöngefönten Veganer-Missionar schläft. Ach ja, und meine Vizedirektorin will mich als Strafrichter kaltstellen, wenn ich mich nicht aus einem Ermittlungsverfahren raushalte. Wie bringt man das seiner Ehefrau am Telefon möglichst schonend bei?

Ich atmete einmal tief durch und sagte mit fester Stimme: »Alles gut! Und bei euch?«

»Ach, es ist herrlich hier!«, schwärmte Britta. »Wir werden noch ein paar Wochen bleiben.«

»Das ist lieb, dass du Bescheid sagst. Ich wünsche euch viel Spaß! Grüß Mark von mir!«

»Das mache ich gern. Ich soll dich auch lieb grüßen. Wenn wir zurück sind, gehen wir mal wieder essen, ja?«

»Gern!« Falls du dann noch mit mir sprichst. »Freue mich jetzt schon.«

Ich legte auf. Das Telefonat hätte auch schlechter laufen können. Zum ersten Mal seit langer Zeit drückte ich auf den kleinen Halbmond auf dem Display und betätigte damit die Nicht-Stören-Funktion. Trotzdem war mein Schlaf in dieser Nacht alles andere als erholsam. Mein Gedankenkarussell drehte sich im Traum weiter. Um Chantal. Um Hamid. Und um Kiana.

36

Britta legte ihr Smartphone in die kleine Dekoschale mit den goldenen Äpfeln, die auf einem hübschen Tisch zwischen den beiden Korbsesseln stand, und runzelte die Stirn.

»Stimmt etwas nicht?« Mark trat aus der weit geöffneten Terrassentür der Luxussuite, mit zwei Gläsern Champagner in den Händen. Er stellte die Gläser neben die Dekoschale, zupfte an den Hosenbeinen seiner hellen Chino und setzte sich in einen der Sessel.

»Ich bin nicht sicher«, antwortete Britta. Sie trat an das Geländer und blickte auf den Ozean, auf dem die letzten Strahlen der untergehenden Sonne funkelten. Britta trug ein leichtes dunkelblaues Sommerkleid, dass ihre athletische Figur betonte. Nein, wie fünfzig sah diese Frau nicht aus. Das fand offensichtlich auch Mark, der sie mit zufriedenem Blick musterte und den Anblick sichtlich genoss.

»Siggi war noch nie ein guter Lügner«, fuhr sie nach einigen Sekunden fort. »Aber gut darin, bestimmte Sachen zu verschweigen.«

Sie drehte sich zu Mark um und lächelte. Ein wenig traurig. Ein wenig bitter. Mark stand auf, nahm eines der Champagnergläser und reichte es seiner Freundin. Er wusste, dass sie Siggi immer noch sehr mochte. Vielleicht sogar noch liebte. Aber das störte ihn nicht. Britta war eine starke Frau. Eine Frau, die ihre Freiheit brauchte. Und die Frau, die er liebte. Er genoss jeden Augenblick der gemeinsamen Zeit. Bisher hatte er Britta nicht nach dem Grund der Trennung von Siggi gefragt, aber es interessierte ihn. Und er spürte, dass jetzt eine gute Gelegenheit war.

»Warum habt ihr beiden euch getrennt?«

»Wegen einer anderen Frau und einem Kind.«

»Oh.« Keine sehr einfallsreiche Erwiderung, aber Brittas spontane Antwort hatte ihn überrascht.

»Nicht das, was du jetzt denkst.« Britta nahm einen Schluck Champagner. »Es ist irgendwie noch schlimmer und gleichzeitig auch rührend. Und ganz bestimmt total verrückt. Es ist eben Siggi.«

»Aha.« Auch diese Erwiderung war nicht sehr einfallsreich, aber mit so treffender Betonung vorgetragen, dass Britta schmunzeln musste.

»Vor fast zwanzig Jahren hat Siggi einmal eine junge alleinstehende Mutter zu ein paar Monaten Freiheitsstrafe verurteilt. Wegen irgendeiner Lappalie. Das hundertste Mal Schwarzfahren oder so etwas«, begann Britta. »Ihre Tochter war damals gerade drei Jahre alt und kam für die Zeit ins Heim. Siggi hatte immer schon ein weiches Herz. Vielleicht zu weich für einen Strafrichter. Das kleine Kind tat ihm leid. Und die junge Mutter auch. Nach ihrer Entlassung begann er, sie zu unterstützen. Jeden Monat schickte er ihnen Geld. Er nahm sogar eine Stelle als Leiter einer Arbeitsgemeinschaft an, damit ich nicht merke, dass Geld von unserem gemeinsamen Konto fehlte.«

»Wie lange hat er das gemacht?«

»Fünf Jahre.«

Mark pfiff durch die Zähne. »Wow.«

»Jedenfalls kam Siggi eines Tages nach Hause. Viel zu früh. Er arbeitete damals immer bis spät in die Nacht. Ich hatte nicht viel von meinem Mann, und Ronja und Kiana hatten noch weniger von ihrem Vater.« Britta nippte an ihrem Glas. »Ich sah ihm sofort an, dass etwas nicht stimmte. Er erzählte mir die ganze Geschichte. Von der jungen Mutter und ihrer Tochter. Von der Verurteilung. Und von seiner Unterstützung. Und dann vom Tod des Mädchens.«

Britta ging zu einem der Korbsessel, ließ sich hineinfallen und zog die schlanken, gebräunten Beine an.

»Zwei junge Männer hatten sich ein Autorennen geliefert. Am helllichten Tag in der Innenstadt. Die Kleine, um die sich Siggi gekümmert hatte, und ihre Freundin waren sofort tot. Beide erst acht Jahre alt. So wie unsere Ronja damals.«

Mark setzte sich schweigend in den anderen Sessel.

»Verstehst du? Ich fand es rührend, dass Siggi sich um die Mutter und ihre Tochter gekümmert hatte. Und natürlich verstand ich, dass er am Boden zerstört war über den Tod des kleinen Mädchens.« Britta atmete tief durch. »Aber warum hatte er es mir niemals erzählt? Mich nie gefragt, was ich davon halte? Und dann wurde mir klar: Weil ihn meine Ansicht nicht interessierte. Hätte ich ihn nicht unterstützt und ihm gesagt, er solle sich doch erst mal um unsere Töchter und mich kümmern, bevor er sich um andere sorgt, Siggi hätte es trotzdem getan. So ist er. Wenn Siggi sich einmal zu etwas entschlossen hat, zieht er sein Ding durch. Ohne Rücksicht darauf, ob er andere verletzt. Andere Menschen, die ihn lieben. Oder andere Menschen, die er liebt. Ich glaube, schon damals wurde mir klar, dass ich mich wieder von ihm trennen würde.«

»Hast du ihm das mal gesagt?«, fragte Mark.

»Natürlich.« Brittas Antwort überraschte ihn nicht. So war sie. Immer offen und direkt.

»Und was hat Siggi geantwortet?«

Britta sah Mark an und lächelte. »Er hat nur gesagt: Das verstehe ich.«

37

Die kleine Altbauwohnung hatte nur zwei Zimmer. Eine Wohnküche und ein Schlafzimmer. Beide Räume waren sehr spartanisch eingerichtet und etwas unordentlich. Diese Eigenschaft hatte Kiana definitiv von ihrem Vater. »Wer Ordnung hält, ist nur zu faul zum Suchen«, sagte Siggi immer. Im Schlafzimmer lagen ein paar Klamotten verstreut herum, und ein Korb mit frisch gewaschener Wäsche stand seit Tagen vor dem Kleiderschrank und wartete geduldig darauf, endlich ausgeräumt zu werden. Kiana schlief schon seit zehn Uhr tief und fest in dem großen Boxspringbett. Sie wollte früh aufstehen, um weiter an ihrer Arbeit über Sartre zu schreiben. Deshalb war Tobi allein auf die Party der juristischen Fakultät gegangen. Kiana hatte ihm mit den Worten »Mach nicht so viel Lärm, wenn du kommst« ihren zweiten Wohnungsschlüssel in die Hand gedrückt. Gegen halb eins wachte sie plötzlich auf und blinzelte verschlafen auf den Wecker. Ein Geräusch an der Wohnungstür hatte sie geweckt. Kiana wunderte sich. Tobi kam sehr früh heim. Für seine Verhältnisse. Wenn er eine Party vor zwei Uhr morgens verließ, dann musste sie richtig schlecht gewesen sein. Wieder hörte sie ein Kratzen am Türschloss. Oder die Party war zu gut und Tobi bereits abgefüllt. Das war die andere Möglichkeit und würde erklären, warum er offensichtlich Mühe hatte, die Tür zu öffnen. »Verflucht!« Kiana stand auf. Barfuß ging sie in ihrem Shorty in Richtung Wohnungstür. Wieder kratzte es am Schloss der Tür. »Ja, Ja! Ich komme ja schon«, grummelte sie verschlafen. Das Mondlicht erhellte den Flur ausreichend, und unter dem Türspalt schien das Licht des Hausflurs hindurch. Kiana hatte die Tür erreicht. Ihr Schlüssel steckte im Schloss. Gähnend griff sie danach und drehte ihn einmal herum. Wie üblich hatte sie zweimal abgeschlossen. Nur die kleine Kette war dieses Mal nicht vorgeschoben, damit Tobi die Tür von außen öffnen konnte. Gerade wollte Kiana den Schlüssel zum zweiten Mal drehen, als sie plötzlich zögerte und auf den Türspion blickte. Augenblicklich ärgerte sie sich über ihr Verhalten. »Ich werde noch paranoid!« Nur weil ihr so ein Spinner ein Foto über Instagram geschickt hatte. »Ach verdammt!«, fluchte sie und blickte durch das kleine Loch der Wohnungstür. Ihre Pupillen weiteten sich. Kianas Herzschlag beschleunigte, und ein eiskalter Schauer lief ihr über den Rücken. Als wäre der Schlüssel, den sie vor einem Augenblick noch herumdrehen wollte, eine giftige Schlange zog sie ganz langsam ihre Hand zurück. Vor der Wohnungstür standen zwei schwarz gekleidete Gestalten. Groß und breitschultrig. Ihre Gesichter konnte Kiana nicht erkennen, denn beide trugen Sturmhauben, die nur die Augen freiließen. Einer der beiden machte sich an ihrem Türschloss zu schaffen. Instinktiv griff Kiana zu der Sicherungskette und hängte sie ein. Fast gleichzeitig schnappte das Schloss zurück, und die Tür öffnete sich. Kiana stieß einen spitzen Schrei aus, als eine Hand mit dunklem Handschuh durch den Türspalt nach der Kette griff. Dann warf sie sich kurz entschlossen mit ihren leichten dreiundfünfzig Kilogramm gegen die Tür. Den Bruchteil einer Sekunde später ertönte ein lauter Schmerzensschrei, der ganz offensichtlich von der Person ausgestoßen wurde, zu der die Hand gehörte, die jetzt in der Tür klemmte. Die Hand wurde zurückgezogen, und Kiana nutzte den Augenblick geistesgegenwärtig, um die Tür wieder ins Schloss zu drücken. Blitzschnell drehte sie den Schlüssel herum. Einmal. Zweimal. In diesem Moment rammte etwas wuchtig gegen die Tür, sodass Kiana reflexhaft zurücksprang. Anscheinend hatten die beiden Männer den Plan aufgegeben, dass Türschloss mit Geschick zu knacken, und versuchten nun, die Tür aufzubrechen, indem sie dagegentraten. Ein zweiter lauter Knall hämmerte gegen die hölzerne Wohnungstür. Kiana sah sich um. Wo hatte sie gestern Abend ihr Smartphone abgelegt? Sie hatte mit Ronja telefoniert und einen Tee getrunken … wieder rammte einer der Männer seinen Fuß gegen die Tür. Die Küche! Mit drei schnellen Schritten war Kiana in der Wohnküche und schaltete das Licht ein. Auf der Anrichte lag ihr Handy. Als sie es in die Hand nahm, hörte sie erneut einen lauten Knall an der Wohnungstür. Das Holz knirschte. Lange würde sie das nicht mehr aushalten. Kiana wählte die Notrufnummer. Schon nach dem ersten Klingeln meldete sich eine Frauenstimme.

»Polizeinotruf. Guten Tag. Hier spricht Polizeikommissarin Stegger.«

»Hier ist Kiana Buckmann. Ich wohne in der Otte-Straße 17, zweiter Stock. Zwei Männer versuchen, meine Wohnungstür aufzubrechen. Bitte helfen Sie mir!« Wieder schlug es krachend gegen die Wohnungstür.

»Verstanden, Frau Buckmann. Otte-Straße 17, zweiter Stock. Ich schicke sofort eine Streife. Sind Sie allein in der Wohnung?«

»Ja.« Kiana fiel ein, dass sie sogar im ganzen Haus allein war. Zwei Wohnungen standen ohnehin leer. Und der nette Informatikstudent aus dem Erdgeschoss war für eine Woche zu seinen Eltern gefahren.

»Können Sie sich in irgendeinem Zimmer einschließen?«, fragte die Polizeikommissarin routiniert.

»Nein … Doch … Im Bad vielleicht.« Das laute Knirschen bei dem erneuten Aufschlag verriet, dass die Tür bald nachgeben würde.

»Bitte gehen Sie ins Bad und schließen Sie sich ein. Nehmen Sie das Telefon mit. Die Kollegen sind gleich da. Reden Sie weiter mit mir.«

Kiana rannte ins Bad, knipste das Licht an und schloss die Tür.

»Ach, Scheiße!«

»Was ist los, Frau Buckmann?«

»Der Schlüssel ist nicht im Schloss«, antwortete Kiana und riss den kleinen Spiegelschrank auf. Fehlanzeige.

»Frau Buckmann, sehen Sie bitte oben auf dem Türrahmen nach. Liegt der Schlüssel vielleicht dort?«

Kiana blickte nach oben. Tatsächlich. Sie griff nach dem Schlüssel und schloss die dünne Sperrholztür ab. Einen guten Schutz würde sie nicht bieten.

»Woher …?«

»Da liegt er meistens.« Die Stimme der erfahrenen Beamtin wirkte beruhigend auf Kiana.

Ein wuchtiger Tritt zerschmetterte das Schloss der Wohnungstür. Jetzt wurde sie nur noch von der kleinen Sicherheitskette gehalten. Im gleichen Moment erklang durch das gekippte Badezimmerfenster eine Polizeisirene. Sie wurde schnell lauter. Aus dem Hausflur vernahm sie Geräusche. Die beiden Männer rannten offensichtlich die Holztreppe des Flurs herunter. Ein paar Sekunden später hielt ein Fahrzeug mit quietschenden Reifen und eingeschalteter Sirene vor dem Haus.

»Ich höre Ihre Kollegen!« Kiana atmete erleichtert auf.

»Bleiben Sie bitte genau da, wo Sie jetzt sind, Frau Buckmann! Ich gebe Ihnen Bescheid, wenn die Kollegen vor Ihrer Wohnungstür stehen.«

Kiana setzte sich auf den Rand der Badewanne. Sie hatte Tränen in den Augen. Jetzt erst nahm sie die kühlen Fliesen unter ihren nackten Füßen wahr. Sie zitterte am ganzen Körper. Mit der rechten Hand drückte sie weiterhin krampfhaft ihr Smartphone an das Ohr.

»Danke!«, flüsterte sie. »Danke!«

38

Schon wieder viel zu früh wachte ich am nächsten Morgen auf, dieses Mal allerdings ohne Fremdverschulden. Weder der Wecker hatte geklingelt noch das Handy. Ein Blick auf die Uhr verriet mir, dass es gerade erst sieben Uhr war. Ich drehte mich auf die andere Seite und versuchte, wieder einzuschlafen. Nach zehn Minuten gab ich entnervt auf.

»Ich werde wohl langsam alt«, murmelte ich und schlurfte barfuß in die Küche. Grisu freute sich über das ungewöhnlich frühe Frühstück. Ich machte Kaffee, duschte, machte erneut Kaffee und zog mich an. Keine halbe Stunde später betrat ich das Amtsgericht.

»Bist du aus dem Bett gefallen?«, begrüßte mich Sabine, als ich die Geschäftsstelle der Strafabteilung betrat.

»Konnte nicht mehr einschlafen.«

Sabine grinste. »Das ist das Alter.«

»Blöde Kuh.«

»Brauchst du einen Kaffee, Siggi?«, fragte sie mit dem liebevollen Tonfall einer Kindergärtnerin.

»Bitte, ja. Einen starken. Hatte erst eine Tasse.« Das war gelogen. Es waren vier.

»Übrigens habe ich gestern Jochen Mershofen beim Einkaufen getroffen. Ich soll dich lieb grüßen!«

»Danke!« Meinen pensionierten Vorgänger und Mentor wollte ich bei Gelegenheit auch nach Ercan Ayaz fragen. Wahrscheinlich würde er sich nach der langen Zeit nicht mehr an ihn erinnern. »Wie geht es Jochen?«

»Ich weiß es nicht.« Sabine machte ein besorgtes Gesicht. Sie kannte Jochen noch länger als mich. »Er machte einen … ich weiß auch nicht … irgendwie bekümmerten Eindruck. Melde dich doch mal bei ihm.«

»Mache ich«, versprach ich. »Sonst noch was?«

»Ach ja, fast hätte ich es vergessen: Oberstaatsanwalt Leiser hat vorhin angerufen und wollte dich sprechen.« Ich wurde aufmerksam. Seltsam, dass Jakob mich nicht auf dem Handy angerufen hatte.

»Hat er gesagt, warum?«

»Nein, aber er will es nachher noch mal versuchen.«

Gemeinsam mit Sabine trank ich einen Kaffee, füllte meine Tasse wieder auf und ging ins Büro. Kaum hatte ich den Computer hochgefahren und den Drucker eingeschaltet, klingelte mein Bürotelefon. Jakobs Nummer erschien auf dem Display.

39

Morgen,Siggi. Ist dein Handy kaputt? Ich habe es ein paarmal versucht«, begann Jakob das Gespräch.

»Nein.« Ich zog das Smartphone mit der linken Hand aus der Hosentasche und blickte auf das Display. In der oberen rechten Ecke leuchtete ein Halbmond und zeigte damit den Schlafmodus an. In der Mitte des Displays wurden sechs Anrufe in Abwesenheit angezeigt und eine SMS. »Ach, Mist. Ich habe gestern Abend die Nicht-Stören-Funktion eingeschaltet. Das hatte ich vergessen.«

»Passiert mir auch oft«, erwiderte Jakob. Dann wurde seine Stimme sehr dienstlich. »Was ich dir mitteilen wollte, Siggi: Es ist vorbei. Ich mache gerade das Schreiben für Nick fertig. Wir machen die Akte dicht.«

Es kommt selten vor, dass ich nicht weiß, was ich sagen soll. Dies war einer jener Momente.

»Aber Jakob …«, setzte ich schließlich an. Weiter kam ich nicht.

»Der Vize war gerade hier und hat mich angewiesen, das Verfahren einzustellen«, unterbrach mich der Oberstaatsanwalt. Die Weisung eines Vorgesetzten hatte für Jakob immer Priorität. Trotzdem wusste er nur zu gut, dass die Entscheidung falsch war, einen Verbrecher davonkommen zu lassen. Einen Verbrecher, der genauso weitermachen würde wie bisher. Und deshalb versuchte Jakob, sich zu rechtfertigen. Vor mir. Und vor sich selbst.

»Recht ist eben manchmal das, was der Vorgesetzte sagt«, fuhr er schließlich fort. »Es ist ja nicht völlig unvertretbar, das Ermittlungsverfahren einzustellen.«

»Ich habe dir doch erklärt, was der Hintergrund dieser Weisung ist, Jakob. Schedel hat seinen alten Freund, den Justizminister, um einen Gefallen gebeten.«

»Erstens kannst du das niemals beweisen. Und zweitens ist dieser Gefallen vielleicht moralisch fragwürdig, aber im Ergebnis eben rechtlich gerade so noch nicht ganz unvertretbar.«

»Du solltest dich einmal hören, Jakob! ›Rechtlich gerade so noch nicht ganz unvertretbar.‹ Fredi ist tot. Zwei weitere Junkies. Und Chantal Weiler vielleicht auch.«

»Chantal kann auch untergetaucht sein. Hast du doch selbst vermutet.« Hatte ich wirklich. Und genau genommen war sie das ja auch. Wenn auch nicht im übertragenen Sinn. Aber damals wussten wir das noch nicht.

»Was ist mit meinem Referendar Hamid?«

»Das muss nicht unbedingt Ayaz veranlasst haben. Vielleicht hatte mit ihm noch jemand eine alte Rechnung offen. Er kommt nun einmal aus einem Problemviertel.«

»Und das Foto, das meine Tochter bekommen hat?«

»Vielleicht ein abgewiesener Verehrer. Es gibt nicht den geringsten Beweis dafür, dass Ayaz dahintersteckt.«

Mit Sachargumenten kam ich nicht weiter. Jakob war von seinem Vorgesetzten unmissverständlich klargemacht worden, welche Meinung er jetzt zu vertreten hatte. Und genau das tat Jakob auch. Konsequent und ohne jeden Zweifel. Ich startete einen letzten Versuch.

»Und wenn du offiziell Protest gegen die Weisung einlegst? Er ist doch nur der Vize …«

»Und er hat gar nicht so schlechte Chancen, mein nächster Chef zu werden«, unterbrach mich Jakob. »Nein, Siggi. Mit dem leg ich mich bestimmt nicht mehr an als unbedingt nötig. Tut mir leid.«

Jakob legte auf, bevor ich noch etwas erwidern konnte. Meine Wut traf die beiden Gegenstände, die mir am nächsten waren. Smartphone und Telefonhörer flogen auf den Schreibtisch. Während der Flug des Handys vom Computerbildschirm gestoppt wurde, hatte die fast leere Kaffeetasse dem altmodischen Telefonhörer nicht viel entgegenzusetzen. So kommen die Kaffeeflecken auf die Aktendeckel.

40

Nachdem mein Schreibtisch wieder notdürftig gereinigt war, nahm ich das Handy und drückte auf die Details der Abwesenheitsanrufe. Kiana hatte heute Nacht gegen halb drei gleich zweimal versucht, mich zu erreichen. Typisch Studentin, als ob ein alter Mann um diese Zeit noch wach wäre. Die SMS stammte ebenfalls von meiner Tochter. Zwei Anrufe waren von Nick, der mich um kurz nach sieben hatte stören wollen. Da wäre ich heute ausnahmsweise sogar schon ansprechbar gewesen. Die beiden letzten Anrufe waren von Jakob. Was er mir sagen wollte, wusste ich ja jetzt. Als ich gerade Kianas SMS öffnen wollte, vibrierte mein Handy.

»Nick! Was kann ich für dich tun?«

»Endlich erreiche ich dich! Ich habe von meinen Kollegen gehört, was letzte Nacht passiert ist. Geht's dir gut?«

Die Hintergrundgeräusche und der schlechte Empfang verrieten, dass Nick im Auto unterwegs war.

»Ja, ja. Alles in Ordnung, Nick. Ist ja nichts passiert.«

»War aber knapp, oder?«

»Möglich. Ich habe vergessen zu fragen, was die beiden wollten. Vielleicht hätten Sie mich nur auf einen Tee in eine Shishabar eingeladen.«

»Oder dir eins über die Rübe gezogen. Wie bei deinem Referendar!«

Zugegeben, diese Variante war näherliegend.

»Haben deine Kollegen gestern noch was erreicht?«

»Nein, als der Streifenwagen an der Wohnung eintraf, waren die beiden weg.«

»Hä? An welcher Wohnung?«

»Na, an der Wohnung deiner Tochter.«

Ich hatte das Gefühl, im falschen Film zu sein.

»Wovon redest du?«

»Du weißt das noch gar nicht? Bei Kiana ist heute Nacht eingebrochen worden.«

Ich war nicht im falschen Film. Ich war im falschen Universum.

»Sie hat mich angerufen. Ich hatte das Handy ausgeschaltet. Was ist passiert? Geht es ihr gut?«

»Alles in Ordnung. Habe schon mit ihr gesprochen. Es geht ihr gut. Ist nichts passiert. Bleib ganz ruhig, Siggi.«

»Ruhig bleiben? Am Arsch! Wo ist meine Tochter?«

»Im Haus von Brittas Freund.«

»Ich muss sofort mit ihr sprechen.«

»Ich fahr dich hin. Bin in zwei Minuten beim Gericht!«

Weniger als zwei Minuten später saß ich auf dem Beifahrersitz des zivilen Polizeifahrzeugs. Nick trat ordentlich aufs Gas, wofür ich ausnahmsweise dankbar war.

»Ihr Freund ist bei ihr«, sagte Nick und überholte routiniert einen Kleinwagen, um noch bei Kirschgelb über eine Ampel zu brettern. »Dieser Tobias.«

»Das ist nicht ihr Freund«, stellte ich fest und hielt mich etwas verkrampft am Haltegriff der Tür fest.

»Sah aber so aus.«

Ich wechselte das Thema. »Was ist heute Nacht passiert?«

»Zwei Männer haben versucht, bei Kiana einzubrechen. Gegen halb eins.«

Also nachdem ich meinen Verfolgern schon entkommen war.

»Die beiden waren maskiert und trugen Handschuhe«, fuhr Nick fort. »Keine Fingerabdrücke.« Er schien zu erraten, was ich dachte. »Vielleicht waren es dieselben Männer, die dich verfolgt haben. Auf jeden Fall gehören sie zu Ayaz. Davon bin ich fest überzeugt. Er wird nervös. Sonst würde er so etwas nicht durchziehen.«

Das sollte ein Grund sein, sich zu freuen. Aber danach war mir beim besten Willen nicht zumute. Ich hatte Angst.

Wenige Minuten später bogen wir in die herrliche Allee mit den prächtigen Einfamilienhäusern ein, in der auch Brittas Freund wohnte. Nick parkte den Wagen am Straßenrand, und wir stiegen aus. Kiana bei Mark unterzubringen war eine ausgezeichnete Idee. Erstens konnten wir ziemlich sicher sein, dass Ayaz diese Adresse nicht kannte. Und zweitens war Marks Haus – oder besser: sein Anwesen – um einiges einbruchsicherer als Kianas Studentenbude. Die Villa war mit einer mannshohen Mauer umgeben und verfügte über eine Alarmanlage. Außerdem wurde sie nachts regelmäßig von einem Wachschutz überprüft, dessen Inhaber zu Marks Klienten gehörte. Hinzu kam Bosco, ein Schäferhund, der im Garten herumstreunte. Bosco konnte mich zwar nicht besonders leiden, dafür liebte er Kiana und Ronja.

Wir erreichten das in die Mauer eingelassene Tor und betätigten die Klingel der Gegensprechanlage, in die auch eine Kamera eingelassen war. Einen Augenblick später knackte es. Der Türöffner summte, und ich öffnete das Tor zum Garten.

Nick und ich betraten das Grundstück und schlossen die Tür wieder.

»Der lebt aber schön!«, flüsterte Nick.

»Hättest du in der Schule besser aufgepasst …«, flüsterte ich zurück.

Als Kiana die weiße Eingangstür des zweistöckigen Baus öffnete, sprang Bosco heraus und rannte auf uns zu. Kurz bevor er uns erreicht hatte, blieb er stehen und knurrte bedrohlich. Braver Hund, dachte ich, pass schön auf meine Tochter auf.

»Bosco. Aus. Zurück ins Haus«, kommandierte Kiana. Bosco hörte aufs Wort und verschwand in der Haustür. Kiana kam auf uns zu. Sie trug eine kurze Hose und ein T-Shirt. Kaum hatte sie mich erreicht, fiel sie mir um den Hals und drückte mich. Das tat gut.

»Alles in Ordnung, meine Große?« Ich gab meiner Tochter einen Kuss auf die Stirn.

»Ja. Mir geht es gut. Kommt mit rein. Hallo, Nick!«

Durch die Eingangshalle kam man in einen großen Wohnraum, der im leicht japanischen Stil eingerichtet war. Traditionelle Holztruhen aus Sicheltanne mit kunstvollen Metallbeschlägen, sogenannte Tansu, waren an den Wänden verteilt. Auf ihnen standen gepflegte Bonsaibäumchen in typischen Trommelschalen. Unwillkürlich musste ich an meinen Ronja-Kaktus denken und fragte mich, ob diese Bäumchen auch schwarzen Kaffee vertragen. In der Mitte des Wohnzimmers stand eine große Wohnlandschaft aus Futonsofas in dunklem Wildleder.

»Möchtet ihr etwas trinken?«, fragte Kiana.

»Danke. Wir sind gleich wieder weg. Ich wollte dich nur sehen.« Wir setzten uns auf die niedrige Couch. »Wo ist Tobias?«

»Holt mir ein paar Sachen aus meiner Wohnung. Und bevor

du fragst, ich habe ihm gesagt, er soll aufpassen, dass ihm niemand folgt.«

Ich lächelte. »Das war sehr gut. Auch die Idee, bei Mark unterzukommen.« In diesem Moment wurde mir schlagartig bewusst, dass Kiana nicht nur Mark, sondern auch Britta erzählt haben musste, dass sie so überraschend eine Rolle als Hausbesetzerin übernommen hatte. Ich spürte ein flaues Gefühl im Magen. Auf meiner Stirn bildeten sich Schweißtropfen.

»Weiß deine Mutter … ich meine, hast du ihr erzählt …«

»Keine Sorge«, unterbrach mich Kiana und verzog den Mund zu einem breiten Grinsen. »Ich habe Mama und Mark erzählt, dass die Tür meiner Wohnung beschädigt ist, und gefragt, ob Tobias und ich hier wohnen dürfen, bis sie wieder zurückkommen. Sie waren sofort einverstanden. Und den Schlüssel hatte ich sowieso.«

Ich atmete erleichtert auf. Eine Sorge weniger. Na gut, nicht weniger. Irgendwann würden wir Britta erzählen müssen, warum die Tür von Kianas Wohnung beschädigt worden war. Aber nicht heute. Und warum hätten wir ihr und Mark auch den Urlaub verderben sollen? Genau. Dieser Grund gefiel mir noch besser als: Ich habe Angst, dass meine Frau böse auf mich ist.

»Das ist gut. Ich wäre sehr beruhigt, wenn du in den nächsten Tagen nicht allzu viele Ausflüge unternehmen würdest. Und wenn du unbedingt joggen gehen musst, dann nimm bitte …«

»… Tobi mit. Damit er auf mich aufpasst«, ergänzte Kiana.

»… Bosco mit. Wollte ich sagen. Aber Tobias ist bestimmt auch nicht schlecht. Neben Bosco.«

Kiana lachte. »Ist gut, Papa. Ich werde beide mitnehmen.«

»Braves Mädchen.« Es freute mich sehr, dass Kiana schon wieder lachen konnte.

Fünf Minuten später kehrte Tobias zurück, und Nick und ich brachen auf. Als wir das Grundstück verließen, vergewisserte ich mich, dass niemand Tobias gefolgt war.

Auf dem Rückweg in die Innenstadt schwiegen wir uns an. Ich war beruhigt, dass es Kiana gut ging. Ich war besorgt, dass Ayaz versuchte, an meine Familie heranzukommen. Und ich war wütend und enttäuscht, dass Jakob das Verfahren einstellen wollte.

Nick raste, was mich jetzt, nachdem ich meine Tochter gesehen hatte, wieder störte. So schnell misst man mit zweierlei Maß. Als zwei Frauen die Straße überqueren wollten und erschrocken einen Schritt zurück machten, weil unser Wagen vorbeiflog, brach ich das lange Schweigen.

»Nicht traurig sein. Beim nächsten Mal erwischst du die beiden bestimmt!«

»Ach. Die eine hatte ihre besten Jahre längst hinter sich. Und die andere …« Nick machte eine Pause und fuhr höchst konzentriert und auf der linken Seite an einer Verkehrsinsel vorbei, um auf diese Weise eine Mercedes A-Klasse zu überholen. Als er wieder auf die rechte Fahrbahn einscherte, beendete er seinen Satz: »… und die andere war jetzt nicht wirklich hübsch.«

»Beeindruckend, dass du bei dieser Geschwindigkeit auch noch die Zeit hast, deine potenziellen Verkehrsopfer zu begutachten.«

»Übungssache.«

Wenige Minuten später hielten wir auf einem der drei Parkplätze vor dem Gerichtsgebäude, die um diese Zeit meistens leer standen.

»Ich glaube, ich weiß, wer Ayaz von dir erzählt hat, Siggi.«

»Wer?«

»Du erinnerst dich daran, dass ich Babysitter für einen Praktikanten spiele?«

Davon hatte Nick mir auf Fredis Beerdigung erzählt.

»Ja.«

»Der Bursche ist ein Jurastudent. Malte Brenda.«

»Brenda? Der Name sagt mir nichts.«

»Aber vielleicht sagt dir der Mädchenname seiner Mutter etwas. Er lautet Schedel.«

Ich blickte Nick überrascht an.

»Malte Brenda ist der Neffe von Rechtsanwalt Schedel«, fuhr Nick fort. »Schedel hat seine Kontakte spielen lassen, damit er in unsere Dienststelle kommt. Und ich habe ihn seit Beginn der Ermittlungen mit mir herumgeschleppt. Er wird seinem Onkel alles Mögliche weitergegeben haben.«

Das erklärte, warum Ayaz von meiner Rolle wusste.

»Wie hast du das herausgefunden?«

»Hab ich nicht. Aber Conni Blume. Sie hat die beiden zufällig in einem Eiscafé in der Nähe des Landgerichts getroffen. Du kennst ja Conni. Sie hat Schedel in ein Gespräch verwickelt, und er sah sich genötigt, ihr seinen Neffen vorzustellen.«

»Und was hast du gegen ihn unternommen?«

»Ich habe ihn heute sofort unter einem Vorwand einem Kollegen vom Verkehrskommissariat ans Bein gebunden. Da ist er erst einmal kaltgestellt.«

»So ein kleiner Drecksack.«

»Ja. Er hat ganze Arbeit geleistet. Jakob hat mir vorhin eine Nachricht geschickt. Das Schreiben ist unterwegs. Er macht das Verfahren dicht.«

Ich nickte. »Ich weiß. Jakob hat mich vorhin angerufen.«

Ich öffnete die Tür und stieg aus.

»Es sieht so aus, als hätten wir verloren«, sagte Nick resignierend.

So sah es aus.

»Um zwanzig Uhr heute Abend bei mir.«

Ohne eine Antwort abzuwarten, ließ ich die Autotür ins Schloss fallen.

41

Es gibt dumme Ideen, richtig dumme Ideen und Bad-Ideas. Ursprung der Bad-Idea ist ein Filmzitat von Arnold Schwarzenegger aus dem Film *Predator*. Arnie legt sich mit einem Alien, dem Predator, an, das zuvor seine gesamte Eliteeinheit massakriert hat, und versucht, es mit einem Knüppel niederzuschlagen. Der Predator wehrt den Angriff mit Leichtigkeit ab und zerbricht den massiven Knüppel wie ein Streichholz. Arnie kommentiert seinen Versuch gerade noch mit »Bad Idea«, bevor ihn der Predator mit einem einzigen Kinnhaken quer durch den südamerikanischen Regenwald prügelt.

Mein erster Eintrag in dieser Kategorie ist fast fünfzig Jahre alt. Ich war acht, und es war der erste Tag der Sommerferien. Ich versuchte einen gewagten Sprung von einem Klettergerüst und wollte mich elegant abrollen, so wie ich das im Fernsehen beobachtet hatte. Als ich auf dem Boden aufschlug, brach ich mir den linken Fuß und bei dem Versuch, mich abzurollen, den rechten Unterarm. Meine gesamten Sommerferien verbrachte ich mit zwei dicken Gipsverbänden zu Hause, während meine Freunde die Baggerseen und Freibäder der Umgebung unsicher machten.

Meine persönliche Sammlung von Bad-Ideas ist übersichtlich, aber die Idee, die mich dazu veranlasste, das Eiscafé neben dem Landgericht aufzusuchen, gehört definitiv dazu. Von Nick hatte ich erfahren, dass das Eiscafé ein regelmäßiger Treffpunkt von Rechtsanwalt Schedel und Ercan Ayaz war. Ich wollte Ayaz verdeutlichen, dass er die Finger von meiner Familie lassen sollte.

Auf gut Glück setzte ich mich an einen der kleinen runden Tische und bestellte einen Kaffee. Lange warten musste ich nicht. Etwa zehn Minuten später kam Rechtsanwalt Schedel. Er war in meinem Alter, mittelgroß, hatte graue, fast weiße Haare, und für sein Gesicht konnte er nichts. Trotzdem war es auf den ersten Blick unsympathisch. Auf den zweiten Blick auch. Schedel bemerkte mich nicht, sondern war in ein Handygespräch verwickelt, setzte sich an einen der äußeren Tische und bestellte ein Wasser und einen Cognac. Wenige Minuten später trat ein junger Mann an seinen Tisch. Südländischer Typ mit kurzen dunklen Haaren, Sonnenbrille und Lederjacke über einem schwarzen Shirt. Ich erkannte ihn sofort. Er sah genauso aus wie auf dem Foto, das zuoberst an Nicks Pinnwand hing.

Schedel stand auf und wartete fast etwas unterwürfig, bis sich Ayaz gesetzt hatte. Sie schüttelten sich nicht die Hände. Ayaz zog ein goldenes Zigarettenetui aus der Innentasche seiner Lederjacke und steckte sich mit einem Feuerzeug des gleichen edlen Materials eine Zigarette an. Die Bedienung brachte ihm einen Kaffee und ein Wasser, ohne dass er etwas bestellen musste. Anscheinend kannte man Ayaz hier.

Ich zahlte meinen Kaffee und stand auf. Langsam ging ich auf den äußeren Tisch zu, an dem Schedel und Ayaz saßen.

Der Rechtsanwalt bemerkte mich zuerst. Ein überraschter Ausdruck huschte über sein Gesicht.

»Oh, der liebe Herr Buckmann! Wie geht es Ihnen, Herr Richter?«

»Herr Schedel! So eine Überraschung. Es geht. Danke.«

Ich blickte Ayaz an und lächelte, so als ob ich fragen wollte: Und Sie sind?

»Das ist ein Klient von mir. Herr Ayaz. Ein Geschäftsmann«, erklärte Schedel rasch. Ayaz nickte kaum merklich. Er trug noch immer die Sonnenbrille, sodass ich seine Augen nicht erkennen konnte. »Was machen Sie denn hier am Landgericht?«, fuhr der Rechtsanwalt fort.

»Nur einen Besuch. Bei einem Kollegen. Er hat ein Problem.«

»Doch hoffentlich nichts Ernstes?«, fragte Schedel beiläufig.

»Wie man es nimmt. Seine Familie wird bedroht. Von einem Verbrecher, einem miesen Dreckschwein«, antwortete ich und blickte dabei unverhohlen Ayaz an.

»Das klingt aber schlimm«, entgegnete Schedel. Mein Auftritt verunsicherte ihn.

»Mein Kollege möchte nur, dass dieser Mistkerl weiß, dass er besser die Finger von seiner Familie lässt.« Immer noch fixierte ich Ayaz. Langsam hob er den Kopf und nahm fast wie in Zeitlupe seine Sonnenbrille ab. Er sah mich aus seinen kalten braunen Augen an.

»Es ist schlimm, wenn die Familie betroffen ist«, sagte er ohne einen Ausdruck in der Stimme. »Wenn zum Beispiel die hübsche Tochter eines Mannes bedroht wird. Bedenken Sie nur, was alles passieren kann. So einem hübschen, jungen Mädchen. Nur weil der Vater einen Fehler gemacht hat. Der Gedanke würde mich wahnsinnig vor Angst machen.«

Ich spürte, wie sich die Finger meiner linken Hand zu einer

Faust schlossen. So fest, dass die Knöchel weiß wurden. Ich zwang, mich ruhig zu bleiben, und atmete tief durch.

»Ja, es ist schlimm. Für den, der die Familie bedroht. Mein Kollege ist ein netter Mensch. Aber wenn seine Töchter in Gefahr sind, kann er sehr unfreundlich werden.«

Ayaz setzte die Sonnenbrille wieder auf und verzog die Lippen zu einem kalten Lächeln.

»Dann wünsche ich Ihrem Kollegen alles Gute. Und auch seinen hübschen Töchtern. Hoffentlich stößt ihnen nichts zu.« Nach einem Moment fügte er hinzu: »Es wäre schade, wenn eine Tochter für die Fehler ihres Vaters bezahlen muss.«

Ich nickte langsam und sagte leise. »Keine Sorge. Das wird nicht passieren.«

Dann sah ich Schedel an. »Guten Tag, Herr Rechtsanwalt.«

Langsam drehte ich mich um und verließ den Tisch, ohne mich noch einmal umzusehen.

Es gibt dumme Ideen, richtig dumme Ideen und Bad-Ideas.

42

Es ist gut, sich den Frust von der Seele zu reden. Und zu trinken. Pünktlich um acht Uhr erschien Nick zu einem kleinen Feierabendbier. Nach dem kleinen Bier holte ich eine große Flasche Scotch und zwei Gläser. Der Kommissar protestierte.

»Für mich nicht, Siggi.«

Ich stellte die Gläser auf den Tisch.

»Also nur zwei Fingerbreit?«

»Höchstens.«

Ich füllte die Gläser. Zwei Fingerbreit. Daumen sind auch Finger.

»Auf gute Freunde.« Wir stießen an und leerten die Gläser. Ich nahm die Flasche in die Hand und öffnete den Verschluss.

»Aber nur …«, begann Nick.

»… zwei Fingerbreit!«, beendete ich den Satz und füllte die Gläser erneut.

»Wenn du irgendeine gute Idee hast, Nick, wäre jetzt der geeignete Augenblick.«

Nick seufzte.

»Ich weiß nicht mehr weiter. Leiser macht das Ermittlungsverfahren dicht. Sein Chef, mein Chef, dein Chef. Niemand will, dass wir weitermachen. Auch wenn ich es hasse, das zu sagen … Vielleicht sollten wir passen, Siggi.«

Ein paar Minuten lang herrschte Stille. Das war genau der Grund, aus dem ich schon seit einigen Jahren den Glauben in unser System verloren hatte. Es war zu anfällig gegenüber Druck von außen. Nur weil ein untalentierter Rechtsanwalt, der in der Politik Karriere als Justizminister gemacht hatte, einem alten Freund noch einen Gefallen schuldete, sollten wir einen rücksichtslosen und brutalen Verbrecher laufen lassen, der mindestens fünf Menschenleben auf dem Gewissen hatte?

»Ayaz ist für Fredis Tod verantwortlich. Und für den von mindestens zwei weiteren Süchtigen. Vielleicht hat er auch Chantal beseitigen lassen. Hamids gebrochene Hand geht auf sein Konto. Bei mir hat er es auch versucht. Und er hat meine Tochter bedroht. Niemand bedroht meine Töchter.« Ich trank mein Glas in einem Zug aus und stellte es etwas zu laut auf den niedrigen Wohnzimmertisch. »Nein! Der kommt nicht so einfach davon. Dieses Mal nicht!«

Nick sah mich mit einem traurigen Lächeln an.

»Und was willst du dagegen tun?«, fragte er schließlich. »Wir haben alle Trümpfe ausgespielt.« Er nahm einen großen Schluck aus seinem Glas. »Du kannst ihn ja schlecht ermorden.«

43

»Warum nicht?« Ich starrte auf mein Glas. Hatte ich die Frage wirklich laut ausgesprochen?

»Warum was nicht?«, fragte Nick zurück und blickte mich mit hochgezogenen Augenbrauen an.

»Warum kann ich ihn nicht ermorden?« Ich machte eine Pause und grinste. »Wäre doch für einen guten Zweck.«

Nick lachte. Dann tat er so, als würde er ernsthaft über meine Frage nachdenken.

»Mal sehen. Also zunächst einmal hättest du einen Menschen auf dem Gewissen.«

»Schon. Aber keinen besonders netten Menschen.« Treffer. Nick überlegte weiter. Ihn schien die Diskussion offensichtlich zu erheitern. Der Alkohol zeigte auch bei ihm Wirkung.

»Zugegeben. Aber auch für die Ermordung eines weniger netten Menschen würde man dich lebenslang einsperren.«

Da hatte Nick leider recht. Ein Mord kann sehr unangenehme Konsequenzen haben. Ich meine für den Täter. Selbst dann, wenn das Opfer nicht sehr nett gewesen ist. Unsere Rechtsordnung macht da leider keine Ausnahmen. Nun hält sich zwar sehr hartnäckig die Ansicht, deutsche Gefängnisse seien vergleichbar mit der Aida. Trotzdem möchte ich da nicht hin. Also ins Gefängnis. Auf die Aida auch nicht. Nick fühlte sich durch mein Schweigen ermutigt, seine Argumentation weiterzuführen.

»Und davon abgesehen, Siggi, ist es auch gar nicht so einfach, einen Menschen zu ermorden. Schon gar nicht einen Menschen, der wie Ayaz gut bewacht wird, zu Gewalt neigt und selten unbewaffnet ist.«

Auch dieser Punkt ging zweifellos an Nick. Was geeignete Mordwerkzeuge betrifft, war ich als Richter ohnehin schlecht ausgestattet. Ein Arzt kann die Giftspritze benutzen, ein Metzger das Fleischermesser und ein Gärtner die Heckenschere. Aber ein Richter? In Amerika hat er wenigstens so einen kleinen, hübschen Holzhammer. Wobei ich bezweifle, dass damit tatsächlich ein Schädel eingeschlagen werden kann. Auf meinem Schreibtisch finden sich lediglich Kugelschreiber und Papier. Und diese Werkzeuge eignen sich leider nur sehr eingeschränkt dazu, einen Menschen auf direktem Weg ins Jenseits zu befördern. Schon gar nicht einen wehrhaften Menschen wie Ayaz. Ich bin nicht John Wick.

Der Hauptkommissar hatte sich warmgeredet und holte jetzt zum vernichtenden Schlag aus.

»Ach, und bevor ich es vergesse, Siggi: Du bist ein Richter! Richter morden grundsätzlich nicht.«

Nick trank mit triumphierendem Gesicht sein Glas aus, stellte es auf den Tisch und erhob sich. Dann klopfte er mir auf die Schulter. »Gute Nacht, Euer Ehren.« Leicht schwankend ging er zur Wohnungstür, drehte sich noch einmal um und blickte mich an. Dann zog er die Tür hinter sich ins Schloss.

Ich saß weiterhin auf dem bequemen Sessel im Wohnzimmer, die Füße auf den niedrigen Couchtisch gelegt, und starrte vor mich hin. »Richter morden grundsätzlich nicht«, wiederholte ich leise und bedächtig. »Grundsätzlich nicht.«

44

Grundsätzlich. Müsste sich ein Jurist für ein Lieblingswort entscheiden, dann wäre es das Wort »grundsätzlich«. Grundsätzlich klingt beruhigend, es klingt nach Prinzipientreue, Bodenständigkeit, Charakterstärke. Für den Laien. Für den Juristen ist es das perfekte Wort, um sich ein Hintertürchen offen zu halten. Denn kein Grundsatz ist ohne Ausnahme. Wenn ein Jurist von sich behauptet, er sei grundsätzlich ein treuer Ehemann, dann sollte sich seine Ehefrau ernsthaft Sorgen machen. Denn es bedeutet: Gut, wenn sich eine günstige Gelegenheit ergeben sollte, dann ist auch mal der ein oder andere Seitensprung drin. Aber nur ausnahmsweise. Grundsätzlich natürlich nicht.

»Richter morden grundsätzlich nicht.« Mit diesem Gedanken wachte ich am nächsten Morgen auf. Die Wirkung des Alkohols war verflogen, und für einen Kater hatte ich zu wenig getrunken. Ich stand auf, machte einen Kaffee und ging ins Bad, um zu duschen. Mein Blick fiel auf die Badewanne. Seitdem ich vor dreieinhalb Jahren in die kleine Wohnung gezogen war, hatte ich sie erst einmal benutzt. Und das, um meinen Mitbewohner Grisu zu baden, nachdem er versucht hatte, die Fleischstücke aus einem großen Topf

Würstelgulasch zu fischen. Danach brauchten Küche und Kater eine intensive Reinigung. Das hatte er mir bis heute nicht verziehen. Ich ließ das Wasser in die Wanne ein, nur lauwarm, und stellte eine Flasche Sprudelwasser auf einen Hocker neben den Wannenrand. Und meinen Kaffee. Den zweiten mittlerweile. Nachdem ich in die Wanne gestiegen war und die erfrischende Wirkung des Wassers genoss, fragte ich mich, warum ich zuvor nie davon Gebrauch gemacht hatte. Ich lehnte mich zurück, bis nur noch Mund und Nase aus dem Wasser ragten, und schloss die Augen.

»Du würdest lebenslang eingesperrt werden.«

»Davon abgesehen ist es auch gar nicht so einfach, einen Menschen zu ermorden.«

»Richter morden grundsätzlich nicht.«

Fangen wir einmal hinten an. Richter morden grundsätzlich nicht. Mal angenommen, ich wäre die Ausnahme des Grundsatzes. Ich wäre der Richter, der mordet. Ein wenig exotisch war ich ja schon immer. Sogar für einen Amtsrichter. Dann würden nur noch zwei Argumente gegen einen Mord sprechen. Zugegeben recht überzeugende Argumente. Denn weder wollte ich ins Gefängnis, noch hatte ich die Mittel, Ayaz zu ermorden. Die moralische Frage hatte Ayaz selbst mit seinem Es-wäre-doch-schade-wenn-die-Tochter-für-den-Fehler-des-Vaters-bezahlen-muss-Spruch beantwortet. Ich stellte erst später fest, dass diese Antwort nicht zufriedenstellend war.

Ich versuchte, an etwas anderes zu denken. Mir fiel Özman Yildiz ein, der zwar jetzt wütend auf Ayaz war, uns aber immer noch nicht helfen wollte. Und Duracell, die mich kaltstellen wollte, wenn ich mich weiter in die Ermittlungen gegen Ayaz einmischen sollte. Und natürlich Hamid, der sich im

Krankenhaus Sorgen machte, weil er seine Klausur nicht schreiben konnte. Die Klausur mit dem blöden Thema. Was war es noch? Mord in mittelbarer Täterschaft.

Und plötzlich geschah das, was der legendäre Steve Jobs als »connecting the dots« bezeichnet hatte: die Verbindung unterschiedlicher Lebenserfahrungen. Wobei ich annehme, dass Steve nicht an die Entwicklung eines perfiden Mordplans gedacht hatte. Wahrscheinlich.

45

26. Februar 1989

Der Hörsaal war für mindestens zweihundert Studenten eingerichtet, aber leider mit über dreihundert gefüllt. Viele saßen auf den Gängen. Ich hatte Glück und einen Platz in der fünften Reihe ergattert. Gerade eben noch war die Geräuschkulisse ohrenbetäubend gewesen. Einige Kommilitonen versuchten, Papierflieger aus den hinteren Reihen bis zur Tafel fliegen zu lassen. Plötzlich wurde es mucksmäuschenstill. Professor Käuser hatte den Raum betreten. Eine imposante Gestalt, schlank und hochgewachsen. Er war immer glatt rasiert, sodass der Schmiss der schlagenden Verbindung, der er angehört hatte, auf seiner Wange gut sichtbar war. Käuser war ehemaliger Staatsanwalt und konnte die ein oder andere Anekdote aus seinem Beruf erzählen. Auch deshalb erfreuten sich seine Vorlesungen größter Beliebtheit. So hatte auch ich in meinem zweiten Studiensemester zu seinen Fans gehört. Wortlos schaltete Professor Käuser einen Overheadprojektor ein, und nach ein paar Sekunden wurde ein kurzer Text auf der weißen Wand über der Tafel sichtbar:

Adam und Eva leben in einer Beziehung. Eva hat den leichtgläubigen und beeinflussbaren Adam um den Finger gewickelt und ihn von der Existenz des »Katzenkönigs« überzeugt, der seit Jahrtausenden das Böse verkörpere und die Welt bedrohe. Der Katzenkönig erwarte nun ein Menschenopfer in Gestalt ihres Ex-Freundes Cornelius, ansonsten werde er Millionen Menschen vernichten. Adam weiß zwar, dass es strafbar ist, Cornelius zu ermorden, lässt sich aber darauf ein und ersticht Cornelius, um Millionen Menschen zu retten.

Wie haben sich Adam und Eva strafbar gemacht?

Ich kannte den Fall, den Professor Käuser hier leicht abgewandelt hatte. Der »Katzenkönig« hatte im letzten Jahr bundesweit Schlagzeilen gemacht. Auch in den juristischen Fachzeitschriften. Angeblich war er die wichtigste Entscheidung des Bundesgerichtshofes des Jahres 1988 für uns Studenten. Jedenfalls hatten diese Entscheidung so viele der Anwesenden gelesen, dass wir den Fall schnell zur Zufriedenheit von Professor Käuser lösen konnten. Adam hatte sich wegen Mordes strafbar gemacht und Eva wegen Mordes in mittelbarer Täterschaft.

»Och Mann, ich verstehe das nicht«, flüsterte eine Studentin im Strickpulli neben mir, die ich bisher nur durch die Nase wahrgenommen hatte. Sie trug einen für ihre Figur etwas zu engen Strickpulli und Jeans, die auch mal wieder gewaschen werden sollten. Außerdem hatte sie wohl eine Abneigung gegen Deodorant. »Wieso denn *mittelbare* Täterschaft?«

»Wenn du jemanden erschießt, erstichst oder erwürgst, dann bist du der *unmittelbare* Täter. Zwischen dir und deinem Opfer steht kein weiterer Mensch. Verstanden?«, flüsterte ich zurück.

»Ja.« Das klang zwar nicht überzeugend, aber nun gut.

»Und wenn du einen anderen Menschen dazu bringst, dein Opfer zu töten, dann bist du nur der mittelbare Täter.

Der andere ist dann für dich wie ein Werkzeug, fast wie ein lebendiges Tatmittel. Geschnallt?« Ich verzichtete an dieser Stelle bewusst darauf, ihr den Unterschied zu einer Anstiftung klarzumachen.

»Ist ja klar«, flüsterte der Strickpulli. Ein Blick in ihr Gesicht ließ mich allerdings daran zweifeln, dass sie es wirklich verstanden hatte. Ihr spontaner Weinkrampf bei der Rückgabe der nächsten Strafrechtsklausur sollte diesen Eindruck bestätigen. Zwölf Semester später mogelte sie sich beim dritten Versuch noch gerade so durch das erste Staatsexamen und schaffte es vor einigen Jahren sogar bis zur justizpolitischen Sprecherin einer in früheren Zeiten einmal angesehenen Volkspartei.

»Noch Fragen?« Professor Käuser blickte in den Hörsaal. Ich meldete mich. »Ja, Sie dort in der fünften Reihe!«

»Kommt so etwas in der Praxis eigentlich häufig vor?«, wollte ich wissen.

»Wie heißen Sie, mein Junge?«

»Buckmann. Sigurd Buckmann.« Bei meinem Vornamen mussten einige meiner Kommilitonen lachen, und ich verfluchte einmal mehr meine Eltern.

»Was wollen Sie denn mal werden, Herr Buckmann?«, fragte Professor Käuser.

»Richter, Herr Professor. Ich werde Richter.« Ich sagte das so überzeugt, dass Professor Käuser schmunzeln musste.

»Dann kann ich Sie beruhigen, Euer Ehren. Derartige Fälle werden Sie nicht an einem frühen Feierabend hindern.« Dann fuhr er mit ernster Stimme fort. »Ich vermute, dass solche Morde in der Praxis sehr viel häufiger vorkommen, als wir denken. Aber sie kommen nicht vor Gericht, weil sie nicht aufgeklärt werden. Machen wir uns mal nichts vor: Wenn die

Eva in unserem Fall etwas cleverer gewesen wäre, dann hätte sie den Adam nicht einfach aufgefordert, ihren Ex umzubringen. Sie hätte hier und da etwas angedeutet, ein paar Bemerkungen gemacht, und schon hätte man ihr nichts mehr nachweisen können.«

Professor Käuser drehte sich um und schaltete den Projektor aus. Dann wendete er sich wieder dem Hörsaal zu.

»Wie es mein alter Strafrechtsprofessor gesagt hatte: Unser Rechtssystem mag es schnell und einfach. Adam mordet, Adam wird gefangen, Adam wird verurteilt. Akte ist vom Tisch. Der Staatsanwalt und der Richter sind glücklich. Den Mörder hinter dem Mörder sucht nie jemand.«

»Wenn er es geschickt anstellt«, ergänzte ich.

Professor Käuser lachte. »Ja, wenn er es geschickt anstellt … und der Polizei, der Staatsanwaltschaft und den Richtern Arbeit erspart.«

46

Mord in mittelbarer Täterschaft. Zugegeben, eine etwas drastische Lösung für meine Probleme. Aber immerhin eine Lösung. Und durchaus eine Lösung mit Charme. Jedenfalls aus der Sicht eines Juristen. Und auch aus der Sicht des Hintermannes, dessen Rolle ich in diesem Fall übernehmen würde. Es ist durchaus vernünftig, einen Stellvertreter für die eigene Gefängniszelle zu finden. Einen Freiwilligen, den die Kriminalpolizei, die Staatsanwaltschaft und meine Richterkollegen als Täter akzeptieren und für so überzeugend halten, dass sie gar nicht weitersuchen wollen. Mangels Alternative fiel meine Wahl auf den sympathischen Ex-Bandenchef Özman Yildiz, der ohnehin nicht mehr gut auf Ayaz zu sprechen war, spätestens seitdem Nick ihn besucht hatte. Außerdem war Yildiz auch körperlich und mental in der Lage, mit Ayaz fertigzuwerden. Plötzlich erwies sich das Gespräch, das Nick mit Yildiz im Knast geführt hatte, als viel größere Chance, als ich zunächst angenommen hatte. Das zeigte sich bereits am selben Tag.

»Was willst du, Jakob?« Mein Tonfall war alles andere als freundlich.

»Hör mal, Siggi. Vielleicht hast du ja recht mit deiner

Vermutung, dass Schedel die Finger im Spiel hat.« Jakob klang tatsächlich etwas zerknirscht.

»Warum?«, fragte ich kühl.

»Er hat gerade bei mir angerufen und wollte mich ausquetschen. Er habe erfahren, dass ein Ermittlungsverfahren gegen seinen Mandanten Ercan Ayaz laufe. Ob da auch Telefonüberwachungen geschaltet seien. Und so weiter. Er hat auch ein paarmal seinen Freund, den Justizminister, erwähnt.«

»Und was hast du ihm geantwortet?«

»Na, was denkst du denn?« Jetzt klang Jakob eingeschnappt. Zu Recht. Ich kannte ihn gut. Er würde Schedel niemals etwas über ein Ermittlungsverfahren sagen. Jedenfalls nicht ohne Anweisung seines Vorgesetzten.

»Ich denke nur: Vielleicht wurdest du ja angewiesen ...«

»Idiot«, brummte Jakob. »Aber der Anruf von Schedel zeigt, dass deine Theorie stimmen könnte, Siggi.«

»Danke für den Anruf.« Ich klang nicht mehr ganz so abweisend.

»Siggi?«

»Mmh.«

Jakob druckste herum. »Man kann doch mal anderer Ansicht sein. Ist doch oft so in unserem Job. Ich meine ... Wir sind doch noch Freunde, oder?« Na, was denkst du denn?

»Ja.« Ich atmete tief durch. »Aber für die nächsten paar Tage bist du für mich noch ein Arschloch.«

Jakob schwieg einen Moment. Dann sagte er mit einer Mischung aus Erleichterung und Resignation: »Damit kann ich leben. Mach's gut! Und Siggi?«

»Ja?«

»Pass auf dich auf!«

Nick hatte mit seiner Andeutung gegenüber Yildiz in ein Wespennest gestochen. Yildiz war offenbar fest davon überzeugt, dass Ayaz ihn verraten hatte. Und dass wir Beweise dafür hatten. Rechtsanwalt Schedel versuchte nun, in Erfahrung zu bringen, ob das tatsächlich der Fall war. Nachdem Nick seinen Neffen Malte in das Verkehrskommissariat abgeschoben hatte, war seine wichtigste Informationsquelle ausgefallen. Bei Jakob war er mit seinen Nachforschungen bereits gescheitert. Deshalb war ich nicht überrascht, als es um kurz nach Mittag desselben Tages an meiner Bürotür klopfte.

»Guten Morgen, lieber Herr Buckmann!«

Rechtsanwalt Schedel steckte den Kopf zur Tür herein. Heute trug er einen teuren, dunklen Anzug und nicht weniger teure Lederschuhe, die aussahen, als wären sie mit Ochsenblut gefärbt worden.

»Hätten Sie einen winzigen Augenblick Zeit für mich, lieber Herr Buckmann?« Es kostete einige Anstrengung, um den Reflex zu unterdrücken, laut Nein zu sagen. Leider war Schedel genau der Kontakt zu Yildiz, den ich gebrauchen konnte.

»Aber gern, Herr Schedel, kommen Sie doch rein, nehmen Sie Platz!«

Vielleicht hätte ich ihm auch einen Kaffee anbieten sollen. Aber dann wäre es mir anschließend unmöglich gewesen, meinem Kaffeeautomaten jemals wieder in die Augen zu schauen.

»Was kann ich für Sie tun?«

»Lieber Herr Buckmann«, setzte er an und lehnte sich auf seinem Stuhl zurück, »… ich sprach unlängst mit meinem alten Weggefährten Paul.« Als er meinen fragenden Blick sah, ergänzte er: »Dem Justizminister.«

»Ach, *der* Paul.«

»Ja. Wir haben immer noch einen sehr guten Kontakt zueinander, wissen Sie.« Das war seine klassische Einleitung, mit der er bei Karrieristen wie Duracell und Mr. Burns jetzt die volle Aufmerksamkeit und größtes Entgegenkommen erwarten durfte. Na dann, lass mal hören, was du willst.

»Ich frage jetzt mal ganz direkt, Herr Buckmann. Ist ein Ermittlungsverfahren gegen meinen Mandanten Ercan Ayaz im Gange?«

Nick hatte mit seiner Vermutung also genau ins Schwarze getroffen. Özman Yildiz hatte aus Nicks Andeutungen den Schluss gezogen, dass Ayaz der Verräter war. Und Schedel war nun von Yildiz beauftragt worden, das zu überprüfen. Der Rechtsanwalt steckte ziemlich in der Klemme. Er musste sich für einen Klienten entscheiden. Yildiz oder Ayaz. Beide brachten ihm viel Geld ein. Unentschieden. Und beide konnten äußerst unangenehm werden, wenn er einen Fehler machte. Yildiz war nicht deshalb weniger gefährlich, weil er im Knast saß. Immer noch unentschieden. Aber: Yildiz war ein Geschäftsmann. Brutal und grausam, aber aus Kalkül. Wenn er jemandem die Hände brechen oder ein Ohr abschneiden ließ, dann war das rein geschäftlich. Ayaz hingegen machte Gewalt Spaß. Er empfand es als befriedigend, einem Menschen Schmerzen zuzufügen, was ihn unberechenbar machte. Und damit stand es 3:2 für Yildiz.

»Sie wissen, dass ich Ihnen dazu nichts sagen darf«, erwiderte ich und nickte leicht. Ein Lächeln huschte über sein Gesicht. Er schien mein Nicken so zu deuten, als würde ich damit seine Frage beantworten wollen. Ein bedauerliches Missverständnis. Aber ein Missverständnis, auf dem man aufbauen konnte.

Schedel überlegte.

»In dem Ermittlungsverfahren, zu dem Sie mir nichts sagen dürfen, läuft nicht zufällig eine Telefonüberwachung?«

»Dazu dürfte ich Ihnen ebenso wenig sagen«, entgegnete ich lächelnd, wobei ich das Wort »ebenso« besonders betonte.

»*Ebenso* wenig«, wiederholte Schedel lächelnd. »Ich verstehe, was Sie meinen.«

Es ist manchmal so einfach, Menschen glücklich zu machen. Schedel durfte mich ruhig so lange falsch verstehen, wie ich es für richtig hielt.

»Und Sie dürften mir auch nicht sagen, wenn sich aus den Überwachungsprotokollen ergeben würde, dass Ayaz seinerzeit dafür gesorgt hat, dass ein gewisser Özman Yildiz ins Gefängnis kommt. Stimmt's?« Welch meisterhafte Formulierung.

»Jetzt ist es aber genug!«, sagte ich mit gespielter Empörung. Und möglicherweise deutete ich ein kleines Nicken an.

»Ich bitte um Entschuldigung«, erwiderte Schedel mit ebenso übertrieben gespielter Scham. Dann fuhr er fort. »Ich werde natürlich niemandem etwas von unserem Gespräch sagen.«

»Natürlich nicht«, entgegnete ich lächelnd und schätzte, dass Schedel innerhalb der nächsten Stunde Yildiz erneut in der Vollzugsanstalt besuchen würde, um ihm von seinen neuen Erkenntnissen zu berichten. Von Nick erfuhr ich später, dass er es sogar in weniger als fünfundzwanzig Minuten schaffte. Eine beachtliche Leistung.

Schedel erhob sich und ging zur Tür. Bevor er mein Büro verließ, verbeugte er sich übertrieben höflich und sagte: »Vielen Dank, mein lieber Herr Buckmann!«

Aber bitte! Man hilft ja gerne.

47

Auch rückblickend betrachtet bin ich mit der Wahl meines mörderischen Werkzeugs immer noch sehr zufrieden. Technisch gesprochen. Wenn ich ihn richtig einschätzte, würde sich Özman Yildiz keine Gelegenheit entgehen lassen, um Ayaz umzubringen. Oder, wie er es so poetisch formuliert hatte, um Ayaz davon zu überzeugen, das Atmen dauerhaft einzustellen. Jetzt brauchte er nur noch eine passende Gelegenheit. Da Yildiz in den nächsten sechs bis sieben Jahren aus verständlichen Gründen seinen gegenwärtigen Aufenthaltsort nur schwer würde verlassen können, musste Ayaz eben zu ihm kommen. Einer freundlichen Einladung zum geselligen Beisammensein würde Ayaz voraussichtlich nicht folgen. Deshalb würde ich ein wenig nachhelfen müssen. Meine Lösung des Problems lautete: Haftbefehl.

Diese Lösung stellte mich allerdings vor zwei neue Probleme. Erstens musste Ayaz zunächst einmal eine Straftat begehen. Eine Straftat, die man ihm auch nachweisen konnte. In dieser Hinsicht setzte ich voll und ganz auf Nick Hiller. Zweitens brauchte ich einen Staatsanwalt, der einen Haftbefehl beantragte. Nachdem Jakob sich entschlossen hatte, die moralisch fragwürdige, aber rechtlich gerade noch so nicht ganz unvertretbare Weisung seines Vizechefs zu befolgen, schied er als Mitstreiter leider aus. Daran änderte auch seine Erkenntnis nichts, dass Rechtsanwalt Schedel offensichtlich hinter der Weisung steckte. Jakob würde nur noch dann einen Haftbefehl beantragen, wenn Ayaz seine Frau entführen würde. Und auch dann nur, wenn es ihm der Vize erlaubte. Ich benötigte einen Staatsanwalt, der Druck von oben aushalten konnte. Natürlich war Uli Nussbaum die naheliegende Wahl. Weder Nick noch Uli wollte ich allerdings in meinen Plan einweihen. Es reichte schon aus, wenn ich mich strafbar machte. Die beiden sollten nicht auch noch wegen Beihilfe zum Mord angeklagt werden.

Ich griff zum Hörer und wählte die Dienstnummer von Nick.

»Anschluss Hiller, hier Kommissar Schreiber.«

»Hallo. Hier ist Richter Buckmann. Ist Nick zu sprechen?«

»Eine Sekunde, Herr Richter. Er ist gerade im Nebenraum. Telefonüberwachung. Ich hole ihn.«

Es dauerte einen Augenblick, bis ich Nicks Stimme hörte.

»Siggi? Ich habe heute Morgen das Schreiben von Jakob bekommen. Ich soll das Verfahren unverzüglich zum Abschluss bringen.«

Der Hauptkommissar klang darüber ebenso wenig erfreut wie ich.

»Ja, das habe ich schon gehört, Nick.«

»Und das ausgerechnet jetzt, wo es spannend wird.«

Ich wurde hellhörig.

»Warum?«

»Bei einer Lieferung ist was schiefgegangen. Die Menge stimmte nicht. Jetzt musste die Organisation etwas bei einer anderen Quelle bestellen. Soll noch heute geliefert werden.«

Nick machte eine bedeutungsvolle Pause. »Und Ayaz will die Ware persönlich in Empfang nehmen.«

»Was? Das ist ja großartig! Dann kriegen wir ihn!« Ich hätte vor Freude jubeln können.

»Langsam, Siggi. Erstens müssen wir ihn erst einmal dabei erwischen. Zweitens geht es, wenn wir ihren Code richtig entschlüsselt haben, nur um Marihuana. Ach, und bevor ich eine Kleinigkeit vergesse: Ich soll das Verfahren dichtmachen.«

Das war die erste Tat, die wir Ayaz nachweisen könnten. Da wollte ich nicht so schnell aufgeben.

»Nehmen wir an, du würdest ihn bei der Übergabe erwischen. Reicht es für eine Festnahme aus?«

Nick überlegte.

»Wird eng. Jedenfalls kaum, um ihn lange einzusperren. Spätestens in der Beschwerde würde das Landgericht den Haftbefehl aufheben. Du weißt doch, wie weichgespült die sind.«

»Das soll uns jetzt noch nicht kümmern.« Der Haftbefehl wäre vielleicht moralisch fragwürdig, aber rechtlich wenigstens gerade so nicht ganz unvertretbar. Wo hatte ich diese Formulierung doch kürzlich gehört?

»Jakob wird keinen Haftbefehl beantragen.« Nick klang immer noch abgeneigt.

»Aber Uli wird. Wenn du ihm sagst, dass ich ihn erlassen werde.«

Nick antwortete nicht. Ich konnte ihn verstehen. Sein Chef würde das gar nicht gern sehen. Nick würde wahrscheinlich wieder versetzt werden. Zur Verkehrspolizei. Falls das möglich wäre. Er hatte keine Lust mehr auf die ganze Scheiße.

»Mein Chef wird mich hassen«, sagte Nick plötzlich in die Stille hinein. »Ich mach es.«

»Ehrlich, Nick, ich liebe dich. Aber sag deiner Frau nichts davon.«

»Idiot. Ich melde mich.« Nick legte auf.

Die nächsten Stunden waren die längsten Stunden in meinem Leben. Ich traute mich nicht, vom Telefon wegzugehen, meine Kaffeemaschine schob Überstunden. Durch die halb geöffnete Bürotür hörte ich, wie nach und nach die Kollegen nach Hause gingen. Das Gericht leerte sich. Nur Sabine war auf meine Bitte in der Geschäftsstelle geblieben. Endlich klingelte das Telefon. Nicks Nummer. Ich griff so hastig zum Hörer, dass ich dabei die halb volle Kaffeetasse auf meinem Schreibtisch umstieß.

»Ja? Ich höre!«

»Der Lieferant fährt jetzt los. Ayaz soll tatsächlich selbst bei der Übergabe dabei sein. Er traut dem Lieferanten offensichtlich nicht, weil der ihn mal betrogen hat. Eine Lieferung von schlechter Qualität vor ein paar Jahren oder so. Jedenfalls will Ayaz dabei sein.« Nick atmete tief durch. »Ich habe nur wenige Leute. Alles Kollegen, denen ich vertrauen kann. Connie Blume, Thomas, Klemens, Horst. Aber kein MEK. Mein Chef weiß nichts davon.«

»Alles klar. Kann ich irgendetwas tun?«

»Ja, Siggi«, antwortete Nick. »Geh nach Hause!«

»Was?«

»Das wird noch einige Stunden dauern. Ich schicke dir eine WhatsApp, wenn der Zugriff erfolgreich war. Wir werden ihn dir nicht vor morgen früh bringen.«

Nick hatte recht. Es brachte nichts, hier zu warten. Und doch fiel es mir schwer, untätig nach Hause zu gehen.

48

Du hättest einen Menschen auf dem Gewissen.« Ausgerechnet das Argument, das Nick während unseres alkoholbereicherten Gesprächs als erstes gebracht hatte, ging mir jetzt, wo Ayaz' Festnahme bevorstand, nicht mehr aus dem Kopf. »Ja, aber keinen sehr netten Menschen«, hatte ich ihm geantwortet. Und das stimmte. Ayaz war kein netter Mensch. Er war brutal. Er war grausam. Er hatte mindestens fünf Menschenleben auf dem Gewissen. Und er war trotzdem ein Mensch. Und dieser Mensch – oder vielmehr die Vorstellung von seinem Ableben – machte mir jetzt ein schlechtes Gewissen. Ich war eine Stunde lang in der Innenstadt umhergelaufen und hatte darüber nachgedacht. Das Ergebnis war unbefriedigend. Das schlechte Gewissen war noch da. Ich musste mit irgendjemandem darüber reden. Dringend. Aber ich wollte keinen meiner Freunde zum Mitwisser machen. Auch Britta nicht. Und Ronja und Kiana schon gar nicht. Wer konnte mir zuhören?

Als ich meine Wohnungstür aufschloss, kam mir einer meiner besten und mit Sicherheit der verschwiegenste meiner Freunde entgegengelaufen und strich mir um die Beine. Grisu.

Es kam mir zunächst grotesk vor, mein schlechtes Gewissen durch ein Gespräch mit einem Kater beruhigen zu wollen. Dann allerdings wurde mir bewusst: Es ist generell grotesk, Gewissensbisse, die man aufgrund der Ermordung eines Menschen verspürt, durch ein Gespräch beruhigen zu wollen. Mit wem man ein solches Gespräch führt, ist völlig gleichgültig. Darüber hinaus hatte mein Kater bereits Erfahrung als mein Gesprächspartner bei der Erörterung einiger schwieriger Urteile gesammelt.

Nach dem Abendessen setzte ich mich mit einem Scotch auf die Couch und legte die Füße auf den niedrigen Wohnzimmertisch. Grisu kam, sprang neben mich und ließ sich fallen. Ich nutzte die Gelegenheit.

»Grisu, ich muss mit dir sprechen.«

Der Maine-Coon-Kater blickte mich an und gähnte. Das bedeutete: »Wenn es sein muss.«

»Ich plane, Ayaz umzubringen, und habe jetzt ein schlechtes Gewissen.«

Grisu legte den Kopf zur Seite, was heißen sollte: »Natürlich hast du ein schlechtes Gewissen. Du planst einen Mord. An einem unschuldigen Menschen.«

»Ach bitte! Ayaz ist alles andere als unschuldig. Zwei tote Kinder und mindestens drei tote Junkies gehen auf sein Konto. Und vielleicht hat er auch seine Freundin beseitigt. Dann wären es sechs Tote.«

Grisu blickte vorwurfsvoll. »Sieben! Du vergisst Puschel.«

Jetzt war ich verwirrt. »Wer ist Puschel?«

Grisu neigte den Kopf nach vorn. »Der kleine Maine-Coon-Kater von Chantal, den Ayaz angezündet hat und der dann eingeschläfert werden musste. Damit wären es sieben Tote.«

»Stimmt. Also, unschuldig ist wohl nicht das Wort der Wahl, um Ayaz zu beschreiben, mein Freund.«

Grisu senkte das linke Ohr und kniff die Augen zusammen.

»Und du, mein Freund, bist Richter! Du hast die Pflicht, das Gesetz zu achten. Wenn ich mich richtig erinnere, ist Mord das schwerste Verbrechen, das das Gesetz kennt.«

»Wenn das Gesetz geachtet werden würde, stünde ich jetzt nicht vor diesem Problem. Dann würde Nick weiterermitteln, Jakob würde Ayaz anklagen und Ayaz würde verurteilt werden. In einem fairen Verfahren. Aber so weit kommt es nicht. Weil unser Rechtssystem anfällig ist. Weil ein Minister bestimmen kann, was Recht ist und was nicht. So, wie es ihm gerade passt. Weil er noch jemandem einen Gefallen schuldig ist.«

Grisu richtete beide Ohren in meine Richtung, die Augen weiterhin zu Schlitzen zusammengekniffen.

»Und wenn schon! Kann ein Verbrechen ein anderes Verbrechen rechtfertigen?«

»Nein. Es bleibt ein Verbrechen.« Und plötzlich wurde mir etwas klar. »Deshalb habe ich ja ein schlechtes Gewissen. Ein Mord ist ein Mord ist ein Mord. Unrecht bleibt Unrecht. Und ich weiß das.«

Grisu streckte sich aus, legte den Kopf auf seine Pfoten und schloss die Augen.

»Dann ist dein schlechtes Gewissen gut.«

Grisu hatte recht. Natürlich hatte ich ein schlechtes Gewissen. Weil ich einen Menschen umbringen würde. Weil es unrecht war, was ich tun würde. Und weil ich wusste, dass es unrecht war. Hätte ich kein schlechtes Gewissen, dann hätte ich ein schlechtes Gewissen haben müssen. Aber ich hatte ja schon eins.

»Vielen Dank, Grisu!«
Grisu zuckte mit den Ohren und schnaubte.
»Aber bitte. Man hilft ja gern.«

49

Der schwarze BMW schaltete die Scheinwerfer aus und legte die letzten hundert Meter auf dem vom Mondlicht schwach beleuchteten Feldweg zurück. Am Ende eines langen Weizenfeldes hielt er an. Der Fahrer schaltete den Motor aus und öffnete die Tür. Langsam stieg Cedric, Ayaz' Problembeseitiger, aus und blickte sich um. Sein Chef hatte den Treffpunkt sehr gut ausgewählt. Auf drei Seiten lagen weite Weizenfelder, die es unmöglich machten, sich dem Ort unbemerkt zu nähern. Cedric beugte sich in den Wagen hinein. »Alles klar.«

Die Beifahrertür wurde aufgestoßen, und Ayaz stieg aus. Er trug eine dunkle Chino, ein schwarzes T-Shirt und eine leichte schwarze Lederjacke. Er blieb an der geöffneten Tür stehen. Aus der Innentasche der Jacke holte er ein goldenes Zigarettenetui hervor und ein dazu passendes Feuerzeug. Langsam zündete er sich eine Zigarette an. Ayaz nahm einen tiefen Zug und blies den Rauch durch die Nase aus.

»Passt mir nicht.«

Cedric blickte seinen Chef an. »Was meinst du?«

»Dass ich hier bin.« Ayaz machte eine Pause. »Aber ich traue dem Holländer nicht.«

»Meinst du, der versucht, uns abzuziehen?«

Ayaz lachte verächtlich und klopfte gegen seine rechte Hüfte. Dort steckte eine geladene Neun-Millimeter-Beretta.

»Das kann er ja mal versuchen.« Er nahm einen weiteren tiefen Zug aus der Zigarette.

»Ich meinte eher die Bullen.«

»Ich dachte, die hätte der Anwalt kaltgestellt?«

Ayaz grinste. »Hat er ja auch. Oder besser: Sein alter Freund hat.« Dann sah er Cedric mit einem stechenden Blick an. »Aber es gibt immer wieder Bullen, die nicht wissen, wann Schluss ist. Und Richter. Die muss man anders kaltstellen. Hörst du, Cedric?«

Cedric wurde verlegen.

»Ja, Boss. Ich höre dich. Das haben wir ja auch versucht ...«

»Nicht versuchen. Tun!«, unterbrach ihn Ayaz rau.

»Ja, Boss.« Cedric wagte nicht zu widersprechen.

In der Ferne konnten sie die Scheinwerfer eines Autos erkennen, das auf den Feldweg einbog.

»Da ist der Holländer.«

Noch etwa zweihundert Schritte war das Fahrzeug entfernt, als es die Scheinwerfer ausschaltete. So, wie es Cedric vor einigen Minuten ebenfalls getan hatte. Der glänzende Lack der Motorhaube spiegelte leicht das Mondlicht wider, ansonsten war es dunkel. Noch hundert Schritte lagen zwischen ihnen. Ayaz blickte sich erneut um. Irgendetwas gefiel ihm nicht. Noch zwanzig Schritte. Der Wagen stoppte. Unwillkürlich wanderten die Fingerspitzen von Ayaz' Hand an den Griff seiner Beretta. Mit der linken Hand schnippte er die Zigarette weg. Ayaz hielt den Atem an, als sich die Beifahrertür des anderen Fahrzeugs öffnete und eine dunkle Gestalt ausstieg.

»Bist du es, Ayaz?«, hörte er die vertraute Stimme des Holländers. Ayaz entspannte sich und hob die rechte Hand von der Waffe weg zum Gruß.

»Ja. Hast du mein Zeug?«

»Hast du das Geld?«

»Zeig erst mal, was du hast!«

Der Holländer griff in den Innenraum des Pkw und holte eine Sporttasche hervor. Anschließend ging er langsam auf den BMW zu und stellte sie auf die Motorhaube des Fahrzeugs. Ayaz trat näher, und der Holländer öffnete den Reißverschluss.

»Bitte, überzeug dich.«

Ayaz holte einen Einweghandschuh aus seiner Hosentasche, streifte ihn über und nahm ein Plastikbeutelchen aus der Reisetasche, in dem sich grau-grünliche Knospen befanden. Er öffnete den Beutel und roch daran. Dann nahm er ein paar Krümel und zerrieb sie zwischen den Fingern. Ayaz verschloss den Beutel und legte ihn zurück, ergriff einen anderen und wiederholte die Prozedur.

»Mmh. Ist gut. Wie viel?«, fragte Ayaz und zog den Handschuh aus.

»Zehn«, sagte der Holländer.

»Nee. Acht«, antwortete Ayaz.

»Komm, Ayaz. Das ist gutes Zeug. Und das weißt du. Also gut. Neun.«

»Achteinhalb.«

»Ist gut«, nickte der Holländer.

Ayaz fasste in die Innentasche seiner Jacke und holte ein Bündel Fünfhunderter hervor. Er zählte siebzehn Scheine ab und drückte sie dem Holländer in die Hand.

»Fahrt ihr zuerst. Beim nächsten Mal kommt einer meiner Leute.«

Der Holländer nickte und stieg wieder in sein Fahrzeug. Der Fahrer wendete, und der Pkw entfernte sich. Bald schon war er in der Dunkelheit kaum noch zu erkennen. Die Motorengeräusche wurden immer leiser. Kurze Zeit später war es wieder still.

Ayaz verschloss die Reisetasche und verstaute sie im Fußraum vor dem Beifahrersitz. Dann nahm er seine Beretta, zog den Einweghandschuh darüber und versteckte sie unter einem großen Stein am Wegrand.

»Handeltreiben mit Waffen gibt fünf Jahre. Ohne nur eins«, erklärte er Cedric. »Hat der Anwalt mir gesagt.« Cedric würde die Pistole am nächsten Tag abholen.

Ayaz und Cedric stiegen in den BMW und fuhren los. Sie fuhren denselben Feldweg entlang, den sie gekommen waren. Schließlich kamen sie an ein langes Maisfeld und bogen auf eine kleine einspurige Straße ein. Kaum waren sie um die Kurve gefahren, entdeckten sie auf der linken Seite das Fahrzeug des Holländers. Es stand an der Seite und hatte die Motorhaube geöffnet. Über der Motorhaube lehnten zwei Personen.

»Dieser Idiot«, schnauzte Ayaz. »Ausgerechnet hier. Halt mal an, Cedric.«

Cedric hielt mit dem BMW hinter dem dunklen Fahrzeug. Ayaz stieg aus.

»Können wir dir helfen?«

In dem Moment leuchteten von drei Seiten mobile Strahler auf.

»Polizei. Keine Bewegung!«, brüllte Nick und kam mit gezogener Waffe aus dem Maisfeld. In Begleitung eines Dutzend weiterer Beamten. Auch die beiden Gestalten an der Motorhaube hatten sich umgedreht und gingen mit gezogenen

Pistolen auf Ayaz und Cedric zu. Eine der beiden Beamten war Hauptkommissarin Blume. Vom Holländer fehlte jede Spur.

Blume zerrte Cedric aus dem Fahrzeug, der laut fluchte. »Verdammt. Nimm die Finger von mir, du Schl…« Er musste feststellen, dass es äußert schwer ist, die Buchstaben »ampe« auszusprechen, wenn man ein Grasbüschel zwischen den Zähnen hat, in das die Hauptkommissarin seinen Kopf drückte, unmittelbar nachdem sie ihn gekonnt zu Boden gebracht hatte.

»Was wolltest du sagen?«, fragte sie Cedric, während sie ihm routiniert Handschellen anlegte, erhielt aber keine Antwort.

Nick näherte sich Ayaz, während er von zwei Kollegen gesichert wurde.

»Nimm ganz langsam die Hände hoch, Ercan. Ich weiß, dass du eine Waffe trägst.«

»Irrtum, Herr Kommissar«, erwiderte Ayaz lächelnd und hob die Hände. »Ich bin ein friedlicher Mensch. Ich trage keine Waffe.«

Ayaz erging es nicht besser als Cedric. Nachdem auch ihm Handschellen angelegt worden waren, stellte man die beiden wieder auf die Beine. Etwa dreißig Sekunden später hielten vier Polizeifahrzeuge auf der kleinen Straße.

»Der Holländer?«, wollte Ayaz wissen.

»Ist schon auf dem Weg zum Polizeigewahrsam. Er war so freundlich, uns seinen Wagen zu leihen.« Nick lächelte zufrieden und steckte seine Schusswaffe zurück ins Holster. »Wollen doch mal sehen, was ihr Schönes mitgebracht habt.«

Nick ging zur Beifahrertür des BMW und leuchtete mit einer Taschenlampe in den Wagen.

»Ah, was haben wir denn da?« Nick streifte sich einen Einweghandschuh über und holte die Sporttasche heraus. Vorsichtig öffnete er den Reißverschluss und roch. »Etwa ein Kilogramm Gras«, rief er den umstehenden Beamten zu.

»Habt ihr seine Waffe?«

»Fehlanzeige. Keine Schusswaffe«, sagte Kommissarin Blume, die Ayaz durchsucht hatte.

Nick und seine Kollegen kontrollierten den BMW gründlich, doch ohne Ergebnis. Außer ein paar Zigarettenschachteln, dem Verbandskasten und ein paar Werkzeugen fanden sie nichts. Nick fluchte leise. Handeltreiben mit Betäubungsmitteln in nicht geringer Menge hatte nur eine Mindeststrafe von einem Jahr. Mit Waffe wären es mindestens fünf Jahre gewesen. Hatte Ayaz überhaupt eine Waffe bei der Übergabe mit sich geführt, dann hatte er sie gut versteckt, und es würde Hunderte Beamten brauchen, um sie zu finden. Und Zeit. Sehr viel Zeit. Zeit und Leute, die Nick nicht hatte.

50

Weshalb ich mich überhaupt ins Bett gelegt hatte, weiß ich bis heute nicht. Ich hätte ebenso gut im Wohnzimmer lesen oder fernsehen können. An Schlaf war nicht zu denken. Seit drei Stunden wälzte ich mich hin und her, starrte in der Dunkelheit Löcher in die Decke und blickte alle zehn bis fünfzehn Minuten auf die Leuchtziffern des Weckers. Mittlerweile war es halb zwei. Endlich ertönte das erlösende Summen des Smartphones, das den Eingang einer WhatsApp ankündigte.

»zugriff erfolgt, ein kilo gras, keine waffe, ayaz und cedric festgenommen«

Obwohl die Nachricht so kurz war, las ich sie ein zweites Mal. Gut, es hätte besser laufen können. Eine Schusswaffe oder ein Messer hätten den Haftbefehl auf stärkere Beine gestellt. Und mit einem Kilogramm Marihuana lässt sich heutzutage auch kein Blumentopf mehr gewinnen. Zumal Ayaz nicht wesentlich vorbestraft war. Es hätte aber auch schlechter laufen können. Ich tippte eine Antwort.

»danke, wann«

Nicks Erwiderung kam prompt.

»gegen zehn«

Ich stellte den Wecker meines Handys und sicherheitshalber noch den Funkwecker auf meinem Nachttisch. Dann schrieb ich Sabine eine Nachricht.

»vorführung gegen zehn«

Den Rest der Nacht schlief ich unruhig, aber ich schlief wenigstens ein paar Stunden. Beide Wecker hätte ich dennoch nicht stellen müssen. Bereits um kurz vor sieben war ich wach und beschloss aufzustehen. Es würde ein spannender Tag werden. Ich sah auf den Kalender in der Küche. Der letzte Donnerstag im August.

Um kurz nach acht betrat ich die Geschäftsstelle der Strafabteilung des Gerichts. Sabine saß natürlich bereits hinter ihrem Computerbildschirm, und die Kaffeemaschine blubberte. Perfektes Timing.

»Wird das jetzt zur Gewohnheit, oder ist es schon die senile Bettflucht?«, grinste Sabine wie immer gut gelaunt.

»Morgen, Bine.« Ich nahm zwei Tassen aus dem Schränkchen, auf dem die Kaffeemaschine stand, und füllte sie. Dann ging ich zu dem kleinen Kühlschrank, holte eine Packung Frischmilch heraus und gab einen Schuss davon in Sabines Kaffee. Wortlos reichte ich ihr die Tasse.

»Nick hat gerade angerufen, Siggi. Bleibt bei zehn Uhr. Und Ayaz braucht einen Pflichtverteidiger.«

Ich zog die Augenbrauen hoch. »Wieso? Übernimmt Rechtsanwalt Schedel nicht?«

»Angeblich ist der heute verhindert. Du sollst einen Pflichtverteidiger bestellen.«

Das konnte nur bedeuten, dass Yildiz den Rechtsanwalt angewiesen hatte, die Füße still zu halten. Wahrscheinlich war es Schedel ganz recht, nicht zwischen Yildiz und Ayaz zu geraten. Zumal er sich ausmalen konnte, was Yildiz mit Ayaz anstellen würde, wenn er ihn in die Finger bekam.

»Ruf doch bitte Oli Bollmann an und frag, ob er Ayaz' Pflichtverteidigung übernehmen kann.«

Bine nickte und wollte zum Hörer greifen, als das Telefon klingelte. Sie nahm ab und meldete sich.

»Guten Morgen, Uli … Ja, Augenblick, er steht gerade hier.« Bine hielt mir den Hörer hin. »Uli Nussbaum.«

»Ich gehe ins Büro. Stell bitte rüber.« Mit der Kaffeetasse in der Hand eilte ich über den Flur und schloss meine Bürotür auf. Das Telefon klingelte bereits. Ich setzte mich an den Schreibtisch und nahm den Hörer ab.

»Morgen, Siggi. Ich habe gerade von Nick den Bericht bekommen. Du bist ja im Bilde. Bei Cedric ist ein Haftbefehl kein Problem, der steht unter laufender Bewährung.« Uli machte eine Pause. »Aber bei Ayaz wird es dünn. Ein Kilogramm Marihuana ist nicht gerade die Welt. Ayaz hat einen festen Wohnsitz. Und offiziell auch einen Job. Als Geschäftsführer der Shishabar. Fluchtgefahr ist also sehr gering. Auf welchen Haftgrund soll ich meinen Antrag stützen? Verdunkelungsgefahr? Kaum. Wiederholungsgefahr? Zu wenig Anhaltspunkte.«

Da hatte Uli leider recht. Und ich hatte nicht vor, um den heißen Brei herumzureden.

»Auf den Haftgrund des übergesetzlichen Arschlochs.«

Uli lachte laut.

»Ich weiß, dass es dünn ist, Uli. Andererseits haben wir die Telefonüberwachungsprotokolle, aus denen hervorgeht, dass Ayaz schon länger dealt. Eine Wiederholungsgefahr lässt sich also mit gutem Grund annehmen.«

Der Staatsanwalt schwieg und dachte nach. Dann schnaufte er.

»Ich stelle den Antrag.«

Darauf hatte ich gehofft. Aber ich war meinem alten Freund noch etwas schuldig.

»Hör mal, Uli. Jakob hat von eurem Vize die ausdrückliche Anweisung bekommen, das Verfahren zu beenden. Wahrscheinlich hat Rechtsanwalt Schedel da die Finger im Spiel und seinen alten Freund, den Justizminister, um einen Gefallen gebeten. Deshalb hat Nick auch dich angerufen. Und nicht Jakob. Die Sache ist also schon ein bisschen heiß.«

Das musste Uli wissen. Er konnte durchaus Schwierigkeiten bekommen, wenn er sich in Jakobs Verfahren einmischte, das darüber hinaus der Justizminister beendet sehen wollte.

»Siggi? Die Verbindung ist schlecht. Da war gerade so ein Knacken in der Leitung. Falls du mich noch hören kannst: Ich stelle den Antrag.«

»Danke, Uli.«

»Ah! Jetzt höre ich dich wieder gut. Ist schon seltsam mit dem Telefon. Mach es gut!«

Uli legte auf. Ich hatte den Hörer kaum wieder aus der Hand gelegt, da klingelte mein Telefon erneut, und die Nummer des Kriminalkommissariats leuchtete im Display auf.

»Grüß dich, Nick! Lange Nacht gehabt?«

»Soll uns bei der Polizei ja auch nicht langweilig werden.« Nick klang tatsächlich etwas müde. »Die beiden Niederländer sind noch nicht vernommen. Wir warten noch auf den Dolmetscher. Die werden wir dir erst morgen bringen können. Aber Ayaz und Cedric kannst du haben.«

»Na dann mal los, bevor der Haftbefehl kalt wird.«

Nick lachte. »Mit wem willst du anfangen?«

»Ist mir eigentlich egal.« Ich tat so, als würde ich überlegen, dabei war es für meinen Plan elementar, dass mir Cedric zuerst gebracht wurde. Schließlich sagte ich: »Lass uns mit Cedric anfangen. Ist vielleicht geschickter, bevor wir Ayaz vernehmen.«

»Alles klar. Ist unterwegs.«

Bis jetzt lief alles wie am Schnürchen. Aber der schwierige Teil stand erst noch bevor.

51

Wer die Abläufe einer Behörde kennt, der kann sie leicht ein wenig zweckentfremden. Zum Beispiel führt es bei der Jahresgeschäftsprüfung eines Gerichts zu mehrstündiger Schnappatmung und Kammerflimmern, wenn zu viel Geld auf den Konten ist. Zu viel Geld ist tatsächlich schlimmer als zu wenig. Als ein Freund von mir, Fachanwalt für Wohnungseigentumsrecht, von dieser Eigenheit erfuhr, eröffnete er ein Konto auf den Namen seiner Freundin, um regelmäßig kleine Beträge von einem Euro dreizehn an die Gerichte zu überweisen, über die er sich geärgert hatte. Nette Idee. Nun sollten die starren Abläufe in unserem Haus mir dabei helfen, einen Mord zu begehen, ohne dass irgendein Verdacht auf mich fallen würde.

Um kurz vor zehn klopfte es an meiner Bürotür, und Micha Petri steckte den Kopf herein. Micha war der Chef unserer Wachtmeisterei und konnte in jedem Sitzungssaal sofort für Ruhe sorgen. Zwei Meter groß und mehr als zwei Zentner schwer, ehemaliger Fallschirmjäger, Schwarzgurt-Judoka. Ich hatte es einmal erlebt, wie ein festgenommener Ladendieb aus der Zellentür rannte, kaum dass diese geöffnet worden war. Er sprintete über den Gang und blickte sich um, weshalb er Micha übersah, der gerade um die Ecke kam. Er prallte gegen den Wachtmeister und zwei Meter zurück, wo er zu Boden fiel. Bei Micha sah man während des Zusammenpralls etwa dieselbe Regung wie bei einer massiven Stahlbetonmauer. Micha blickte mit einem überraschten Gesicht auf den am Boden liegenden Ladendieb, der immer noch nicht ganz wusste, was ihm passiert war, und brummte ein tiefes und erstauntes: »Hoppala!« Dann ging er zu dem Ausreißer, griff dessen Hosenbund und trug ihn mit einer Hand und ohne dass seinem Gesicht die kleinste Anstrengung anzusehen war zurück in die Zelle.

»Die Polizei fährt gerade im Hof vor.«

»Danke, Micha. Sobald der Verteidiger da ist, können wir anfangen.«

Kaum hatte der Wachtmeister mein Büro verlassen, stand Duracell in der Tür. Ihr Blick funkelte. Sie hatte mir anscheinend nicht verziehen, dass ich ihr freundlich erklärt hatte, wohin sich der Präsident seine Bitte stecken konnte.

»Herr Buckmann. Sie müssen ja wissen, was Sie tun.«

Ich lächelte.

»Exakt. Das weiß ich auch.«

Duracell überging die Bemerkung. »Falls noch etwas ist, ich bin heute lange im Büro. Wie immer, Herr Buckmann.«

Und ob noch etwas sein würde. Aber das konnte ich ihr jetzt schwerlich erklären.

Zehn Minuten später saß ich im Sitzungssaal. Auf der Anklagebank hockte Cedric, die Hände weiterhin in Handschellen. Hinter ihm saß Micha, die kräftigen Arme entspannt vor der Brust verschränkt, und neben ihm Rechtsanwalt Klaus Mitter, ein Strafverteidiger aus dem Bezirk.

Ich nahm die Personalien von Cedric auf, belehrte ihn über seine Rechte und schilderte den Tatvorwurf.

»Die Staatsanwaltschaft beschuldigt Sie also, heute früh gegen halb zwei gemeinschaftlich mit Herrn Ayaz mit Betäubungsmitteln in nicht geringer Menge unerlaubt Handel getrieben zu haben.« Ich lehnte mich zurück, nahm die Brille ab und musterte Cedric. »Möchten Sie etwas dazu sagen?«

Rechtsanwalt Mitter übernahm das Wort.

»Mein Mandant hat die Belehrung und den Tatvorwurf verstanden. Er wird heute keine Angaben zur Sache machen. Ich möchte …« Weiter kam der Rechtsanwalt nicht.

»Und ob ich Angaben zur Sache mache«, unterbrach ihn Cedric.

»Einen Moment bitte, Herr Vorsitzender«, sagte der Verteidiger in meine Richtung gewandt. Ich nickte, und er lehnte sich zurück, um mit Cedric zu flüstern. Dann blickte der Rechtsanwalt resigniert wieder zu mir.

»Mein Mandant möchte etwas sagen – gegen meinen ausdrücklichen Rat«, erklärte er missmutig.

Ich blickte Cedric auffordernd an. »Ja, bitte!«

»Das stimmt so, Herr Richter. Aber nicht mit Ayaz zusammen. Das war allein meine Idee. Herr Ayaz wusste gar nichts von dem Marihuana. Ich hatte die Tasche ins Auto gelegt und ihm nichts davon gesagt.« Cedric wollte für seinen Chef die Kastanien aus dem Feuer holen und nahm die Schuld allein auf sich. Wenn das zwischen den beiden verabredet war, konnte es schwer zu beweisen sein, dass Ayaz etwas mit den Betäubungsmitteln zu tun hatte. Vor allem, weil Ayaz zu erfahren war, um Fingerabdrücke an dem Marihuana zu hinterlassen.

»Das macht es der Staatsanwaltschaft leichter.« Ich blickte Sabine an, die das Geständnis gerade ins Protokoll tippte.

»Und mir schwerer«, brummte Rechtsanwalt Mitter.

Ich wandte mich wieder Cedric zu und fixierte ihn.

»Wo wollten Sie denn hin, als die Polizei Sie aufgehalten hat?«

»Wir sind spazieren gefahren«, antwortete Cedric.

»Um halb zwei Uhr morgens?«, fragte ich wenig überzeugt.

»Gibt doch kein Gesetz, das das verbietet, oder?« Cedric wurde patzig.

»Nur, wenn man dabei Marihuana mit sich herumfährt.«

Cedric schwieg. Ich setzte nach.

»Warum hatten Sie das Gras bei der Spazierfahrt dabei?«

»Sie stellen gute Fragen«, reagierte Cedric ausweichend.

»Eine meiner beiden Stärken: Ich trinke Kaffee und frage Dinge. Also, warum?«

»Damit es nicht gestohlen wird.« Langsam reagierte er gereizt.

»Von wem?«

»Von … von … Einbrechern!« Jetzt wurde sein Tonfall aggressiv. Micha bemerkte das und setzte sich aufrechter hin, sodass er jederzeit aufspringen und eingreifen konnte.

»Ja, schlimm, man kann keinem Menschen mehr trauen.« Ich zog einen vorbereiteten Haftbefehl auf typisch rotem Papier aus der Akte.

»Ich ordne gegen Sie die Untersuchungshaft an«, erklärte ich Cedric, verlas den Haftbefehl und belehrte ihn über seine Rechte.

»Wo komme ich jetzt hin?«, wollte Cedric wissen.

»JVA Neustadt«, antwortete ich knapp. »Und ich ordne ausdrücklich die Trennung von Ayaz an.«

Cedric blickte mich wütend an und schimpfte los.

»Wieso Ayaz? Ich habe doch gerade gesagt: Ayaz hat nichts damit zu tun. Sind Sie taub?«

»Nein, aber auch nicht blöd. Tschüss.«

Das war das Zeichen für Micha, der Cedric unsanft am Arm hochzog und aus dem Saal führte. Bine druckte das kurze Protokoll aus und legte es mir zur Unterschrift vor. Ich überflog die beiden Seiten und unterzeichnete.

Micha kam wieder zurück in den Gerichtssaal. »Die Polizei hat gerade den Zweiten gebracht. Ich habe schon den Gefangenentransporter bestellt. Wenn du dich beeilst, können die beide auf einmal mitnehmen.«

»Die werden zweimal fahren müssen. Ich mache jetzt Mittagspause.« Ich erhob mich von meinem Platz.

Sabine blickte mich entgeistert an. »Wir haben halb zwölf!«

»Und ich habe Hunger.« Ich schob meinen Stuhl an den Tisch.

»Hallo. Hast du eine Minute?« Oliver Bollmann steckte den Kopf zur Tür herein.

»Natürlich. Komm rein.«

»Habe ich richtig verstanden? Du willst mich als Pflichtverteidiger für Ercan Ayaz bestellen?«

»Ja. Außer, du hast Bedenken.«

Bollmann trat näher und stellte seine Aktentasche auf die Anklagebank.

»Was ist denn mit Rechtsanwalt Schedel? Soweit ich weiß, vertritt er Ayaz.«

»Rechtsanwalt Schedel hat durch seine Kanzlei ausrichten lassen, keine Zeit für den Fall zu haben.«

Bollmann zog die Augenbrauen hoch und pfiff durch die Zähne.

»Oha. Das ist stark. Dann muss ich erst einmal mit Ayaz reden.«

»Natürlich. Er sitzt oben in Zelle zwei. Geh doch mit Micha schon mal rauf. Nimm dir so viel Zeit, wie du brauchst. Ich mache jetzt Mittag. Bin um halb zwei zurück.«

Ich schob mich an Micha vorbei, klopfte ihm mit der Hand auf die Schulter und ließ die drei zurück im Gerichtssaal.

»Was ist denn mit dem los?«, hörte ich Oliver noch leise sagen und konnte mir die verblüfften Gesichter von Bine und Micha gut vorstellen.

Gegen zwei Uhr kehrte ich von einem ausgedehnten Mittagessen zurück und erfuhr vom Chef der Wachtmeisterei, dass Cedric bereits in die Vollzugsanstalt gebracht worden war. Als ich den Gerichtssaal betrat, saß Bine bereits ungeduldig hinter ihrem Computerbildschirm.

»Hat es geschmeckt?«, fragte sie bissig.

»Danke, das hat es. Der Glaskasten hat momentan ein Angebot für ein komplettes Mittagsmenü. Als Vorspeise Minestrone, dann Saltimbocca alla romana und als Nachspeise Pannacotta mit Erdbeersoße. Dazu einen Espresso.« Ich setzte mich entspannt auf den Richtertisch und seufzte zufrieden. Dann schaute ich Sabine auffordernd an. »Können wir nun endlich?« Den Seitenhieb konnte ich mir nicht verkneifen.

»Von mir aus schon längst!« Sabine war sichtlich gereizt. Und das völlig zu Recht. »Fährt der auch ein? Oder lässt du ihn laufen?«

»Ach, weißt du. Jetzt ist er schon mal hier, da können wir ihn auch einsperren«, antwortete ich und nahm hinter dem Richtertisch Platz.

»Wo kommt der hin?«

Ich blickte in die vor mir liegende Akte und tat so, als würde ich konzentriert den Bericht lesen. »JVA Neustadt.«

Sabine stutzte.

»Neustadt? Du hast doch Cedric nach Neustadt geschickt. Und eine Trennung angeordnet. Dann kann Ayaz nicht nach Neustadt.«

Da hatte Bine absolut recht. Um sicherzugehen, dass sich Mittäter nicht absprechen, werden sie in getrennten Vollzugsanstalten untergebracht. Für unsere Gefangenen ist die Vollzugsanstalt Neustadt zuständig. Aber wenn eine Trennung angeordnet wird, dann kommt der zweite Häftling in die JVA Großdorf, also in genau die Vollzugsanstalt, in der Özman Yildiz seine Strafe absaß. Das wusste ich. Und das wusste auch Bine.

»Mach bitte ein Aufnahmeersuchen für die JVA Neustadt fertig, Bine«, sagte ich mit Nachdruck. Ich wollte auch Sabine nicht in meinen Plan einweihen. Nicht etwa, weil ich Angst hatte, sie würde sich weigern. Ich hatte eher Sorge, dass sie mich unterstützen würde. Dann hätte sie sich der Beihilfe zum Mord strafbar gemacht.

»Da wird sich doch spätestens der Fahrdienst beschweren!« Bine ließ nicht locker. Und hatte natürlich auch mit diesem Einwand recht. Die für den Transport der Häftlinge zuständigen Vollzugsbeamten achteten peinlich genau auf die Weisungen des Haftrichters. Wenn ich eine strikte Trennung der Mittäter anordnete, dann verlangten sie zu Recht, dass ich sie in zwei unterschiedliche Vollzugsanstalten einwies.

»Dann kann es immer noch geändert werden. Und jetzt mach bitte, was ich gesagt habe!« Den kühlen und schroffen Tonfall war Sabine von mir nicht gewohnt.

»Das weiß ich auch.« Bine war etwas eingeschnappt. »Irgendwie bist du heute komisch, Siggi«.

Ja, so komisch, wie man halt ist, wenn man gerade einen Mord begeht.

52

Auf diesen Moment hatte ich lange warten müssen. Zum zweiten Mal saßen Ayaz und ich uns gegenüber. Für einen Mann in Handschellen, dem ein Strafverfahren wegen Handeltreibens mit Betäubungsmitteln drohte, machte er einen auffällig entspannten Eindruck. Fast etwas gelangweilt saß er neben Rechtsanwalt Bollmann und hörte meinen Ausführungen mit einem selbstbewussten Lächeln zu.

»Möchte Ihr Mandant etwas sagen?« Im Sitzungssaal sprachen Oli und ich uns stets förmlich an. Oli neigte sich nach vorn.

»Mein Mandant bestreitet den Vorwurf ganz entschieden. Er wusste nichts von den Betäubungsmitteln in der Reisetasche. Die Tasche lag schon im Auto, als er einstieg. Mein Mandant geht davon aus, dass sein Bekannter Cedric die Tasche ins Auto gelegt hat. Weitere Angaben werden vor Einsicht in die Ermittlungsakte nicht gemacht.« Also war zwischen Cedric und Ayaz abgesprochen, dass Cedric die volle Schuld auf sich nehmen und seinen Boss entlasten sollte.

»Das stimmt mit dem überein, was Cedric in seiner Vernehmung gesagt hat«, erklärte ich. Ayaz' selbstbewusstes Lächeln verwandelte sich in ein selbstzufriedenes Grinsen. Das

Grinsen verschwand jedoch etwa ein bis zwei Sekunden, nachdem ich den vorbereiteten Haftbefehl aus der Akte zog und begann, ihn zu verlesen.

»... wird die Untersuchungshaft angeordnet. Er wird beschuldigt, gemeinsam mit ...«

»Haben Sie was an den Ohren?«, brüllte Ayaz.

Es gibt zwei Möglichkeiten, auf einen unverschämten Zwischenruf eines Beschuldigten zu reagieren. Ich entschied mich ausnahmsweise für die andere.

»Wieso?«, fragte ich freundlich und mit einem Blick, den kein Wässerchen trüben konnte.

»Ich habe doch gesagt, ich habe keine Ahnung von dem Zeug gehabt. Und Cedric hat das bestätigt.« Sein Kopf war hochrot.

»Ja, das ist richtig«, sagte ich zustimmend und fügte mit ahnungslosem Gesicht hinzu: »Und?«

»Warum wollen Sie mich dann in Haft nehmen?« Ayaz schnaubte immer noch vor Wut, war mittlerweile aber auch etwas verwirrt.

»Ach so!« Ich schüttelte lächelnd den Kopf. »Jetzt verstehe ich Sie! Das tut mir leid. Hatte ich Ihnen das Gefühl gegeben, ich würde Ihnen glauben? Das wäre mir reichlich unangenehm.«

Ayaz wusste nicht, was er sagen sollte. Die angenehme Stille nutzte ich, um den Rest des Haftbefehls zu verlesen. Bollmann regte an, den Haftbefehl gegen Kaution außer Vollzug zu setzen. Ich lehnte ab.

»Sie kommen jetzt in die JVA Neustadt«, erklärte ich ihm und unterschrieb das Aufnahmeersuchen. »Ich ordne die strikte Trennung von ihrem ... Bekannten an.«

»Mein Mandant hat mich gebeten, Beschwerde gegen den

Haftbefehl einzulegen, was ich hiermit tue. Ich bitte, dies zu Protokoll zu nehmen.« Oliver tat seine Pflicht wie immer gewissenhaft.

»Kommt ins Protokoll«, sagte ich und blickte zu Bine hinüber, die, ohne von ihrem Bildschirm aufzusehen, nickte und in ihre Tastatur tippte.

Ayaz stand auf und wurde von Micha aus dem Saal geführt. An der Tür blieb er noch einmal stehen, drehte sich langsam um und sah mich an.

»Wir sehen uns wieder, Herr Buckmann.« Nein, tun wir nicht, aber das weißt du jetzt noch nicht.

»Wenn Sie das sagen«, antwortete ich lächelnd.

Dann verschwanden Micha und Ayaz.

Ich unterschrieb das von Bine ausgedruckte Protokoll und verabschiedete mich.

»Ich bin jetzt weg. Wenn noch irgendetwas sein sollte, ruf mich auf dem Handy an. Duracell ist für Notfälle auch noch im Haus. Wenn du also irgendeine Unterschrift brauchst, weißt du Bescheid.« Es konnte ja immerhin sein, dass ich nicht erreichbar sein würde.

Ich ging ins Büro und schaltete den Computer und meinen Kaffeeautomaten aus. Dann deponierte ich sorgfältig mein Smartphone auf dem Schreibtisch und schlug eine Akte darüber auf, sodass es aussah, als hätte ich das Telefon darunter vergessen.

TEIL DREI

53

Ayaz wachte auf und brauchte ein paar Sekunden, um zu begreifen, wo er sich befand. Dann kehrte die Erinnerung an den gestrigen Tag wieder zurück. Treffen mit dem Holländer. Stoff übernommen. Dann die Festnahme. Die Vorführung im Gericht. Dann der Transport, nicht nach Neustadt, sondern nach Großdorf. Der Richter musste einen Fehler gemacht haben. Ayaz schwor sich, dass es sein letzter Fehler gewesen sein sollte. Niemand legte sich mit ihm an. Der Richter hatte eine hübsche Tochter. Mit ihr würde er sich auch beschäftigen. Wie mit Chantal. Ayaz richtete sich auf und setzte sich auf die Kante der unbequemen Pritsche, auf der er geschlafen hatte. Die Zellen für die Untersuchungsgefangenen waren karg eingerichtet. Ein Bett, ein Tisch, ein Stuhl. Waschbecken und Toilette in demselben Raum. Hier in Großdorf würde er es leicht haben. Sein alter Freund Özman Yildiz saß hier ein. Ayaz würde ihn aufsuchen und mit ihm sprechen. Und dann dieser verfluchte Rechtsanwalt. Wofür bezahlten sie Schedel, wenn der nicht mal erschien, um bei seiner Vorführung dabei zu sein? Schedel würde auch Besuch von ihm bekommen, sobald er wieder draußen wäre. O ja, er hatte viel mit Yildiz zu besprechen.

Nach einer Stunde wurde die Zellentür aufgeschlossen. Zusammen mit den anderen Gefangenen wurde Ayaz in den großen Speisesaal geführt. An langen Tischen saßen je acht Häftlinge auf Bänken und frühstückten. Jeder hatte ein Tablett vor sich, darauf ein Becher mit Kaffee, zwei Scheiben Brot, Butter, Wurst und ein Apfel. Ayaz stellte sich in die Schlange an der Essenausgabe und überflog den Raum. Am anderen Ende des Saales konnte er Yildiz ausmachen, der mit sechs Männern, die nicht weniger kräftig gebaut waren als er, an einem Tisch saß. Es war sofort zu erkennen, dass Yildiz derjenige war, der das Sagen hatte.

Als Ayaz an der Reihe war, nahm er sich das Tablett und ging zufrieden und selbstbewusst auf Yildiz' Tisch zu. Er hatte einen freundlichen Empfang erwartet. Aber die Männer sahen ihn grimmig an. Yildiz blickte nicht einmal auf.

»Hallo, Özman«, grüßte Ayaz seinen alten Boss. »Wie geht es dir?«

Langsam hob Yildiz den Blick von seinem Tablett und richtete ihn auf Ayaz. Ein Lächeln war auf seinem Gesicht zu erkennen. Allerdings nur um den Mund herum. Seine Augen wirkten eiskalt.

»Setz dich!« Die Worte klangen nicht wie ein freundliches Angebot, sondern eher wie ein Befehl. Ayaz gehorchte und setzte sich auf den einzigen freien Platz. An Yildiz' linke Seite.

»Ich muss mit dir reden, Özman.« Ayaz blickte Yildiz an.

»So? Na, dann ist es wohl meine Pflicht, dir zuzuhören. Wenn du mit mir reden musst«, antwortete Yildiz höhnisch.

»Pass auf. Wir haben ein Problem. Ein Richter versucht, unsere Organisation auffliegen zu lassen. Gestern hat er Cedric und mich eingesperrt. Der steht ganz oben auf meiner Abschussliste. Und ich glaube, Rechtsanwalt Schedel steckt da auch mit drinnen. Der hat sich nicht gerührt, als ich verhaftet wurde. Vielleicht hat er sich kaufen lassen. Es riecht nach Verrat.«

»Stimmt, es riecht nach Verrat«, sagte Yildiz und schnüffelte. »Und mit Verrätern kennen wir uns aus, nicht wahr, Ercan? Ein Verräter hat mich hier reingebracht. Aber Verräter haben oft ein Problem. Sie verraten sich irgendwann selbst.«

Yildiz nickte zwei Häftlingen zu, die ihm gegenübersaßen. Die beiden Männer standen auf, nahmen wortlos ihr Tablett und verließen den Tisch.

»Soll das heißen, du weißt, wer dich damals verraten hat?«, fragte Ayaz ahnungslos und bemerkte nicht, dass Yildiz mit der rechten Hand in seine Hosentasche fasste.

»Ja. Mittlerweile weiß ich es.« Yildiz lächelte zufrieden.

»Das muss doch jemand gewesen sein, der unsere Organisation gut kennt.«

»Richtig.« Yildiz' Unterarmmuskeln spannten sich an, als würde seine Hand einen Gegenstand in der Hosentasche umklammern.

»Und jemand, der davon profitiert, dass du eingesperrt wirst.«

»Ebenfalls richtig.« Yildiz begann allmählich, die Hand aus der Hosentasche zu ziehen.

In diesem Moment fiel laut krachend ein Tablett zu Boden. Ayaz blickte sich erschrocken um. Einer der beiden Männer, die soeben noch mit ihnen am Tisch gesessen hatten, stand in der Mitte des Raumes, sein Tablett lag vor ihm auf dem Boden.

»Pass doch auf, du Arschloch!«, schnauzte er den anderen Mann an, der gemeinsam mit ihm vor ein paar Sekunden von Yildiz' Tisch aufgestanden war.

Der andere ließ nun ebenfalls laut krachend das Tablett fallen und machte einen Schritt auf sein Gegenüber zu. Der sprang seinen Kontrahenten an und nahm ihn in den Schwitzkasten. Mit lauten Beschimpfungen gingen die beiden zu Boden. Und zogen die Aufmerksamkeit des gesamten Raumes auf sich.

»Mann, Özman! Du solltest deine Männer besser im Griff haben. Die arbeiten doch beide für dich«, sagte Ayaz, während er die Schlägerei beobachtete.

»Ich habe meine Leute im Griff. Und ja, sie arbeiten beide für mich. Jetzt auch. Nennt sich Ablenkung.«

Ayaz begriff zu spät. Da traf bereits die kaum sieben Zentimeter lange Klinge mit Wucht seine rechte Körperseite, durchstach mit Leichtigkeit zuerst die Haut, dann die Muskulatur des Oberbauches und punktierte seine Leber. Blitzschnell zog Yildiz das kalte Metall wieder heraus, um es sogleich erneut in das empfindliche Organ zu stechen. Und noch mal. Und noch mal. Insgesamt sieben Stiche versetzte Yildiz dem Mann, den er für den Verrat verantwortlich machte. Ayaz schrie auf, griff sich an die Stelle, wo das Messer in seinen Körper eingedrungen war, und spürte die warme, feuchte Kleidung. Erschrocken zog er die Hand zurück und blickte auf die Innenfläche. Dunkelrotes, fast schwarzes Blut klebte daran. Ein Blick nach unten verriet ihm, dass er eine Menge Blut verlor. Der zunächst kleine dunkelrote Fleck breitete sich mit erschreckender Geschwindigkeit aus. Ayaz krümmte sich vor Schmerz, schrie um Hilfe. Seine Schreie gingen unter in der jubelnden Menge, die der vermeintlichen Schlägerei gebannt folgte. Ayaz stand mühsam auf, schleppte sich noch ein paar Meter weiter in Richtung des nächsten Aufsehers und brach zusammen. Es ging sehr schnell. Als der

Anstaltsarzt nur wenige Minuten später eintraf, hatte der Blutverlust schon eine leicht bläuliche Färbung der Haut verursacht. Ayaz war tot.

Obwohl die Todesursache recht eindeutig war – Ayaz starb an und mit Messer –, gestalteten sich die anschließenden Ermittlungen anfänglich etwas schwierig. Vor allem deshalb, weil die DNA von mindestens zehn Häftlingen auf dem Griff des Messers festgestellt wurde, das immer noch in Ayaz' Leber verweilte. Erst im Verlauf der Vernehmungen verstrickten sich Yildiz' Leute zunehmend in Widersprüche. Schließlich gestand Yildiz, der von Rechtsanwalt Schedel verteidigt wurde, den Angriff auf Ayaz. Weil jedoch die Hintergründe nicht aufgeklärt werden konnten, ging die Polizei davon aus, dass es sich um einen Streit zwischen Ayaz und Yildiz gehandelt hatte, der eskaliert war. Deshalb wurde Yildiz nur wegen Totschlags angeklagt. In dem darauffolgenden Prozess sagten Yildiz' Männer aus, dass Ayaz sich sehr aggressiv verhalten habe, als er an den Tisch gekommen sei und Yildiz provoziert habe. Letztlich wurde Yildiz nur zu einer Freiheitsstrafe von sieben Jahren verurteilt. Auf den Gedanken, dass Ayaz nicht versehentlich nach Großdorf verlegt worden war, kam während des gesamten Strafprozesses übrigens niemand.

Wie es mein alter Strafrechtsprofessor gesagt hatte: Unser Rechtssystem mag es schnell und einfach. Den Mörder hinter dem Mörder sucht keiner.

54

Am nächsten Morgen kam ich später als sonst ins Gericht. Ich war gespannt, ob alles gut gegangen war. Das implizierte, dass Ayaz tot sein sollte. Ich hatte die Tür zu meinem Büro im ersten Stock noch nicht erreicht, da hörte ich schon Duracell mit wie immer viel zu schnellen Schritten die Treppe herabeilen.

»Da sind Sie ja endlich!«, rief sie aufgeregt. »Ich habe Sie mindestens fünf Mal angerufen!« Tatsächlich waren es dreizehn Anrufe, wie ich später feststellte.

»Ich muss mein Handy gestern im Büro liegen gelassen haben«, antwortete ich und schloss meine Bürotür auf. Es war mir sehr recht, dass Duracell dabei war, wenn ich mein Handy »wiederfand«. »O ja, da liegt es ja. So ein Glück. Ich dachte schon, ich hätte es verloren!«, sagte ich mit gespielter Erleichterung, als ich die Akte auf dem Schreibtisch zuschlug, unter der das Smartphone deponiert war. Duracell folgte mir in das Büro. Ich nahm das Handy erst in die Hand, nachdem sie es gesehen hatte. »Was wollten Sie denn von mir?«

Duracell schloss die Tür. Dann platzte es aus ihr heraus: »Ercan Ayaz, den Sie gestern in Haft genommen haben, ist tot!«

»Ach?«, erwiderte ich. Özman Yildiz war ein Mann der Tat. Das musste man neidlos anerkennen. »Das ging ja schnell.«

Duracell machte ein verdutztes Gesicht. »Was meinen Sie damit?«

»Dass uns die Vollzugsanstalt schon jetzt informiert hat. Wissen Sie noch? Bei dem Selbstmord im vergangenen Jahr hat es fast eine Woche gedauert, bis man uns Bescheid gegeben hat.« Duracell schluckte die Ausrede. Wahrscheinlich war sie in Gedanken schon wieder ganz woanders. Ich blickte sie grübelnd an. »Ich habe Ayaz gar nicht für so labil gehalten. Hätte ich gewusst, dass er selbstmordgefährdet ist …«

Duracell unterbrach mich. »Selbstmordgefährdet? Er wurde ermordet!«

»Nein?!« Louis de Funès wäre stolz auf mich gewesen.

»Von einem gewissen Herrn Özman Yildiz. Ein früherer Bandenchef.«

»Das kann nicht sein!« Im Nachhinein bin ich der Auffassung, meine Darstellung hätte mir mindestens eine Golden-Globe-Nominierung einbringen müssen.

»Wieso nicht?«

Belehrend hob ich den Zeigefinger.

»Yildiz sitzt in der JVA Großdorf. Warm und trocken. Und ich bin absolut sicher, dass ich Ayaz in die Vollzugsanstalt Neustadt geschickt habe. Das kann ich beschwören!« Ich blickte Duracell an. Es ist erstaunlich, wie bleich manche Menschen in Sekundenbruchteilen werden können.

»Ayaz kam nicht nach Neustadt … er war … in Großdorf«, sagte sie so langsam und angenehm leise, wie ich es ihr niemals zugetraut hätte.

Jetzt kam das große Finale »Was?«, rief ich entsetzt. »Das

kann nicht sein. Ich habe ihn nach Neustadt geschickt! Da bin ich mir absolut sicher!« Bis gerade hatte ich mich gefragt, ob Duracells Gesicht noch weißer werden könnte. Ja, es konnte.

»Ja, aber ich …«, begann sie kleinlaut.

»Was, Sie? Haben *Sie* ihn dahin geschickt?« Ich blickte sie fassungslos an. *Fifty shades of grey* war gestern, hier konnte ich hundert Schattierungen von Weiß beobachten. Gerade bildete Duracells Gesicht den Übergang von kalkweiß zu leichenblass.

»Sie waren ja nicht zu erreichen. Ihr Handy … ich habe es ein paarmal versucht … und da …« Duracell beendete den Satz nicht. Sie tat mir fast ein bisschen leid. Aber auch nur fast.

Ich hätte das amüsante Gespräch mit Duracell gern weitergeführt, aber leider wurden wir unterbrochen. Frau Ansen, die Vorzimmerdame des Direktors, klopfte an meine Zimmertür.

»Da sind Sie ja«, sagte sie in Richtung Duracell gewandt. »Ich suche Sie schon überall! Der Präsident hat schon zweimal angerufen. Er will Sie unbedingt sprechen. Wegen unseres Gefangenen.«

Duracell blickte mich verzweifelt an. Bekanntlich sagt ein Bild mehr als tausend Worte. Das Bild, das sich mir bot, sah so aus: Rücksichtslose, auf das eigene Vorwärtskommen fixierte Karrieristin erkennt, dass sich ihre Pläne für ein hohes Amt verabschiedet haben. Sie tat mir fast ein bisschen leid. Fast.

»Ich würde den Präsidenten in dieser Situation nicht warten lassen«, sagte ich und bemühte mich um einen väterlichen Tonfall. »Das verträgt er nicht so gut.«

»Was? Ach so … ja … Danke«, stammelte Duracell und verließ mit hängenden Schultern mein Büro.

Aber bitte! Man hilft ja gern …

55

Anhand der Sprachnachrichten auf meinem Smartphone und Sabines Bericht konnte ich rekonstruieren, was gestern geschehen war, nachdem ich das Gericht verlassen hatte:

Etwa gegen fünfzehn Uhr erschien der Gefangenentransporter mit zwei Vollzugsbeamten, die Ayaz in die JVA Neustadt überführen wollten. Micha Petri, der Chef unserer Wachtmeisterei, übergab den Vollzugsbeamten die Papiere.

»Das geht nicht«, stellte der ältere der beiden Beamten trocken fest, als er die beiden Aufnahmeersuchen überflogen hatte. »Wenn euer Haftrichter eine Trennung anordnet, können wir die nicht beide nach Neustadt bringen. Wir haben vorhin schon einen nach Neustadt gebracht. Der andere muss jetzt nach Großdorf.«

Micha zuckte mit den massigen Schultern und brummte: »Dann bringt den doch nach Großdorf.«

Der Vollzugsbeamte schüttelte energisch den Kopf.

»Das mache ich doch nicht ohne das richtige Formular. Da könnte ja jeder kommen.«

Micha rief auf der Geschäftsstelle an und erreichte Sabine, die soeben nach Hause gehen wollte.

»Mist!«, fluchte Sabine. Zu Recht. »Das habe ich Siggi gesagt. Der war heute irgendwie komisch. Ich kümmere mich darum.«

Nachdem Sabine erfolglos versucht hatte, mich auf meinem Handy zu erreichen, das sicher und trocken unter der Akte auf meinem Schreibtisch lag, wendete sie sich an Duracell.

Duracell hatte zunächst den brillanten Einfall, mich anzurufen. Hiervon konnte auch Sabine sie nicht abhalten, obwohl sie ihr versicherte, dies bereits mehrfach versucht zu haben. Duracell startete einen eigenen Versuch. Und noch einen. Und noch einen. Insgesamt waren es dreizehn Stück. Bei den letzten vier Anrufen hinterließ sie Sprachnachrichten auf der Mailbox.

»Herr Buckmann, bitte rufen Sie zurück, es ist dringend.« Danke für die Information, das wäre mir allein anhand der vorhergehenden neun Anrufe nicht in den Sinn gekommen.

»Herr Buckmann, ich habe schon ein paarmal versucht, Sie zu erreichen, bitte rufen Sie zurück.« Na, dann ist es wohl wirklich dringend. Das unterstreicht die Bedeutung des vorherigen Anrufes. Und seiner sämtlichen Vorgänger. Hat aber genauer betrachtet keinen neuen Informationsgehalt.

»Herr Buckmann, wenn Sie nicht in den nächsten fünf Minuten zurückrufen, werde ich eine Entscheidung treffen!« Oha, dann musste es sich tatsächlich um eine wichtige Angelegenheit handeln, die keinen weiteren Aufschub duldete.

Nachdem ich trotz des Telefonterrors das gesetzte Ultimatum hatte verstreichen lassen, traf Duracell eine Entscheidung. Genauer gesagt, fragte sie, wie Bine mir später schilderte, in einem hysterischen Tonfall, was sie jetzt tun sollte. Nachdem es ihr zunächst von den Wachtmeistern, dann von den Vollzugsbeamten und schließlich auch von Sabine im Einzelnen erklärt worden war, ordnete sie mit nur noch leicht zitternder Stimme an: »Sabine, bereiten Sie ein neues Aufnahmeersuchen für Ayaz vor! Für die Vollzugsanstalt Großdorf!«

»Habe ich schon längst«, zischte Sabine gereizt und legte ihr das Schreiben zur Unterzeichnung vor. Obwohl diese Standardformulare sehr übersichtlich sind, studierte Duracell es eine geschlagene Viertelstunde, bis sie sich endlich zur Unterschrift überwinden konnte. Möglicherweise hatte die geflüsterte Drohung eines der beiden Vollzugsbeamten motivierend gewirkt: »Wenn die alte Schachtel noch eine Minute länger braucht, erwürge ich sie mit ihrem Büstenhalter!«

Letztlich konnte Ayaz doch noch vor Mitternacht abtransportiert werden. Nach Großdorf.

56

Nervös rutschte Duracell auf dem unbequemen Stuhl hin und her, der vor dem großen Schreibtisch des Landgerichtspräsidenten stand. Die Vizedirektorin trug ihr bestes Kostüm. Unsicher blickte sie sich um. Mister Burns hatte ihr keinen Kaffee angeboten. Ein schlechtes Zeichen. Ebenso, dass der Präsident sie nicht in der Besprechungsecke des großen Dienstzimmers empfangen hatte. Obwohl die Ledersessel in dem scheußlichen Braunton auch nicht bequemer waren als der ungepolsterte Stuhl, auf dem sie jetzt wartete. Burns blätterte in Duracells Personalakte, die vor ihm auf dem Schreibtisch lag, ohne seine Kollegin eines Blickes zu würdigen. Endlich lehnte sich der Präsident in seinem schwarzen Chefsessel zurück, legte die Spitzen seiner dürren Finger aneinander und sah Duracell an.

»Sie wissen, warum ich Sie hergebeten habe?«

Das klang weniger wie eine Frage und mehr wie eine Feststellung. Duracell errötete ein wenig.

»Ich … äh … ich bin nicht sicher …«

»Der Herr Minister ist über Ihren Fehler sehr verärgert.«

»Meinen Fehler? Ich verstehe nicht.«

»Ihre Unterschrift ist auf dem Aufnahmeformular. Sie haben veranlasst, dass Herr Ayaz nach Großdorf gebracht wurde. In der Vollzugsanstalt Großdorf befand sich auch der ehemalige Geschäftspartner von Herrn Ayaz, der ihn dann ermordet hat.« Der Präsident machte eine Pause und blickte Duracell über seine zusammengelegten Fingerspitzen an. »Verstehen Sie jetzt?«

Duracell nickte kaum merklich.

»Die Presse ist an der Sache sehr interessiert. Sie wissen ja, die Wahlen stehen vor der Tür. Ein brutaler Mord in einer Vollzugsanstalt. Ein gefundenes Fressen für Journalisten. Der Minister befürchtet … wie sagt man … einen Shitstorm. Deshalb muss er nun reagieren und Konsequenzen ziehen. Ein Bauernopfer, wenn Sie so wollen.«

Der kalte Blick des Präsidenten ließ bei Duracell keinen Zweifel daran, wer der Bauer sein würde. Der Bauer in dem Spiel, das sie selbst gewählt hatte. Für das sie auf so vieles verzichtet hatte. Kinder, eine Familie. Und wofür?

»Kurz gesagt«, fuhr der Präsident fort und unterbrach Duracells Gedanken, »Sie haben einen Fehler gemacht. Sie müssen weg.«

»Was ist mit Buckmann?«, startete Duracell einen zaghaften Versuch, den Schwarzen Peter weiterzureichen.

»Sein Name steht nicht unter dem Aufnahmeformular«, entgegnete Mr. Burns kühl.

»Ich verstehe«, sagte sie. Ihre Stimme klang heiser.

»Das freut mich.« Der Präsident nahm ein Blatt Papier unter Duracells Personalakte hervor. »Vizedirektor Müller wird am Ende des Monats pensioniert. Sie werden sich auf die frei werdende Stelle bewerben.«

Duracell schluckte. »Aber … ich meine … sein Amtsgericht ist über zweihundert Kilometer von meinem Wohnort entfernt.«

Mr. Burns blickte sie mit fragendem Blick an. »Und?«

»Nichts.«

»Gut. Ich erwarte Ihre schriftliche Bewerbung morgen früh.«

»Ich verstehe«, antwortete Duracell.

Der Präsident wandte sich wieder den Unterlagen auf seinem Schreibtisch zu.

»Das wäre dann alles.«

Duracell erhob sich von ihrem Stuhl und strich ihr Kostüm glatt. Dann drehte sie sich um und ging zur Tür des Büros. Bevor sie das Dienstzimmer verließ, drehte sie sich in der geöffneten Tür noch einmal um.

»Werde ich von dort noch einmal an ein anderes Gericht zurückkommen können?«

Mr. Burns antwortete, ohne von seinem Schreibtisch aufzublicken.

»Schwer zu sagen.«

Nachdem Duracell sein Büro mit gesenktem Kopf verlassen hatte, wartete Mr. Burns noch einen Augenblick. Dann erhob er sich von seinem Bürostuhl, richtete die Krawatte und schloss sein Jackett. Er ergriff den Hörer des Telefons und wählte die Nummer zum Vorzimmer des Justizministers. Nach einem kurzen Freizeichen meldete sich die Sekretärin des Ministers.

»Ja, hier spricht ... ja, gut, ich warte.«

Einen Augenblick später knackte es in der Leitung, und Mr. Burns hörte die Stimme des Ministers.

»Und?«, fragte Seemann kurz angebunden.

»Guten Tag, Herr Minister. Die Sache ist erledigt. Wie befohlen.«

»Gut.« Seemann legte auf.

Mr. Burns hielt den Hörer noch kurz in der Hand, dann legte er ihn zufrieden auf die Station, schloss die Augen und atmete tief durch. Er griff in die Tasche seines Jacketts und holte ein Taschentuch hervor, mit dem er einige Schweißtropfen von seiner blassen Stirn abtupfte. Dieses Mal war der Kelch an ihm vorübergegangen.

57

Makroökonomie lautete der Titel des rot-weißen Buches, das die junge Frau mit den langen blonden Haaren in den Händen hielt. Sie saß auf einer kleinen Bank auf der Uferpromenade und war offensichtlich eine Deutsche. Nun, das fiel in der kleinen niederländischen Küstenstadt nicht weiter auf. Viele deutsche Touristen machten hier halt, um den malerischen Hafen mit den vielen Fischrestaurants zu besuchen.

Auch an diesem Spätsommertag waren die kleinen Lokale gut besucht, wofür nicht zuletzt der wolkenlos blaue Himmel sorgte. Die blonde Frau mit den verwaschenen Jeansshorts und dem schwarzen Trägertop hatte das Buch schon seit einigen Minuten nicht mehr angesehen. Stattdessen beobachtete sie amüsiert, wie zwei flachsblonde Jungen, höchstens sieben Jahre alt, zwischen der Kaimauer und dem Tisch vor einem Restaurant hin- und herliefen. Sie versorgten sich mit frischen Brotscheiben, die sie an die Fische im Hafenbecken verfütterten. Ihre Eltern beobachteten sie, während sie einen Kaffee schlürften und ab und zu die typischen Anweisungen besorgter Erzieher gaben. »Nicht zu nah an das Wasser!«, »Wenn ihr reinfallt, holt Papa euch nicht raus!«, »Am Ufer wird nicht gerannt!«

Nach einigen Minuten wollte die hübsche blonde Studentin die Lektüre ihres Buches wieder aufnehmen, da erregte eine Diskussion der beiden Jungen ihre Aufmerksamkeit.

»Das ist keine Boje«, sagte der Größere.

»Was denn sonst?«, fragte sein Bruder.

»Ein Stück Holz vielleicht.«

»Nee, das glaube ich nicht. Vielleicht eine dicke Qualle oder so.«

Die junge Frau legte das rot-weiße Buch neben sich und erhob sich von der Bank. Die beiden Jungen standen nur zwei Schritte vor ihr und lehnten sich gefährlich weit über die Kante der Kaimauer, während sie immer wieder mit den Fingern auf eine Stelle unter ihnen im Wasser zeigten.

»Na, was habt ihr beiden denn entdeckt?«, fragte sie interessiert und trat an den Rand der Ufermauer.

»Guck doch mal«, sagte der Kleinere der beiden. »Weißt du, was das ist?«

Er zeigte auf einen Gegenstand, der in den leichten Wellen auf und ab schaukelte wie eine Boje. Aber es war keine Boje. Das Material schien weicher zu sein. Es war aufgequollen und löste sich an einigen Stellen bereits auf. Das Ding war etwa anderthalb Meter lang und ... Die blonde Frau stieß einen markerschütternden Schrei aus. Die Jungen erschraken, machten einen Satz zurück und rannten in Richtung ihrer Eltern. Der Vater der beiden sprang auf und eilte wie einige andere Besucher der Uferpromenade zu der hübschen Frau, die noch immer wie angewurzelt am Rand des Hafenbeckens stand und in das Wasser starrte, die Hände vor den Mund gerissen.

»Was ist denn?«, rief der Vater der Jungen und ergriff die Schultern der jungen Frau. Dann folgte er ihrem Blick ins Wasser. »O mein Gott!«

Etwa zehn Minuten später bargen Beamte der niederländischen Polizei den seit mehreren Wochen im Wasser treibenden Körper einer jungen Frau, die nur noch anhand ihrer zahnärztlichen Unterlagen identifiziert werden konnte. Eine junge Deutsche, Chantal Weiler, die vor einigen Wochen in Deutschland verschwunden war und von der Polizei gesucht wurde. Sie hätte als Zeugin in einem Verfahren gegen ihren Freund aussagen sollen.

Das eingeleitete polizeiliche Ermittlungsverfahren zu den Todesumständen von Chantal Weiler wurde recht bald eingestellt. Unfall oder Selbstmord lautete das Ergebnis. Jedenfalls Tod ohne Fremdeinwirkung.

58

Und, wie läuft es mit Tobias?«

Der Einbruch in Kianas Wohnung lag jetzt sechs Wochen zurück. Mittlerweile war die Tür repariert und auf mein Drängen bei ihrem Vermieter, möglicherweise verbunden mit der ein oder anderen Drohung, auch verstärkt worden. Und mit einem Sicherheitsschloss versehen. Und einem Stahlriegel. Seitdem meine Tochter wieder in ihrer Wohnung schlief, telefonierten wir fast täglich miteinander. Mal rief der eine an, mal der andere. Na gut, um ganz ehrlich zu sein, rief meistens ich an. Eigentlich immer. Aber Kiana machte nie den Eindruck, als ob sie meine Anrufe stören würden.

»Und wie läuft es mit Tobias?«

»Ganz gut.« *Ganz* gut. Ich wurde hellhörig. Das war doch eine Einschränkung.

»Was heißt das? Habt ihr etwa Streit?« Ich versuchte, die freudige Erwartung nicht durchklingen zu lassen.

»Nein!« Schade.

»Aber weißt du, Papa …«, setzte Kiana vielversprechend an. »Ich weiß auch nicht so genau, was mit uns ist. Ich meine, ich finde ihn schon nett.«

Es fiel mir ausgesprochen schwer, ein lautes Jubeln zu

unterdrücken. Sie fand ihn *nett*. Das ist klasse. Denn *nett* ist langweilig. *Nett* ist öde. *Nett* ist der kleine Bruder von Sch...

»Du sagst ja gar nichts«, unterbrach Kiana meine fröhlichen Gedankengänge.

»Ich finde ihn auch nett.« Und das meinte ich ehrlich. Also nett wie der kleine Bruder von Sch...

»Aber«, fuhr Kiana fort, »ich glaube, auf Dauer ist das nichts mit ihm.«

»Och!« Zugegeben, das war unehrlich.

»Ich muss einmal mit Mama sprechen und fragen, was sie damals angestellt hat, um dich kennenzulernen.«

Es gibt Sätze, die klingen kitschig. Vielleicht sind sie das auch – ganz objektiv betrachtet. Aber welcher Vater möchte schon objektiv sein, wenn seine Tochter ihm ein Kompliment macht?

»Es war Glück«, antwortete ich, nachdem ich einen kleinen Kloß im Hals hinuntergeschluckt hatte. »Mein Glück. Ihr Glück. Unseres. Und dieses Glück haben wir noch immer.«

»Obwohl ihr euch getrennt habt?«, fragte Kiana etwas zweifelnd.

»Natürlich. Eine Trennung bedeutet nicht immer, dass man sich nicht mehr liebt. Im Gegenteil. Manchmal zeigt eine Trennung auch, wie sehr man den anderen liebt.«

Kiana überlegte einen Augenblick. Dann fragte sie: »Ob Mama dich auch noch liebt?«

»Sicher.«

»Du klingst so überzeugt. Woher ...?«

»Sie hat es mir gesagt.«

»Wann?«

»An dem Tag, als sie ausgezogen ist.«

Es entstand eine kurze Pause. Dann räusperte sich meine Tochter und sagte leise, aber mit fester Stimme:

»Ich habe dich lieb, Papa!«

»Und ich dich, meine Große!«

Wir beendeten das Telefonat. Gerade noch rechtzeitig, bevor mir die Tränen in die Augen schossen. Ich liebe Vater-Tochter-Momente. Und das war gerade einer, der sich in eine wunderbare Sammlung einfügen konnte.

»Du kommst zu spät.« Grisu sprang auf die Couch und stupste mich sanft an.

Erschrocken blickte ich auf die Uhr des Smartphones und sprang auf.

»Hast recht.« Rasch griff ich nach Autoschlüssel, Jacke und Geldbörse. Bevor ich aus der Wohnung eilte, rief ich Grisu zu:

»Bleib meinetwegen nicht auf!«

59

Der Tisch in dem Steakhouse, in dem ich bereits den Abend mit Kiana und ihrem missionarischen Veganer verbracht hatte, war für fünf Personen reserviert. Und alle fünf saßen bereits seit einer Stunde beisammen und unterhielten sich angeregt. Uli Nussbaum diskutierte mit Hamid über die Ausbildung der Juristen, während Bollmann und Hiller über die Vor- und Nachteile von einheimischen und amerikanischen Steaks sprachen. Jakob war bereits anderweitig verplant, was er sehr bedauerte – nicht zuletzt wegen der verführerischen Speisekarte des Steakhouse. Gerade verließ Uli zum zweiten Mal das Lokal, nur um direkt vor dem Eingang stehen zu bleiben. Das typische Artverhalten des gemeinen Rauchers. Ich folgte ihm, obwohl ich diesem Laster schon seit über zwanzig Jahren abgeschworen hatte. Aber an diesem Tag machte ich eine Ausnahme.

»Hast du auch eine für mich?«

Uli machte ein erstauntes Gesicht. »Klar.« Er fasste in die Jackentasche und holte seine Zigaretten heraus »Seit wann rauchst du wieder?«

»Nur ausnahmsweise. Danke.« Ich nahm eine Zigarette aus der geöffneten Schachtel. Uli reichte mir das Feuerzeug.

Ich zündete die Kippe an und nahm einen tiefen Zug. Zu tief für einen Raucher, der seit zwei Jahrzehnten keine Zigarette mehr angerührt hatte.

»Widerlich«, hustete ich. »Ich wusste gar nicht mehr, wie eklig das schmeckt.«

Uli lachte. Eine Zeit lang standen wir nebeneinander, rauchten und schwiegen. Die Sonne ging langsam unter, und in diesem Teil der Stadt war es ruhig. Nur hin und wieder fuhr ein Auto vorüber.

Ich blickte auf die mittlerweile schon gelben Blätter an den Ahornbäumen am Rand der Straße und dachte nach. Über Fredi. Und über Ayaz. Auch über mich. Ich wusste, dass das, was ich getan hatte, unrecht war. Ebenso unrecht wie das, was Ayaz getan hatte. Und das, was der Justizminister getan hatte. Letzterer sah sich übrigens seit ein paar Tagen einem Shitstorm in der Presse ausgeliefert. Ein Mord im Gefängnis sorgt immer für etwas Aufregung. Wenigstens für ein bis zwei Wochen. Danach würden die Rufe nach einem Rücktritt wieder leiser werden.

Endlich brach Uli das Schweigen.

»Darf ich dich etwas fragen, Siggi?«

»Klar.«

»Was ist mit dir los?« Uli sah mich an. »Irgendetwas macht dir doch Sorgen.«

Ich nahm einen tiefen Zug von meiner Zigarette und atmete den Rauch langsam aus.

»Du bist ein guter Beobachter.«

»Wir sind seit über zwanzig Jahren befreundet. Ich merke, wenn es dir nicht gut geht. Wenn du darüber reden willst.«

Ich legte Uli die Hand an die Schulter. »Würde ich gern.

Kann ich aber nicht. Auch wenn ich mich dann besser fühlen würde.«

Uli nickte. »Wie du meinst.« Wir drückten die Zigaretten in dem Aschenbecher aus, der vor der Tür des Restaurants stand, und betraten das Lokal wieder.

Hamid und Oli führten gerade eine lebhafte Diskussion.

»... aber zu viel Theorie, meinen Sie nicht auch, Herr Buckmann?«

»Entschuldigung, ich habe den Anfang eures Gesprächs nicht bekommen. Worum geht es?«

»Wir sprachen gerade über die Probeklausuren im Referendariat. Sie sind doch viel zu theoretisch. Erinnern Sie sich an die letzte? Mord in mittelbarer Täterschaft. Adam will seinen Nachbarn Bodo umbringen. Er weiß, dass sein anderer Nachbar Romeo wahnsinnig eifersüchtig ist. Also erzählt Adam seinem Nachbarn Romeo, dass dessen Ehefrau Julia ein Verhältnis mit Bodo hat. Romeo ermordet daraufhin den Bodo.«

Oliver lachte: »Das ist doch der Dingsbums-König-Fall. Hunde-König. Da mussten wir im Studium alle durch.«

»Katzenkönig-Fall«, berichtigte Uli. »Ja. Das ist die gleiche Idee. Kommt in der Praxis kaum vor. Wenn die Alte bei dem Katzenkönig nicht so blöd gewesen wäre, hätte man sie nie erwischt.«

Oliver stimmte zu. »Ja. Die hätte subtiler vorgehen müssen. Eine kleine Andeutung hier, ein versteckter Hinweis da. Und man hätte ihr nie etwas nachweisen können.«

Uli nickte: »Stimmt. Das wäre nie mehr aufzuklären. Die Polizei mag es doch gern schnell und einfach. Oder, Nick?«

Nick grinste. »Ihr seid gemein. Aber richtig, den Täter hinter dem Täter sucht nie jemand. So einen Mord kann man nicht aufklären.«

»Vielleicht doch.« Bisher hatte ich mich aus der Diskussion herausgehalten.

Die vier sahen mich fragend an. Oli sprach für sie: »Ach ja, und wie?«

»Wenn der Täter hinter dem Täter ein Geständnis ablegt.«

»Warum sollte er das tun?«

»Aus Gewissensgründen.«

»Ein so geschickter Mörder hat kaum irgendwelche Gewissenbisse, Siggi.«

»Vielleicht doch. Ich glaube, kaum jemand von uns kann sich vorstellen, wie es ist, einen Mord zu begehen.« Ich machte eine Pause. Alle hörten mir aufmerksam zum. »Nehmen wir an, der Täter ist verzweifelt, weil er keinen anderen Ausweg sieht. Vielleicht ist das Opfer ein ziemliches Schwein. Jemand, der ihn bedroht und seine Familie. Aber die Justiz versagt und hilft nicht. Trotzdem weiß der Täter, dass es falsch ist, einen Menschen zu ermorden. Er fühlt sich schlecht. Es nagt in ihm. Es belastet ihn. Irgendwann so sehr, dass er es nicht mehr für sich behalten will. Und dann ist es für ihn eine Erleichterung zu sagen: Ich gestehe, ich habe diesen Mord geplant.«

Ich hatte offenbar viel lauter gesprochen als beabsichtigt. An unserem Tisch war es still. Aber nur für einen kurzen Augenblick. Dann sprach Oliver.

»Nein, Siggi. Das ist zu konstruiert. Ich habe schon mehr als zwei Dutzend Mörder vertreten. So tickt ein Mörder nicht.«

Nick stimmte ihm zu. »Das sehe ich auch so. Du kannst dich eben nicht in einen Mörder hineinversetzen, Siggi.« Grinsend fügte der Hauptkommissar hinzu: »Du weißt doch: Richter morden grundsätzlich nicht.«

»Richter morden grundsätzlich nicht«, wiederholte Hamid lachend. »Eine sehr hübsche Formulierung.«

Nur Uli sagte nichts. Er blickte mich an. Lange. Sehr lange. Dann begannen seine Augen, ganz leicht zu lächeln.

»Es wird Zeit, dass ich als der Älteste etwas Sinnvolles zu der Diskussion beitrage.« Er drehte sich zu der Kellnerin um, die hinter unserem Tisch stand: »Bringen Sie uns bitte noch einmal dasselbe. Und für den Herrn Richter … Welches ist Ihr bester Scotch?«

Die junge Kellnerin antwortete routiniert: »Der Chivas Regal, 25 Jahre alt, 26 Euro das Glas.«

»Das ist gut! Das ist sehr gut! Also dann für den Herrn Richter …« Uli holte tief Luft, bevor er seinen Satz beendete. »… einen schönen heißen Kaffee.«

Oliver, Hamid und Nick brachen in lautes Gelächter aus und hörten nicht, wie Uli sich zu mir beugte und augenzwinkernd hinzufügte: »Ein guter Freund von mir behauptet, Kaffee hilft immer. Bestimmt auch bei schlechtem Gewissen.«

60

Es war bereits weit nach Mitternacht, und die Straßen des Außenbezirks schienen ausgestorben. In den Häusern und Geschäften des Viertels war es totenstill. Auch in dem Appartement in der obersten Etage des dreistöckigen Neubaus. Der Sechzehn-Zoll-Monitor eines silbergrauen Notebooks war die einzige Lichtquelle, die den großen Raum erhellte und den Konturen der wenigen Einrichtungsgegenstände ein gespenstisches Aussehen verlieh. Vor allem ein großes Objekt in der Mitte des Raumes ließ das Blut in den Adern zu Eis gefrieren. Es hatte die Größe und wohl auch das Gewicht eines Menschen. Aber es berührte den Boden nicht, sondern hing regungslos an einer Kette, die an einem schweren, eisernen Haken in der Decke befestigt war.

Auf dem Bildschirm des Notebooks waren drei Zeitungsartikel der vergangenen Wochen zu ein und demselben Thema geöffnet. Der größte der Presseberichte trug die Überschrift »Bandenchef Ercan Ayaz in Gefängnis hingerichtet«. Plötzlich griff eine Hand nach der Computermaus neben dem Notebook. Mehr als die Silhouette ihres Besitzers war in dem spärlichen Licht nicht zu erkennen, ein Schatten, das Gesicht versteckt in der Dunkelheit. Die Hand schob den

Cursor auf eine Datei und öffnete sie. Ein großes Foto, offenbar aus einer lokalen Zeitung, wurde sichtbar. Die Bildunterschrift lautete »Das Amtsgericht verabschiedet seine stellvertretende Behördenleiterin, Vizedirektorin Nora Gülsen«. Neben der scheidenden Vizedirektorin standen der Direktor des Amtsgerichts und der Landgerichtspräsident. Aber der Schatten vor dem Laptop hatte anscheinend nur Interesse an den Personen im Hintergrund des Fotos. Er vergrößerte das Bild. Dann zog er mit der Maus langsam, fast liebevoll einen Kreis in blutroter Farbe um das Gesicht eines Mannes Anfang fünfzig, der zwischen zwei anderen Personen stand.

Ein Flüstern zerriss die Stille des dunklen Raumes.

»Hallo, Herr Buckmann!«

Meine Komplizen

Al Capone, John Gotti, Don Vito – was wären sie ohne ihre Komplizen, Helfershelfer und Kumpane? Bei Autoren ist es nicht anders. Jedes Buch hat nicht nur einen Autor, sondern viele Menschen, ohne die es nicht existieren würde. Und eben diesen Menschen möchte ich Danke sagen.

An erster Stelle meiner Ehefrau Anne, der dieser Roman gewidmet ist. Sie war gewissermaßen die Anstifterin bei meinem Mord. Und eine gnadenlose noch dazu. Ihr heiseres »Schatz, so kannst du das nicht schreiben« – vorgetragen mit der Kälte eines Marlon Brando in *Der Pate* – lässt mich noch heute erschaudern und das Blut in meinen Adern zu Eis gefrieren.

Ich danke meinen Testlesern Udo Nottebohm, Eva Karnovsky, Petra Gundlach, Thomas Bullmann und Yvonne Lange, die mit ihrem großen Zuspruch ohne Zweifel den Tatbestand der Beihilfe erfüllt haben.

Dem Mordmerkmal der Verdeckungsabsicht entspricht bei einem Roman die vorsätzliche Veröffentlichungsabsicht. Diese ist meinem großartigen Projektleiter Oskar Rauch vom Heyne Verlag anzulasten.

Nicht vergessen werden darf mein Vorbild und Spießgeselle,

der beeindruckende Karsten Dusse, dessen fesselnde Romane für mich ebenso Inspiration waren wie unsere gemeinsamen Gespräche.